Konrad Bernheimer

Tödliche Gemälde

Ein Kunstkrimi

LANGENMÜLLER

Tödliche Gemälde ist ein Kriminalroman, eine fiktive Erzählung. Der Autor hat sich hier und da von realen Personen und Orten inspirieren lassen. Dennoch sind Ähnlichkeiten zu lebenden oder verstorbenen Personen rein zufällig.

MIX
Papier aus verantwortungsvollen Quellen
FSC® C014889

Satz: VerlagsService Dietmar Schmitz GmbH, Heimstetten
Umschlaggestaltung: Sabine Schröder
Umschlagmotiv: Guido Reni, Der Heilige Sebastian, Genua (akg-images / MPortfolio / Electa)
Druck und Binden: Pustet, Regensburg
Printed in Germany
ISBN 978-3-7844-3558-9

»Er hätte seine Opfer malen sollen, dann hätte er sie vielleicht nicht umgebracht!«
»Aber zum Malen war er zu unbegabt, also hat er seine Opfer umgebracht, statt sie zu malen!«
Sagte sein Bruder.

TEIL I

LONDON – PARIS – LONDON

1. KAPITEL

Es beschlich ihn ein ungewohntes, zutiefst beunruhigendes Gefühl. Er spürte, dass er beobachtet wurde. Seitdem er das Taxi vor der Gare du Nord verlassen und die Bahnhofshalle betreten hatte, war er das Gefühl nicht mehr losgeworden. Mehrmals hatte er seinen eiligen Schritt unterbrochen, um sich unauffällig umzusehen. Zuerst am Zeitungskiosk, wo er sich die *Financial Times* kaufte, er liebte es, die auffällige rosa Zeitung in Händen zu halten, die ihn als internationalen Geschäftsmann auswies. Ein anderes Mal bückte er sich unter dem Vorwand, in seiner Reisetasche etwas zu suchen, aber er konnte niemand Verdächtigen ausmachen. Er kannte dieses Gefühl im Nacken, den bohrenden Blick eines Beobachters, der einer Person auf Tritt und Schritt folgte. Er kannte dieses Gefühl, aber aus der umgekehrten Perspektive. Er hatte das alles gelernt, das Verfolgen, Beschatten und Ausspionieren, bis zur Perfektion. Er wusste, dass so gut wie jeder Mensch – es sei denn, er wäre völlig ahnungslos, was auf die wenigsten zutrifft – es irgendwann spürte, wenn er verfolgt wurde. Dieses ungewisse, beunruhigende, kribbelnde Gefühl im Nacken, als hätte sich ein Insekt niedergelassen, bereit zuzustechen. Aber es war kein Insekt, keine Mücke. Es war – da war er sich sicher – ein unbekanntes, bohrendes Augenpaar, welches dieses Gefühl verursachte und ihn, wie elektrisiert, die Nackenhaare aufrichten

ließ. Ein kühler Luftzug, der den Hals streifte, ohne dass ein Luftzug dagewesen wäre. Diese diffuse Ahnung, sie war da und sie beunruhigte ihn.
Als er die Rolltreppe hinauffuhr, zur Passkontrolle und zum Check-in für den Eurostar von Paris nach London, hatte er sich nochmals umgedreht. Aber auch diesmal konnte er niemanden entdecken, der sich als Verfolger angeboten hätte. Wer auch immer er oder sie waren, er musste sie abhängen. John Blumenstein fühlte sich unwohl.
Es war kein guter Tag. Das vereinbarte Treffen war von der Gegenseite nicht eingehalten worden. Blumenstein hatte über eine Stunde gewartet, um dann unverrichteter Dinge zur Gare du Nord zurückzufahren.
Wäre er nicht so großzügig bezahlt worden, hätte er sich von der »Organisation« schnellstens wieder verabschieden müssen. Er hätte eine Krankheit vorgeben können, unaufschiebbare Geschäfte … Aber er wusste genau: So einfach würden sie ihn nicht wieder gehen lassen, das hatten sie ihm beim allerersten Gespräch schon ziemlich deutlich zu verstehen gegeben.
Und eigentlich wusste er bis zum heutigen Tag nicht wirklich, wer »sie« überhaupt waren. Da er in seinem Geschäftsleben ab und zu mit Russen zu tun hatte, glaubte er, es mit dem russischen Geheimdienst zu tun zu haben – oder mit einem Geheimdienst, der irgendwie mit den Russen zu tun hatte. Es gab da ja angeblich mehrere, die auch noch miteinander in Konkurrenz stehen sollten. Aber er wusste es nicht, und eigentlich wollte er das gar nicht so genau wissen. Je weniger er wusste, desto sicherer war es für ihn, zumindest glaubte er das. Letztlich wurde er ja vorerst nur für »Botengänge« eingesetzt, zumindest bisher, und mehr wollte er möglichst auch nicht tun. Gut – ab und zu auch ging es auch um Observierungen, dann musste er auf-

zeichnen, wer sich wann und wo und wie lange aufgehalten hatte. Und wenn die zu observierende Person eine bestimmte Handlung vollzog, sollte er Alarm schlagen – mithilfe eines dafür eigens zur Verfügung gestellten Handys. Alles in allem war es keine schwierige Aufgabe. Er wurde pünktlich bezahlt, immer in bar – was an sich schon ein kleines Problem darstellte, in Zeiten der strengen Kontrollen aufgrund der neuen Geldwäschegesetze. Deshalb konnte er das Geld auch nicht auf seiner Bank einzahlen, wegen besagter Vorschriften. Also zehrte er sein Honorar langsam auf, indem er in den Restaurants und Hotels grundsätzlich bar bezahlte. Das ging jedenfalls noch …

Zum Glück hatte er den Eurostar um 16:13 Uhr knapp erreicht, mit geplanter Ankunft um 17:39 Uhr in London St. Pancras. Dies würde ihm genug Zeit geben, in den Club zu fahren, sich vor dem Dinner noch etwas auszuruhen und umzuziehen.

Vielleicht ahnten »sie« von seinen aufkeimenden Zweifeln, hatten seine wachsende Unlust gespürt, weiterhin für sie tätig zu sein. Er war auf einem guten Weg, sein Leben war entspannt und unkompliziert, als sie ihn ansprachen, auf der Terrasse von »Le Berkeley« in der Avenue Matignon. Er war gerade dabei, nach einer recht erfolgreichen Besprechung nebenan, in der Pariser Dependance des Londoner Auktionshauses Christie's, seinen gewohnten spätvormittäglichen Espresso zu trinken, um die Zeit bis zum Lunch zu überbrücken. Es ging um ein Portrait, das er in einer österreichischen Sammlung gefunden hatte und bei dem es sich möglicherweise um ein bedeutendes Bild von Rubens handelte. Ebendas wollte er mit der Mitarbeiterin der Altmeisterabteilung von Christie's besprechen, die ihn vor einiger Zeit gebeten hatte, sie zu verständigen, wenn ein Rubensportrait seinen Weg kreuzen würde, sie hätte einen Kunden dafür. Es würde leicht verdientes Geld sein. Er würde das Por-

trait weitervermitteln und dafür eine saftige Kommission erhalten, und so wie es aussah, auch noch bar auf die Hand. Die Mitarbeiterin des Auktionshauses wollte es nicht offiziell über die Bücher laufen lassen, und der Kunde wollte sein Bargeld loswerden. So war allen geholfen, dem Verkäufer in Österreich ohnehin.
Genüsslich trank er seinen Kaffee, als er von zwei Herren angesprochen wurde. In ihren dunklen Anzügen sahen sie aus wie ganz normale Geschäftsleute aus einem der umgebenden Büros, vielleicht aus der Modebranche, korrekt gekleidet, zumindest nicht nachlässig. Ob er einen Augenblick Zeit hätte, sich mit ihnen zu unterhalten? Er solle ruhig seinen Kaffee austrinken, sie würden bei den Ständen der Briefmarkenhändler gegenüber, am Rande der Grünanlagen auf ihn warten. John hatte keine Ahnung, was die Herren von ihm wollten, aber die Neugierde ließ ihn zustimmend nicken. Einer der beiden Herren, der, der ihn angesprochen hatte, sprach ein sehr gewähltes Französisch, wahrscheinlich ein Ausländer. Vielleicht war er in der Kunstwelt zu Hause und wollte ihm ein interessantes Geschäft anbieten? John trank, ohne sich zu beeilen, seinen Kaffee. Dann stand er auf und überquerte die Straße, um sich mit den beiden Herren zu treffen.
Er hätte es nicht tun sollen.
Andererseits ... Die Aufträge waren eigentlich sehr unkompliziert, die Bezahlung prompt und großzügig.

Der Zug hielt plötzlich an, und John wurde aus seinen Gedanken gerissen. Was war los? Sie mussten noch auf der französischen Seite sein, sie waren noch nicht im Tunnel. Ein Halt auf freier Strecke, das war ungewöhnlich. Schon erklang die Stimme durch den Lautsprecher: Man möge sich bitte etwas gedulden,

es sei ein kleines technisches Problem aufgetaucht, welches alsbald behoben sein würde.
Bitte nicht!, dachte John. Er hatte den Eurostar genommen, weil ihn die lästigen Verspätungen der Flieger auf der Strecke Paris–London sowohl der Air France als auch der British Airways zunehmend genervt hatten. Einmal hatte er sogar der Verspätung wegen eine wichtige Einladung zum Dinner verpasst. Eigentlich bevorzugte er den Zug, weil da nicht so streng kontrolliert wurde wie an den Flughäfen. Nun also auch der Eurostar!
Er hatte sich innerlich schon auf das Dinner in seinem Club gefreut. Beim letzten Essen dort hatte er sich auf der Weinkarte bereits einen schönen Rotwein für das nächste Mal ausgesucht. Der Sommelier hatte ihm versprochen, für ihn die letzte Flasche des 1999er Château de Beaucastel, seines Lieblingsweins aus Châteauneuf-du-Pape, eine Stunde vorher zu dekantieren. Erst vor Kurzem hatte er die leichte Morbidität dieses sich schon leicht über seinem Zenit befindenden Weines genossen. Er würde den Sommelier anrufen müssen, falls sich der Zug um mehr als eine Stunde verzögerte. Wie lästig! Dieser 1999er Château de Beaucastel würde ihm über seine momentane Depression wieder hinweghelfen. Sein Gaumengedächtnis erzählte ihm von der letzten Verkostung dieses Weines. Eine kräftige würzige Nase ohne die geringsten Alterserscheinungen. Ja, doch, vielleicht ein ganz klein wenig konnte man leichte Oxidationen verspüren, die jedoch sogleich überdeckt wurden. Der erste tiefe Schluck mit sehr eleganter Frucht und kleinen, leicht rostigen und weichen Tanninen war im Gaumen sehr präsent, ohne die überreifen Noten der meisten anderen Châteauneuf-du-Papes dieses wunderbaren Jahrgangs …
Seine schwelgerischen Gedanken wurden jäh unterbrochen, als der Zug wieder anfuhr. Gott sei Dank, das technische Problem

war behoben. Er sah sich im Abteil um. In der *Business Premier Class* des Eurostar gab es, wie im Flugzeug, Sitzreihen, die auf der einen Seite des Ganges paarweise und auf der anderen Seite mit Einzelsitzen bestückt waren. Er hatte einen Einzelsitz mit ausklappbarem Tisch gebucht. Jetzt war er aufgestanden, um sich in einem Rundumblick die Gesichter der anderen Passagiere einzuprägen. Auf die Toilette konnte er nicht gehen, ohne den Aktenkoffer mitzunehmen – den wertvollen Inhalt konnte er unmöglich am Platz zurücklassen. Andererseits, mit dem Aktenkoffer den Gang entlang zu gehen, das erschien ihm zu auffällig. Also setzte er sich wieder hin. Möglicherweise hatte er sich das alles doch nur eingebildet. Es ist niemand hinter dir her, sagte er sich, um sich selbst zu beruhigen. Keine Panik! Außerdem bist du ja selbst schuld.

Seine Tätigkeit unter falschem Namen mit britischem Pass war im Grunde genommen weder kompliziert noch beschwerlich. Er musste nur sehr genau darauf achten, unter welcher Identität er gerade unterwegs war. Heute war er George Miller, höherer Bankangestellter, immer auf dem Sprung, um vertrauliche Informationen seiner Kunden von London nach Paris zu bringen. Für den Fall der Fälle hatte er stets ein Dossier mit erfundenen Kundenakten dabei. Manchmal musste er auch nach Madrid. Der aufgeklebte, perfekt gestutzte Schnurrbart und die dunkle kurze Perücke ließen ihn vollkommen anders aussehen, was notwendig war, da es jederzeit sein konnte, dass ihn jemand aus seiner Welt erkannte.

Vorgestern war er noch in anderer Inkarnation, seiner eigentlichen, in Paris gewesen: Als Kunsthändler John Blumenstein, in München geboren, aber von frühen Jahren an polyglott und vielgereist. Sein tadelloses Englisch, sein passables Französisch, dazu ein ganz gutes Spanisch und Italienisch kamen ihm bei seinem zusätzlichen Job als »Bote« zugute. Und seine Profession als Kunsthändler, die es ihm ermöglichte, sich jederzeit an einen anderen Ort der Welt zu begeben, ohne sich verdächtig zu machen.

John lehnte sich im Sitz zurück und gab sich wieder dem gleichmäßigen Rhythmus der Fahrgeräusche hin. Er hatte in seinem bisherigen Leben schon so manche Identität angenommen. Die erste, seine eigentliche, die ihm angeborene, hatte er so schnell wie möglich ablegen wollen: Jonas Blume, was für ein schrecklicher Name! Schrecklich, weil er allein beim Erklingen dieses Namens seinen ungeliebten Vater und seinen grässlichen Zwillingsbruder vor Augen hatte. Seine Mutter starb, als er und sein Bruder drei Jahre alt waren. Sie litt an der Schwindsucht, wahrscheinlich war es eher so etwas wie Leukämie. Seinen Zwillingsbruder Martin, der immerhin eineinhalb Stunden jünger war, hatte der Tod der Mutter dem Vater nähergebracht. Ihn selber hatte der Verlust der Mutter vom Vater eher entfernt. Jonas konnte sich gar nicht genug auslassen über die Spießigkeit der beiden. Mit der Zeit wurde Martin seinem Vater immer ähnlicher, mit spärlichen Haaren, immer zu blass und zu dünn. Gott sei Dank sah er seinem Bruder überhaupt nicht ähnlich. John hatte volles, leicht gewelltes Haar, war meistens braun gebrannt und eher leicht übergewichtig. John liebte das Leben, während Martin eigentlich immer übellaunig war. Außerdem hatte Martin, wenn man ihn ärgerte, diesen lächerlichen Schluckauf, der mehr wie ein unkontrolliertes Hicksen war und manchmal zu einer totalen Verkrampfung führte, über das sich Jonas herrlich lustig machen konnte.
Der Vater war braver Staatsbeamter im Bayerischen Ministerium für Kunst und Wissenschaft, wo er bedächtig, ohne jegli-

che Anwandlung von Ehrgeiz, die Karriereleiter hochgekrabbelt war. Irgendwann durfte er immerhin die Budgets einiger Provinztheater überprüfen. Johns Bruder Martin war zur Polizei gegangen. Zur Polizei, ausgerechnet! Seit Jahren hatte John keinen Kontakt mehr zu ihm – seit damals, als Martin ihn belehren wollte, was man als Kunsthändler tun oder nicht tun sollte. Dazu gehörte, weder seine Kunden, geschweige denn die eigene Firma zu betrügen. Denn dafür stand Jonas bei Martin in ständigem Generalverdacht. Die über viele Jahre aufgestaute Wut auf den Bruder hatten diese Belehrungsversuche irgendwann zum Überkochen gebracht. Vielleicht hätte er ihn nicht gar so arg verprügeln müssen, vor den Augen seiner noch spießigeren Frau. Aber jetzt hatte er immerhin seine Ruhe vor diesem ewigen Nörgler. Das letzte, was er gehört hatte, war, dass sein feiner Bruder Martin Blume nach Wiesbaden in irgendeine besondere Abteilung einer Bundesbehörde versetzt worden war. Mochte er dort in seiner spießigen Amtsstube versauern!

Nach dem damaligen Streit hatte Jonas, wie er damals noch hieß, beschlossen, die Verbindung zu seiner ungeliebten Familie ein für alle Mal zu kappen, indem er seinen Namen änderte. John Blumenstein, das klang doch viel besser! Ein wenig jüdisch auch, was in der Kunstwelt nicht schaden konnte. Blume war auf Englisch ohnehin kaum auszusprechen, irgendwie wurde fast immer »Blüme« daraus, was fatal nah an »Blümchen« herankam. Das war für John ein rotes Tuch, denn in der Volksschule hatte man die Zwillinge gehänselt und als »die beiden Blümchen« bezeichnet. Und die Erwachsenen fanden das auch noch komisch!

Anlass des Streites mit seinem Bruder war ausgerechnet sein erster großer Deal als Kunsthändler, auf den er so stolz gewesen war. Jonas war nach abgebrochenem Kunstgeschichtsstudium –

»War ja klar, dass du das nicht durchhalten würdest!«, hatte sein feiner Bruder bemerkt – zu einem der großen Auktionshäuser in London gekommen. Man hatte ihn probehalber mit minimalem Gehalt in eines der englischen Provinz-Offices gesteckt, wo er die bessere Gesellschaft davon überzeugen sollte, das eine oder andere gute Stück aus Erbbesitz dem Auktionshaus in London zum Verkauf zu überlassen. Er konnte seine Chefs recht schnell von seinem Talent überzeugen. Er wurde nach London zitiert, wo ihm der allseits gefürchtete Managing Director eröffnete: *»Your performance has not been terribly bad«*, was als Lob zu verstehen war, und deshalb sei man bereit, ihn in die Abteilung *Sculpture & Works of Art* aufzunehmen, mit dem Schwerpunkt in einigen Städten in Deutschland, da er ja ganz offensichtlich einen besonderen Zugang zu den Leuten habe – *»which could be not quite the desaster we think it might be«*. Auch dies war wohl als Lob und Ermunterung zu verstehen.
Er wurde in eine der deutschen Niederlassungen versetzt, nach Düsseldorf. So gelang es ihm im Verlauf einiger Jahre, die er als seine besten Lehrjahre bezeichnete, aus den Villen in Düsseldorf-Oberkassel, München-Bogenhausen, Stuttgart-Frauenkopf oder Köln-Lindenthal immer wieder ganz passable Gemälde, Skulpturen, Barockmöbel und vieles mehr nach London zu expedieren. Zusätzlich zu seinem eher dürftigen Grundgehalt erhielt er nun für jedes Objekt, das in London versteigert wurde, eine Kommission, die sich aus einem kleinen prozentualen Anteil der erzielten Preise errechnete. Dies sicherte ihm passable, bisweilen auch sehr gute Einkünfte.

Also begann er, sich in London einzukleiden. Er lernte sehr schnell, wo er sich in der Savile Row einen guten Anzug zu einem akzeptablen Preis machen lassen konnte. Die Adresse des

Schneiders hatte er von einem seiner adligen Kollegen im Auktionshaus, jüngster Spross eines alten schottischen Adelsgeschlechts mit einer offenbar riesigen Sammlung im dortigen Stammschloss, was wohl der Grund für dessen Anstellung war. Die adligen Familien wussten immer, wo man sich standesgemäß einkleiden lassen konnte, ohne zu viel Geld auszugeben. Viel Geld für einen Anzug auszugeben, das taten in London nämlich nur die reichen Touristen oder gutverdienende »Expats«. Beim Kauf von Schuhen war er weniger treu, er konzentrierte sich auf die Jermyn Street, aber kaufte mal hier und mal da, je nachdem, wer gerade Sonderangebote im Fenster hatte. Man sah den Schuhen ja nicht sofort an, ob sie »von der Stange« oder *made to measure* waren. Bei den Hemden musste es allerdings Turnbull & Asser sein, schließlich waren sie die *shirtmaker* des Prinzen von Wales. Als er das erste Mal sein Maßhemd trug, mit seinen Initialen *J.B.* auf der Brust, war das schon ein besonderes Gefühl.

Und dann klopfte bei ihm eines Tages das Glück an – was einem Kunsthändler, so pflegte John seine Geschichte zu erzählen, nur wenige Male, wenn überhaupt, im Leben widerfuhr. Es geschah einige Zeit nach seiner Reise nach Florenz, wo er im Museo Nazionale del Bargello auf Anraten seines Abteilungschefs die Bronzen der Renaissance studierte, von Donatello zu Giambologna und all den anderen. Er erkannte schnell, dass er womöglich »ein Auge« hatte, und es gelang ihm ohne größere Mühe, eine Bronze dem richtigen Künstler zuzuschreiben, ohne vorher aufs Schild zu sehen.

Immer wieder spielte er dieses »Spiel«, er fand es wunderbar. Sobald er wieder in London war, tat er dasselbe im Victoria & Albert Museum, dann auch im Münchner Nationalmuseum und im Kunsthistorischen Museum in Wien. In kürzester Zeit hatte er sein Auge so trainiert, dass er anhand von Formensprache, Proportionen und Oberflächen-Patina die jeweiligen Bronzen immer sicherer einzelnen Künstler zuschreiben konnte.

Und dann klopfte das besagte Glück bei ihm an. Während des Besuchs bei einem Kölner Kunden, für den er einige Monate zuvor ein holländisches Gemälde aus dem 17. Jahrhundert recht erfolgreich nach London hatte vermitteln können – vom Auktionshaus war er dafür mit einer schönen Provision bedacht worden –, sah er in einem Zimmer, das er bis dahin noch nicht betreten hatte, diese Bronze stehen. Er erkannte sofort, was vor ihm stand, oder besser, er hoffte, dass es wirklich so war. Es war eine ziemlich komplizierte, sich in die Höhe schraubende Figurengruppe in patinierter Bronze, knapp sechzig Zentimeter hoch: Auf einem kleinen Sockel, der wie ein Stück Felsen aussah, kniete ein Mann in defensiver Haltung, einen Arm nach unten abgestützt, den anderen wie zur Abwehr nach oben erhoben; über ihm stand breitbeinig ein anderer muskulöser Mann, der eine sich windende, verzweifelnd ringende Frau im festen Griff hielt. Das war die Darstellung, die er schon mehrmals in Museen und in den Büchern studiert hatte: *Der Raub der Sabinerin*. Der Mann in der Mitte war der Römer, der dem unterlegenen Sabiner dessen geliebte Frau gleichsam als Beute davontrug.

Eine herrliche Darstellung! Jetzt war nur noch zu klären, ob es sich um eine spätere Version, einen Nachguß, oder um ein Original handelte.

Er wurde von seinem Gastgeber unterbrochen, noch bevor seine Betrachtung der Skulptur verdächtig werden konnte.

»Hier ist das Bild, das ich Ihnen zeigen wollte, der van Goyen des Großvaters, hier an der Wand.«

Der junge Mitarbeiter des Auktionshauses besah sich das

Gemälde ein paar Minuten, bevor er seinen Vortrag begann. »Oh ja, ein sehr schöner van Goyen, datiert 1646 und signiert. Eine typische Flusslandschaft, auf Eichentafel gemalt, ein wenig schmutzig, ja, ein vergilbter Firniss, kein Problem, das könnte man sehr schnell restaurieren. Aber wie bei dem anderen Bild, das wir letztes Mal versteigern durften, wird das Department für Old Master Paintings wohl auch dieses Mal empfehlen, das Bild ganz bewusst nicht zu reinigen, es in seinem alten, etwas verstaubten Zustand zu belassen, das gibt dem Bild die spezielle Aura des aus einer Privatsammlung kommenden Objekts – reinigen kann es dann der Käufer. Ohnehin ist es meistens so, dass der Käufer in der Auktion, zumal wenn es ein Händler ist, ein Bild lieber im ungereinigten Zustand kauft. Dafür hat er meist seine eigenen Restauratoren. Außerdem lässt das ungereinigte Bild dem Käufer die Phantasie, wie es im gereinigten Zustand aussehen könnte, was den Preis weiter nach oben schrauben kann. Wenn es schon gereinigt ist, dann ist es so, wie es ist, da ist kein Platz mehr für Phantasie.

Er hätte noch lange so weitersprechen können, aber insgeheim hoffte er, sein Gastgeber würde ihm etwas zu trinken anbieten, damit er noch einmal unbeobachtet an die Bronze herankönnte. Er räusperte sich und hustete trocken, und schon wandte sich sein einfühlsamer Gastgeber an ihn: »Oh natürlich, ich habe Ihnen ja gar nichts angeboten. Eine Tasse Kaffee, ein Glas Wasser?«
Ein Glas Wasser hätte eigentlich genügt, aber der Kaffee würde sein Gegenüber vielleicht länger beschäftigen. »Also, wenn es Ihnen nichts ausmacht, dann gerne einen Kaffee.« Und rief noch hinterher: »Und vielleicht noch ein Glas stilles Wasser?«

Giambologna (1529–1608),
Der Raub der Sabinerin
Hamburger Kunsthalle

Sogleich machte er sich daran, die Bronze genauer zu untersuchen. Sie war verstaubt, er musste also darauf achten, möglichst keine Spuren zu hinterlassen. Vorsichtig hob er die Bronze hoch, sie fühlte sich schwer und ziemlich massiv an. Ein leichterer, dünnerer Nachguss konnte es vom Gewicht her nicht sein, sie musste schon aus der Zeit sein, dachte er. Dann sah er auf dem Sockel klar und deutlich die Signatur: »*Gio Bologne*«! Tatsächlich, es war Giambologna, der größte aller Renaissance-Bronzekünstler, himself!

Jonas konnte sein Glück nicht fassen. Er hielt die Figur noch in Händen, als sein Gastgeber mit Kaffee und Wasser den Raum betrat.

»Ach, Sie betrachten dieses schreckliche Erbstück, die Familie hat es noch nie gemocht. Es heißt, der Urgroßvater habe es um die Jahrhundertwende in Italien gekauft. Seitdem steht es bei uns hier herum. Schon meine Mutter pflegte zu sagen, man sollte dieses hässliche Ding in den Keller verfrachten, es sei auch gar nicht gut, den Kindern in Kunstwerken Verbrechen der Vergangenheit vorzuführen. Und dieser Frauenraub, den die Römer den besiegten Sabinern angetan hatten, das ist doch nun wirklich nichts, was man für die Nachwelt aufheben müsse!«

Ich bin ein Glückspilz, dachte er sich und nahm einen tiefen Schluck aus dem Wasserglas. Was für eine lückenlose Provenienz!

»Wenn es denn wenigstens ein Original wäre«, fuhr der Kunde fort, »hat meine Mutter immer gesagt, aber es ist ja nur eine Kopie aus dem 19. Jahrhundert, und somit nichts wert.«

»Nun ja«, warf Jonas scheinheilig ein, »auch ein Werk des 19. Jahrhunderts hat zumindest einen gewissen Wert …«

Es dauerte nicht lange, und sein Gastgeber begleitete ihn zu seinem Wagen, um ihm zu helfen, die Bronze und den van Goyen, in Decken gewickelt, in den Kofferraum zu verfrachten. Noch immer konnte Jonas sein Glück gar nicht fassen. Er lebte ein paar Tage mit der Skulptur, bevor er sich sicher war, was er damit anfangen würde. Eines war klar, er würde seinen Fund nicht im Auktionshaus abliefern. Das Auktionshaus erhielt den van Goyen, es konnte zufrieden sein mit seiner Performance in diesem Monat. Er erhielt sogar ein Lob: »*Well, again, not a total disaster!*«

Dann hatte Jonas zur großen Überraschung aller seiner Kollegen gekündigt. Er wolle sich noch etwas in der Welt umsehen, erklärte er, vielleicht käme er ja eines Tages zurück. Der allmächtige und gestrenge Managing Director ließ sich zu einem höchst ungewöhnlichen Lob herab und erklärte ihm, er könne, wenn er es sich überlegt habe, jederzeit bei ihm wieder anklopfen – »*Should we all still exist!*«

Aber Jonas hatte Besseres vor: Er hatte den Eigentümern der ungeliebten Figur einen Preis im unteren vierstelligen Bereich bezahlt, recht ordentlich für eine Bronze des 19. Jahrhunderts, und sie waren damit sehr zufrieden. Jetzt musste er sich für seinen Giambologna bei einigen der führenden Museumsexperten rückversichern. Zunächst gab es da die große Marmorgruppe in Florenz, in der Loggia dei Lanzi. Es galt, die Professoren davon zu überzeugen, dass – was ja durchaus im Bereich des Möglichen war – seine Bronze keine der vielen Kopien nach der großen Marmorskulptur in Florenz war, sondern eine originale Bronzeversion von Giambologna. Aber seine Sorgen waren unbegründet. Die Experten hatten sein Urteil voll bestätigt. Sie waren sich einig darin, dass es sich tatsächlich um eine Bronze von des Meisters eigener Hand handelte, und noch dazu um

einen besonders schönen Guss mit außerordentlich gut erhaltener Patina.
Ab jetzt nannte sich Jonas endgültig John Blumenstein, er liebte seinen neuen weltgewandten Namen. Glücklich und beschwingt flog John einige Monate später nach New York, um seine Bronze einer vermögenden Dame anzubieten, die er kennengelernt hatte, als er noch beim Auktionshaus tätig war. Ausgestattet mit den Expertisen der großen Giambologna-Kenner, hatte er gutgelaunt den Preis noch einmal ordentlich nach oben geschraubt. Seine Kundin hatte einen exquisiten Geschmack, wenn auch etwas eklektisch, denn sie sammelte alles durcheinander, solange es ihr gefiel und auch Qualität hatte. John war sich sicher, sie würde ihm einen sehr guten Preis für seinen Giambologna zahlen. Es war der schönste Moment in seinem Leben, als die Dame inmitten ihrer mit Kunstwerken überfüllten Wohnung sich bei John bedankte, dass er ihr als Erste die Bronze angeboten hatte. Dann griff sie, ohne zu zögern, in die Schreibtischschublade und überreichte ihm ein Stück Paper: »*And here, my friend, here is the check.*«
Auf dem Scheck stand die vereinbarte Summe. Es war ein wirklich ordentlicher Millionenbetrag.

John hatte seine Sache gut vorbereitet und in der Zwischenzeit eine Firma in Irland gegründet, die einem Trust auf den Channel Islands gehörte und ein offizielles Bankkonto in London besaß. Auf dieses ließ er den Scheck überweisen. Sein erstes großes Geschäft war somit blendend gelaufen, und er hatte es auch noch steuerlich optimiert. Damit er auch der persönlichen Einkommenssteuer entging, hatte er eilends das Land verlassen und war nach Portugal gereist. Dort ließ er sich für einige Jahre nieder und mietete eine Wohnung an. So konnte er auf elegante

Weise der Steuer entkommen. Nach Verjährung der Steuerpflicht kehrte er wieder nach London zurück, ohne jemals wieder einen festen Wohnsitz anzugeben.

Entspannt lehnte sich John in seinem Sitz zurück, er war sichtlich mit sich selbst zufrieden. Der Zug hatte nur noch einmal kurz vor der Einfahrt in den Londoner Bahnhof St Pancras angehalten. Er würde es noch rechtzeitig zum Dinner schaffen. Zur Sicherheit rief er doch noch den Sommelier an, um ihn daran zu erinnern, den Château de Beaucastel zu dekantieren, den er vor seiner Abreise ausgesucht hatte

II. KAPITEL

In der Abgeschiedenheit seines kleinen Zimmers fühlte sich John wohl und sicher. Er hatte hier alles, was er brauchte: ein bequemes Bett, einen Schreibtisch, ein gut funktionierendes WLAN, einige gute Restaurants direkt im Haus. Sein Club war ihm in London zur Heimat geworden. Wozu da noch eine Wohnung? Jedes Mal, wenn er kam, wurde er mit einem freundlichen »Welcome back home, Sir!« begrüßt. Sein Gepäck, bestehend aus einem großen Koffer und einigen Kartons, konnte er im Club deponieren, es befand sich bei jedem neuen Einchecken bereits auf seinem Zimmer. Man kannte inzwischen seine Vorlieben. Er war meistens in einem der neu renovierten Zimmer des obersten Stocks untergebracht, was nur manchmal etwas mühsam war, wenn der Lift wieder einmal nicht funktionierte. Die Kleidung vom letzten Aufenthalt lag gewaschen, gebügelt und fein säuberlich in Kartons zusammengelegt auf dem Bett. Die Krägen waren schön gestärkt, so wie er es gern hatte.

Seine Gewohnheit war es, als Erstes aus dem Koffer sein Lieblingsbuch herauszunehmen. Liebevoll ließ er seine Finger über den goldgeprägten Ledereinband gleiten. Ein kostbarer Schatz, von dem er sich nie trennen würde, Goldprägung auf rotem Ledereinband: *Die Legenda Aurea* von Jacobus de Voragine. Er hatte lange nach dieser Ausgabe gesucht und sie schließlich in

einem verstaubten Antiquariat in Paris gefunden. In seiner Kindheit hatte die Haushälterin der Familie ihm die Legenden der Heiligen Märtyrer vorgelesen, und es lief ihm ein wohliger Schauer über den Rücken, wenn er von den recht einfallsreichen Torturen der Heiligen hörte. Die *Legenda Aurea* war ihm im Lauf der Jahre zur Lieblingslektüre geworden.
Er erinnerte sich, es war in der Vorbereitung zu seiner Erstkommunion. Sein Vater hatte diesen Teil der Erziehung in die Hände der treuen Haushälterin gelegt, einer robusten Frau mittleren Alters mit dem ebenso robusten Namen Frau Genoveva Gruber, die an dem kleinen wilden Kind einen Narren gefressen hatte. Jonas war der größere der beiden Zwillinge und hatte die Nähe zur Haushälterin, seiner »Gubi«, immer gesucht. Sein Vater hatte von Anfang an seinen Bruder bevorzugt, den kleineren, schwächeren Bruder, der so schrecklich langweilig war, dass man nichts mit ihm anfangen konnte. Er war da ganz anders: Einen aufgespießten Vogel den Katzen vorwerfen und dann dabei zusehen, wie sie das kleine Tierchen zerfleischten, das bereitete ihm ein herrliches Vergnügen. Der Bruder war nur immer zum Vater gelaufen, um ihn zu verpetzen. Seine »Gubi« dagegen hatte für ihn Verständnis. Der Kleine brauche einfach mehr Zuneigung, verteidigte Frau Gruber ihren Schützling und nahm ihn unter ihre Fittiche. Als sie dann eines Abends eine Ausgabe der Heiligenlegenden hervorzog und anfing, ihm daraus vorzulesen, hatten die beiden ihr gemeinsames Terrain gefunden. Wohlig war es, auf ihrem Schoß zu sitzen und die grausamen Geschichten vorgelesen zu bekommen, die seine »Gubi« stets auch noch auszubauen pflegte.
»Stell dir vor: Hier, der Heilige Laurentius. Sie banden ihn auf den Grill und entfachten darunter das Feuer … Die Flammen züngelten zuerst um seine Beine, die Haut zerplatzte, bevor sie

ganz schwarz wurde und das Fleisch anfing zu braten – und er empfand keinen Schmerz ...«
Das faszinierte ihn. Er wollte selbst ausprobieren, welchen Schmerz er ertragen konnte. Er durchbohrte mit Nadeln seine Finger und versuchte dies und jenes bei Vögeln, Katzen und Hunden, die geeignetere Opfer waren als Kinder, die sofort zu schreien begannen und zu ihren Eltern liefen. Die Tiere verrieten ihn nicht. Sogar die Katze, die er eines Tages über einem kleinen Lagerfeuer bei lebendigem Leib briet, verriet ihn nicht, abgesehen davon, dass sie jämmerlich aufheulte. Der Bruder, der es mitbekam, lief gleich zum Vater. Der fand die Geschichte von der gebratenen Katze so abstrus, dass er Martin eine Kopfnuss gab mit den Worten: »Jetzt ist aber genug, Martin, du musst nicht immer schlimmere Behauptungen über deinen Bruder anstellen!«
Jonas musste lachen und er freute sich umso mehr, weil sich Martin so aufregte, dass er sich an einem seiner Schluckauf-Anfälle fast erstickte. Er revanchierte sich noch dafür, indem er seinen Bruder verprügelte. »Dich hätte ich grillen sollen, du Idiot«, rief er ihm zu, »und nicht die Katze!«

Je grausamer die Geschichten waren, die ihm seine Gubi erzählte, desto schöner war es. Er konnte nie genug davon bekommen. Bisweilen war es auch das Alte Testament, welches so schöne Geschichten barg wie die von Judith und Holofernes, die berühmte Geschichte der schönen Frau, die einem starken, bärtigen Mann den Kopf absäbelte.
In späteren Jahren begann er, in Kunstbüchern nach Bildern zu suchen, die die Geschichten seiner Kindheit abbildeten. Die Judith hatte es ihm ganz besonders angetan. Wie sie den Kopf des Holofernes absäbelte und das Blut spritzte! John

konnte sich die großen Meisterwerke, die diese wunderbare Szene so herrlich realistisch abbildeten, immer und immer wieder ansehen.

Sein erster Besuch in Neapel, es war noch gar nicht so lange her, hatte ihn sogleich hinauf nach Capodimonte geführt. Dort befand sich das Bild, das er bereits Jahre zuvor in einer Ausstellung im Münchner Haus der Kunst gesehen und das ihn seitdem nicht mehr losgelassen hatte: *Judith und Holofernes* von Artemisia Gentileschi. Den Anblick der kühlen Gelassenheit der mit wunderbarer Grausamkeit säbelnden Frau hatte er nie vergessen. Er hatte keinen Blick übrig für die Schönheit des Parks, die beeindruckende riesige Fassade des Schlosses von Capodimonte über den Hügeln der Stadt, der ehemaligen Sommerresidenz der bourbonischen Könige, er wollte nur zu »seinem« Bild. Umso größer war die Enttäuschung, als er sah, dass ausgerechnet seine Artemisia ausgeliehen war, zu einer Ausstellung in einem anderen Museum. Nur wegen ihr war er doch nach Neapel geflogen! Es überkam ihn eine solche Wut, dass er den nächstbesten Wärter von seinem Hocker riss und ihm einen Kinnhaken versetzte. Bevor ihn die Sicherheitskräfte überwältigen konnten, war er schon auf und davon.

Jetzt ärgerte er sich über sich selbst. Um ein Haar wäre er wegen dieser Dummheit ergriffen worden. Nicht auszudenken, was dann passiert wäre, er durfte sich solche Eskapaden nicht erlauben! Das hätte das Ende seiner Karriere als Kunsthändler bedeuten können!

Jonas hatte damals sofort den nächsten Zug nach Florenz genommen. In der Sammlung der Uffizien gab es eine weitere Version von Artemisias *Judith und Holofernes.* Als er dann vor dem Bild stand und es studierte, war er getröstet. Unbeweglich stand er da, dicht vor dem Bild, jedes Detail sog er in sich auf. Er bewegte sich nicht vom Fleck, auch dann nicht, als sich eine Reisegruppe mit ihrer eloquenten Führerin um ihn gruppierte. Die Frau begann, über Caravaggio im Allgemeinen und seinen Einfluss auf Artemisia Gentileschi im Besonderen zu referieren. Als sie den feindseligen Blick des Mannes vor dem Bild auffing, erschrak sie sichtlich und trat ein paar Schritte zurück. »*Scusi, signore*«, rief sie kleinlaut und erklärte ihrer Reisegruppe, man wolle das Studium des *signor professore* nicht weiter stören und würde später zur Artemisia zurückkehren. Brav wie eine folgsame Schafherde waren ihr die Teilnehmer der Gruppe gefolgt, bis auf eine ältere Dame, die sich den bösartigen Blick des *professore* selbst einfangen wollte, bevor sie, ebenfalls sichtlich erschrocken, der Gruppe eilig in den nächsten Raum folgte.

Für die nächste Stunde hatte er seine Ruhe, denn der für diesen Raum verantwortliche Wachmann, der nur die Worte »*scusi, professore*« aufgeschnappt hatte, verscheuchte alle weiteren Gruppen und einzelne Besucher. Man möge doch den *professore*, der gekommen sei, dieses Gemälde der Artemisia Gentileschi für eine neue Publikation zu studieren, bei seiner Arbeit nicht stören.

Und doch war es anders. John verspürte nicht die gleiche Erregung wie vor der anderen Version von Artemisia, damals in der Münchner Ausstellung, das hatte er nie vergessen. Die Künstlerin hatte die Komposition abgewandelt. Seinem fotografischen Gedächtnis war es zu verdanken, dass er die Veränderung registrierte. Er wollte jetzt genau wissen, was dieses Unbehagen verursacht hatte. Im Museums-Shop fand er eine kleine Schrift, die ihm für seine Zwecke durchaus genügte. Darin waren die beiden Versionen nebeneinander abgebildet. Er fand den Grund für sein Unbehagen. Die erste Version des Bildes, das Bild aus Capodimonte, hatte Artemisia offenbar zehn Jahre vor der Florentiner Judith geschaffen. Dies erste Bild weist unter der sichtbaren Malschicht mehrere *pentimenti* auf, Veränderungen der Komposition: Der linke Arm des Holofernes wurde leicht verlängert und stellt so einen noch dramatischeren Abwehrkampf dar, während die rechte Faust der Judith, die das Schwert umfasst, nach unten gedrückt wird, um den Druck auf den Hals ihres Opfers zu erhöhen. Diese deutlich erkennbaren Veränderungen in der Komposition des Bildes während des Entstehungsprozesses deuteten darauf hin, dass es sich hier um die Erstversion handelte. Das Format des neapolitanischen Bildes ist außerdem um einiges kleiner, die Figuren sind dadurch enger zusammengerückt. Das Ergebnis dieser Verkleinerung ist, dass die Figuren in ihrer Proportion größer erscheinen.

Artemisia hatte in der späteren Florentiner Version die Komposition verfeinert: Sie lässt die Beine des Holofernes unter einer roten Bettdecke strampeln, während in der anderen Darstellung die Beine im Dunkeln verschwinden. So hat man den Eindruck, dass sich der Florentiner Holofernes verzweifelter wehrt. Das hilft ihm aber auch nichts. Die ebenso junge wie kräftige Magd der Judith stemmt sich mit aller Kraft auf den linken Arm des Mannes und auf seine Brust. Seine zur Faust geballte Rechte, die mit hilfloser Geste auf das Gesicht der Magd zielt, erreicht sein Ziel nicht mehr und wird bald kraftlos herabsinken. Judith hingegen lässt sich davon nicht beirren. Mit ihrer Linken drückt sie energisch den Kopf des Mannes, den sie am Schopf und am Bart festhält, auf das zerwühlte weiße Tuch des Bettes. Mit ihrer Rechten führt sie das Schwert unaufhaltsam auf und ab, das Blut läuft bereits in Strömen auf das weiße Leintuch herab.

Im Florentiner Bild spritzt das Blut im hohen Bogen auf das gelbe Seidenkleid der Rächerin und auf die Haut ihrer Brust an ihrem Dekolleté. Sie schaut grimmiger auf ihr Opfer, die Falten zwischen ihren Augen sind etwas schärfer gezeichnet, sie macht einen noch rachsüchtigeren Eindruck.

Die Judith aus Capodimonte hingegen zieht mit gelassenerem Ausdruck, eher würdevoll als rachsüchtig, aber genauso entschlossen das Schwert durch den Hals des Mannes. Das herrliche Lapisblau ihres Gewandes mit goldenen Verzierungen und darunter, ihre Brust bedeckend, eine blütenweiße gerüschte Bluse bleiben vom Blut ihres Opfers unbefleckt.

Das war es, was John erregt hatte: Die wild entschlossene Rächerin, die den Mann, mit dem sie, um ihn in Sicherheit zu wiegen, zuvor geschlafen hatte, unerbittlich umbrachte, grausam, aber würdevoll.

Würdevoll, das war es! Alle Schandtaten, die dieser schreckliche Mann ihrem Volk und ihr selbst angetan hatte, waren gerächt und gesühnt. Der stumme Schmerz, der halb geöffnete Mund, der keinen Laut mehr hervorbringen konnte, die halb erstaunten, halb schon erloschenen Augen, die den Betrachter anstarrten: All das hatte in seiner Brutalität, in seiner Hilflosigkeit etwas Würdevolles. Was mochten die letzten Gedanken des Mannes gewesen sein, als er zu realisieren begann, dass die Frau aus dem Volk, das er in der Schlacht als siegreicher Feldherr besiegt hatte, dass ausgerechnet diese Frau, die sich ihm selbst dargeboten hatte, ihm dem Siegreichen, ihm jetzt die letzte und größte Erniedrigung zufügte: in seinem eigenen Bett, mit seinem eigenen Schwert, von der Frau, mit der er soeben geschlafen hatte, getötet zu werden! Als er das kalte Metall an seinem Hals spürt, wie es immer weiter eindringt, zuerst die Schlagadern durchtrennt – da ist er sicher noch bei Bewusstsein –, auf die Knochen der Halswirbelsäule stößt, er das Splittern noch wahrnimmt, bis er einen letzten, stechenden Schmerz verspürt, der ihn zu einem letzten lautlosen Schrei, einem letzten Entsetzen bewegen will,

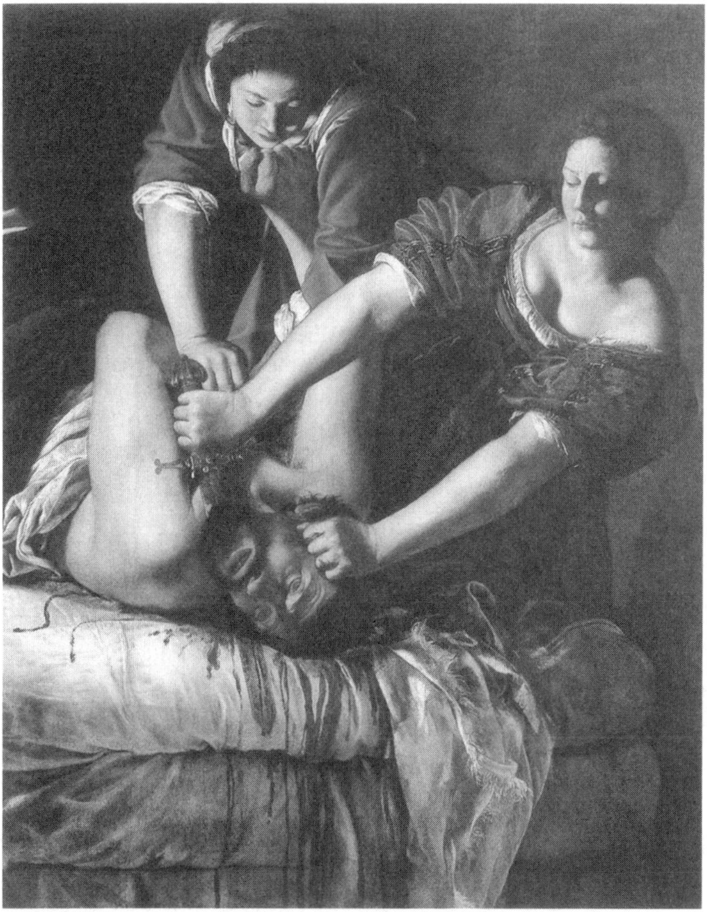

Artemisia Gentileschi (1597–1651),
Judith und Holofernes
Neapel/Capodimonte

Artemisia Gentileschi (1597–1651),
Judith und Holofernes
Uffizien, Florenz

der aber nur noch in seinem Kopf widerhallt, bis die Kälte den Nervenstrang erreicht und durchtrennt und er weiß, dass er von seinen höllischen Schmerzen befreit werden würde.
Das war so erregend, dass John diesen letzten Schmerz wie einen Phantomschmerz an eigenen, nicht mehr vorhandenen Gliedmaßen verspürte. Er wankte leicht, benommen von diesem Mit-Erleben des Schmerzes und der letzten Gedanken des Mannes, der ihn mit seinen verlöschenden Augen anstarrte, sodass er sich nach einem Halt umsehen musste. Der beflissene Wärter, der den *professore* in bewundernder Unterwürfigkeit beobachtet hatte, stürzte sofort herbei, um den hohen Gast vor dem Sturz zu bewahren.

Ein Klopfen an der Zimmertür riss ihn aus seinen Gedanken. »Housekeeping!«
Er sprang aus dem Bett. Als er realisierte, wo er war, und dass das Zimmermädchen nichts anderes wollte, als das Zimmer für die Nacht fertig zu machen, bedankte er sich – erleichtert darüber, dass er wieder in die Realität zurückgeholt worden war.
Er nahm noch eine kalte Dusche und fuhr nach unten ins Restaurant. Sein Wein stand schon auf dem Tisch. Er war fast eine Stunde später erschienen, aber der Sommelier tröstete ihn, die Stunde habe dem Wein in der Karaffe sicher gutgetan, er habe ihn sogar zweimal dekantiert, einmal hin und einmal wieder zurück, damit er noch mehr Luft bekam, jetzt sei er sicher noch weicher.
Man hatte ihm seinen Lieblingstisch in einer Nische reserviert. Da konnte er ungestört während des Essens seine Zeitung oder ein Buch lesen. Er war an diesem Tisch ohnehin immer bester Laune: Genau hier hatte er vor vielen Jahren mit einem Kunden gegessen und sich mit ihm auf einen großen Deal geeinigt.
Beflügelt von dieser Erinnerung, bestellte sich John zunächst ein Gläschen Puligny Montrachet, ein erstklassiger weißer Bur-

gunder, der im Club auch aus dem Glas serviert wurde. Ein köstlicher und ein sehr typischer Chardonnay, einer seiner liebsten Weißweine. Und da stand auch der Château de Beaucastel 1999, auf den er sich schon den ganzen Tag gefreut hatte. Der Beaucastel war ein sehr kräftiger Wein, das zweimalige Dekantieren hatte ihm sicher gutgetan.

Der marinierte Lachs mit einem Sorbet von roten Beeren und Crème Fraîche war ungewöhnlich, aber überzeugend. Dazu gab es winzige, aber dafür umso bessere Blinis. Als sich John frischen Pfeffer darüber gab, da blühte das Sorbet erst so richtig auf!

In großer Erwartung probierte John nach dem Lachs endlich den Beaucastel. Die Flasche enttäuschte nicht. Der Wein präsentierte sich sehr dunkel, fast schwarz und undurchdringlich. Die Nase wurde umschmeichelt von einem Duft nach Tabak und Trüffel. Der erste Schluck war überwältigend. Sehr dicht, fast rauchig, und dennoch voller Frucht. Herrliche tiefe schwarze Frucht, Pilze, Waldboden, Brombeeren, fast eine Fruchtbombe! Der junge Sommelier war sehr nett, aber letztlich hatte er keine Ahnung, wie John schon bei der ersten Begegnung festgestellt hatte. Er hatte das Gefühl, er könnte ihm alles Mögliche erzählen, er würde ihm alles glauben. Aber Hauptsache, der Wein war köstlich. Er schmeckte Pfeffer oder noch besser: gepfefferte Waldbeeren. Und darüber diese leichten Töne beginnender Oxidation. Faszinierend!

Aber diese Flasche war sehr viel weniger oxidiert als die, welche er das letzte Mal getrunken hatte. Aus ein und demselben Jahrgang, wahrscheinlich sogar aus derselben Kiste: Und doch so unterschiedlich!

Dann kam der Rehrücken, sehr zart, innen schön rosa, man konnte ihn fast mit der Gabel zerteilen, offenbar sehr gut abgehangen, dazu Streifen von Roten Beten, und unter den Fleischstücken des Rückens: ein wenig geschmortes, ganz weich zerfasertes Fleisch, das war wunderbar. Und dann die kräftige Soße, die ein wenig von der Roten Bete dominiert war! Das passte hervorragend zum Châteauneuf-du-Pape.

John machte sich Notizen über seine Eindrücke zum Wein. Während er schrieb, dachte er: Hätte ich nur all die Jahre in den Restaurants solche Notizen gemacht! Ein wunderbares Kompendium hätte er da zusammenschreiben können, über all die Weine und Speisen, die er in den letzten zwanzig Jahren genossen hatte. Das war jetzt natürlich nicht mehr aufzuholen!

Den Beaucastel hätte man sogar einige Stunden vorher dekantieren können, er wurde immer besser! Und natürlich hatte inzwischen auch der gebratene Rehrücken und das Geschmorte in der kräftigen Soße ihre Wirkung am Gaumen und auf der Zunge hinterlassen. Sie ließen den Wein jetzt noch weicher und dennoch sehr fruchtig wirken. Die rauchigen Töne waren verschwunden, die anfangs sehr kräftigen Tannine waren kaum noch zu spüren. Zu den gepfefferten Waldbeeren waren jetzt noch tiefschwarze, süße Kirschen hinzugekommen. Leider hatte er dem Sommelier versprochen, er würde ihm ein, zwei Gläser in der Karaffe zum Probieren zurücklassen – was ihm nun äußerst schwerfiel, der Wein war einfach zu köstlich!

III. KAPITEL

John saß auf der Terrasse des Berkeley in der Avenue Matignon und trank einen kleinen *café noir*, bevor er sich mit Suzanne, der Mitarbeiterin des Altmeister-Departments des Auktionshauses nebenan, zum Mittagessen im »Market« traf. Es war ihm nicht angenehm gewesen, noch einmal nach Paris fahren zu müssen, nur weil der Agent der »anderen Seite« den letzten Termin nicht eingehalten hatte. Er war in London entsprechend instruiert worden, über sein Pre-Paid-Handy, das er dafür verwenden musste. Dieses Mal war der Eurostar ohne eine Minute Verspätung in der Gare du Nord eingetroffen. Der Austausch der Koffer war vollkommen problemlos vor sich gegangen. Üblicherweise geschah das in wechselnden Hotels, aber immer nach dem gleichen Schema: Den eigenen Handkoffer bei der Garderobe aufgeben, dann die Garderobenmarke mit der jeweiligen Kontaktperson unauffällig vertauschen – an der Bar oder in der Drehtür oder in der Herrentoilette –, und dann den neuen Koffer mit der vertauschten Garderobenmarke mitnehmen. Sein Auftrag – und sein Risiko – bestand nun darin, den Koffer mit offensichtlich brisantem Inhalt in ein anderes Land zu bringen. Meistens waren es ein oder zwei USB-Sticks, wie sie jeder Geschäftsmann in seinem Aktenkoffer mit sich trägt für den Fall, dass er Dokumente von seiner Festplatte sichern möchte. Wenigstens handelte es sich nicht mehr um Papier-

unterlagen, wie man es von den alten Agentenfilmen kannte, dachte sich John, das wäre wesentlich auffälliger gewesen.
Seine Aufgabe an diesem Tag, unter dem Decknamen »George Miller«, war die übliche: Er sollte den Austausch eines Aktenkoffers vornehmen. Seine letzte Aktion in London lag erst ein paar Tage zurück, dort war der vereinbarte Ort zum Tausch sein eigener Club gewesen. Das war ihm zwar nicht so recht – andererseits, was sollte schon passieren? Er war zur vereinbarten Zeit ins Basement hinuntergefahren, ins *Turkish Bath*, hatte sich in einer der mit Vorhängen abgeteilten Kabinen auf die Ruheliege gelegt und gewartet, bis ihm jemand den erwarteten Koffer unter dem Vorhang durchschob, nachdem er der anderen Seite per WhatsApp mitgeteilt hatte, in welcher Kabine er sich befand. Die Nummer hatte er kurz zuvor erhalten und anschließend, wie vereinbart, gleich wieder gelöscht. John hatte seinen leeren Koffer an den Rand der Kabine gestellt, sodass er leicht herausgezogen werden konnte. Es handelte sich immer um das gleiche Modell, dunkelbraunes Leder, mit Zahlenschloss, der Typ Aktenkoffer, den man jederzeit beim Internet-Händler bestellen konnte – vollkommen unauffällig.

Nun saß er also auf der Terrasse des Berkeley bei seinem *café noir* und las in seiner rosafarbenen *Financial Times*, das Erkennungszeichen. Er beherrschte inzwischen die Technik recht gut, so zu tun, als läse er aufmerksam in der Zeitung, und über den Rand der Zeitung seine Umgebung zu beobachten. Nach ein paar Minuten setzte sich an den Nebentisch ein elegant gekleideter Herr im dunkelblauen Nadelstreifen mit einem identischen Koffer, den er unter den runden Kaffeehaustisch stellte, genau neben Johns Koffer. Kurz darauf stand John auf, legte ein paar Münzen für seinen Espresso auf den Tisch und griff, ohne sich umzudrehen, nach dem anderen Koffer auf dem Boden. Er legte ihn kurz auf den Tisch, öffnete ihn mit der vereinbarten Zahlenkombination und legte seine Zeitung hinein. Eigentlich wollte er nur kurz nachsehen, ob das vereinbarte Honorar darin war. Er warf einen kurzen Blick auf die Scheine, nickte seinem Nachbarn zu, der, vertieft in seine *Le Monde*, ihn überhaupt nicht beachtete.

Das mit Suzanne vereinbarte Restaurant befand sich in derselben Straße nur ein paar Häuser weiter, aber er wollte sichergehen, dass er keine Verbindung schuf zwischen jenem George Miller, der gerade das Café verlassen hatte und John Blumenstein, der ein paar Minuten später das Restaurant nebenan betreten sollte. Er überquerte also die Straße, ging hinüber zur Gartenseite des Palais d'Elysée, die gutbewachte Mauer des Regierungssitzes des französischen Staatspräsidenten entlang, um am oberen Ende nach links in die Rue du Faubourg Saint-Honoré einzubiegen, nachdem er mit einem kurzen, sicheren Handgriff den falschen Bart, die Perücke und die Brille abgenommen hatte. Die Krawatte nahm er ebenfalls ab und faltete sie in seine rechte Brusttasche. Als er am Hotel Bristol angekommen war, war er wieder John Blumenstein.

Er schaute auf die Uhr und sah, dass er noch zwanzig Minuten Zeit hatte. Das kam ihm gelegen, so konnte er noch einen kleinen Aperitif in der Bar des Hotels zu sich nehmen und auf seinem Handy das Angebot der nächsten Auktion durchblättern, bevor er sich mit der Chefin der Altmeisterabteilung darüber unterhielt. Eine gute Idee, denn Paolo, der italienische Barkeeper des Bristol, war ein Meister der *shaken cocktails*! Ihm war nach einem Shaken Campari. Paolo hatte stets einige gefrorene Cocktailgläser im Gefrierfach, damit fing die Kunst schon an. Alles Weitere war dann sehr einfach – oder es schien einfach:

den Campari in einen gut mit Eis gefüllten metallenen Mixbecher geben, einen kleinen Spritzer Wodka hinzufügen, einmal ordentlich durchschütteln und durch das Sieb in das eiskalte Cocktailglas einschenken. Zum Schluss einen Spritzer aus der frischen Limonenschale: So mochte er seinen Shaken Campari.

Das anschließende Mittagessen mit Suzanne verlief freundlich, aber etwas langweilig. Vor Jahren hatte er einmal versucht, mit ihr zu flirten, aber die Reaktion war – schon gar für eine Französin – irgendetwas zwischen lauwarm und bereits abgekühlt, bevor man es überhaupt versucht hatte. Also ließ er es wieder. Fortan zog er es vor, ihr das Gefühl zu geben, sie sei für ihn die wichtigste Informantin und Vertraute in ganz Paris, was natürlich unsinnig war. Aber es half in gewisser Beziehung. Zumindest hatte John ab und zu das Gefühl, er sei tatsächlich der Einzige, dem sie Bilder aus zukünftigen Auktionen zeigte, über die noch nicht entschieden war. Und einmal, das würde er ihr nie vergessen, hatte sie ihm sogar ein sehr schönes Blumenstillleben privat angeboten. Der Eigentümer hatte die öffentliche Versteigerung gescheut. Ob wegen »der Verwandten«, wie es hieß, oder weil das Bild keine einwandfreie Provenienz vorweisen konnte – es war ihm egal. John hatte das Angebot damals sofort angenommen und das Bild mit einem hübschen Profit an einen deutschen Sammler weitergegeben, der sich an dem Provenienzmakel nicht störte. Unter den zwischenzeitlichen Eigentümern war auch ein gewisser Hermann Göring, wer weiß, vielleicht war das für den deutschen Käufer gar eine zusätzliche Attraktion gewesen. John war das vollkommen gleichgültig, ihm war es wichtig, dass man mit dem Bild Geld verdienen konnte, und das gar nicht mal so schlecht.

Es hatte sich für ihn – und Suzanne – in jedem Fall gelohnt. John konnte das Bild für weniger als ein Drittel eines »unbelasteten«

Wertes erwerben. Der französische Verkäufer hatte sich ganz bewusst für einen diskreten *private sale* an einen Kunsthändler, dem die Provenienz nichts auszumachen schien, entschieden. Er war bereits vor dem Verkauf des Stilllebens einmal »Opfer« ungeklärter Provenienzen geworden, als er eine Landschaft aus dem Erbe seines Vaters veräußern wollte. Das Bild wurde dann vor der Auktion von der Polizei beschlagnahmt. Wie sich herausstellte, hatte es einem jüdischen französischen Kunsthändler gehört, der es in der Nazizeit in einem sogenannten *forced sale*, also unter Druck und weit unter Wert, verkaufen musste. Es sollte den Beständen des geplanten Führermuseums in Linz einverleibt werden. Sein Vater hätte damals, so erklärte man ihm, niemals die Eigentumsrechte an dem Bild erwerben können. Er musste es schließlich entschädigungslos wieder hergeben.

John kam gerne ins Restaurant »Market«, wenn er in Paris war. Die franco-asiatische Fusion-Küche hatte es ihm angetan – es war eine moderne Küche mit traditionellen Details. Der *Gazpacho*, für das er sich diesmal entschieden hatte, war eine traditionelle spanische Spezialität, aber irgendwie schmeckte die kalte Tomatenessenz anders als üblich. Es waren wohl die Gewürze und das besondere Olivenöl, das den *Gazpacho* weniger spanisch erscheinen ließ. Seine Hauptspeise war eines seiner Lieblingsgerichte im Restaurant: *Daurade aux épices, bouillon aigre-doux.* Die orientalischen Gewürze und die süß-saure Sauce machten den auf der Haut gebratenen Fisch ganz speziell. Suzanne dagegen hatte sich für eine ziemlich langweilige Sushi-Box entschieden. Sie war wohl schon zu häufig im »Market« gewesen, schließlich war es so etwas wie die Kantine des Auktionshauses, das sich im selben Gebäude befand.

Dieses Mal ging es im Gespräch mit Suzanne wieder um ein Blumenstillleben, wohl von Jan Brueghel dem Jüngeren. Das müsste man noch verifizieren, erklärte Suzanne, man warte noch auf die Gutachten der Brueghel-Experten. Im Gegensatz zu ihren ersten Andeutungen, sollte das Bild nun doch in die Dezemberversteigerung nach London eingeliefert werden. John ließ sich die Enttäuschung darüber, dass ihm ein womöglich lukrativer Direkt-Ankauf nicht gelingen würde, nicht anmerken. Nach dem Mittagessen gingen sie hinüber ins Auktionshaus, um sich die Bilder in Suzannes Abteilung anzusehen. Vielleicht würde er etwas anderes finden, und außerdem gefiel ihm Suzanne immer besser …

John hatte sich angewöhnt, niemals aufzugeben.

IV. KAPITEL

Es war wieder eine dieser Depressionen. Alles erschien ihm grau und farblos. Es interessierte ihn nicht mal, ob seine alte Zimmerpflanze, die ihn seit Jahren bei jedem Bürowechsel begleitete, ein inzwischen ziemlich unansehnlich verknorrter Gummibaum, genug Wasser hatte oder nicht. Für gewöhnlich war das seine erste Sorge und Tätigkeit, wenn er morgens das Büro betrat: an das Fensterbrett zu gehen, die Gießkanne mit dem langen Ausguss in der Hand, und seine Pflanze zu versorgen. Heute interessierte es ihn nicht. Das Schicksal seines *Ficus Elastica* war ihm gleichgültig geworden.

Seit Tagen war er der düsteren Seelenlage nicht entkommen. Als studierter Psychologe wusste Martin Blume über Depressionen Bescheid, aber in seinem eigenen Fall war er vom Beobachter zum Betroffenen geworden. Sein einstmals geliebter Job hatte für ihn an Attraktivität verloren, obgleich er in den letzten Jahren befördert worden war. Martin Blume hatte, wie sein Vater, die Beamtenlaufbahn eingeschlagen, hatte als Psychologe mit Hochschulabschluss eine Stelle bei der Polizei als Polizeipsychologe erhalten. Nach einiger Zeit war er auf seine mehrmalige Bewerbung hin im Bundeskriminalamt in Wiesbaden gelandet. Dort war er zunächst bei den Zentralen Diensten untergekommen. Er beschäftigte sich mit der Weiterentwicklung der Gesichtserkennungsysteme und der damit verbundenen Phan-

tombild-Erstellung. Nach einiger Zeit bewarb er sich mit Erfolg um eine leitende Stelle in der Abteilung für Organisierte Kriminalität und wurde in dieser Position Verbindungsmann zu Interpol.
Seine Familie war im Laufe der Jahre gewachsen. Nach seiner Heirat mit Berti, der Tochter eines Polizeihauptkommissars, war das Paar nach Wiesbaden gezogen. Mithilfe der Polizei-Gewerkschaft hatte er eine hübsche Wohnung gefunden, die er sich auch leisten konnte. In kurzen Abständen kamen zwei Kinder auf die Welt, Alfi und Lori, die prächtig gediehen. Seine ihn liebende Frau schuf ihm ein glückliches Zuhause, es gab also eigentlich keinen Grund, sich Depressionen hinzugeben. Aber er hatte wohl die Schwerblütigkeit des Vaters geerbt, eines Beamten im bayerischen Ministerium für Wissenschaft und Kunst, verantwortlich für die Budgets der kleineren Provinztheater. Ein Job, der ihn offenbar überhaupt nicht erfüllte und ihn, nach dem frühen Tod seiner Frau, schwermütig werden ließ. Es war ja auch keine schöne Aufgabe, immer aufs Neue die begabten und manchmal durchaus auch etwas verrückten Ideen und Aktivitäten der Theaterleute zurückstutzen zu müssen.

Wirkliches Interesse am Theater hatte der Vater ohnehin nicht. Martin konnte sich jedenfalls nicht erinnern, dass er als Kind einmal ins Theater mitgenommen wurde. Das erste Mal, dass er ein Theater besuchte, war im Abiturjahr. Mit seiner Schulklasse war er in den Münchner Kammerspielen gewesen, es war ein Shakespeare-Stück – seiner Erinnerung nach *Der Sturm*. Es hatte ihn nicht sonderlich bewegt, ganz im Gegensatz zu seinem Zwillingsbruder. Der konnte auf dem Nachhauseweg gar nicht mehr aufhören, von einer Rolle in die nächste zu schlüpfen, mal den Zauberer Prospero zu mimen, dann wieder den Luftgeist

Ariel. Die ganze Geschichte war Martin viel zu unwahrscheinlich erschienen. Er hatte sich vom Theater »Wahrheit« erwartet, während sein Bruder von der Märchenwelt des Stückes gar nicht genug bekommen konnte und die Geschichte in seiner Phantasie immer weiter spann.

Diese völlig andere Sicht der Dinge hatte ihn und seinen Bruder immer unterschieden, dachte Martin.

Er wollte seiner Zimmerpflanze nun doch einige Tropfen abgestandenes Wasser gönnen. Dann kehrte er an seinen penibel aufgeräumten Schreibtisch zurück. Martin glaubte nicht an die Idee der kreativen Unordnung, wie sie auf den Schreibtischen einiger seiner Kollegen herrschte, mochten diese auch noch so sehr behaupteten, in ihrem »geordneten Chaos« stets zu wissen, wo das Papier war, das sie gerade brauchten. Er glaubte an Ordnung, logische Ablage und Klarheit im Kopf. Nur so konnte er seine Aufgabe erfüllen, Verbrechern das Handwerk zu legen. Und die Welt war voll davon! Er sah sich wie Sisyphos täglich den großen Felsen den Berg hinaufrollen, um ihn kurz vor dem Gipfel wieder zu Tal stürzen zu sehen und dann abermals mit der Arbeit zu beginnen.

Es war endlos und sinnlos. Und absurd. Seine Frau hatte ihm einmal das Buch *Der Mythos des Sisyphos* von Albert Camus geschenkt. Er musste es hier noch irgendwo haben. Tatsächlich, da stand es, in seinem Aktenschrank, inmitten hochsensibler Akten, ein schmales Bändchen. Martin schlug die eingemerkte Seite auf und las die Stelle, die er immer und immer wieder gelesen hatte, ohne sie je wirklich zu verstehen.

»Jeder Gran dieses Steins, jedes mineralische Aufblitzen in diesem in Nacht gehüllten Berg ist eine Welt für sich. Der Kampf gegen Gipfel vermag ein Menschenherz auszufüllen. Wir müssen uns Sisyphos als einen glücklichen Menschen vorstellen.«

Wie kann man glücklich darüber sein, tagaus und tagein eine sinnlose schwere Arbeit zu tun, wissend darum, dass es kein Ende nehmen würde? Die Logik dieser Absurdität leuchtete ihm nicht ein. Er wollte doch Lösungen, er wollte Verbrechen aufklären, die Verbrecher, die Mörder, die Betrüger überführen! Deswegen wollte er Polizist werden, deshalb hatte er sich für den Dienst beim BKA entschieden.

Martin legte das Buch zurück und holte stattdessen eine Akte heraus, eine ziemlich dicke, die er auf dem Rücken beschriftet hatte: *Unaufgeklärte Verbrechen.*

Darin waren Morde aufgelistet, die seiner Abteilung für Organisiertes Verbrechen zugeteilt worden waren, allesamt unaufgeklärte Fälle. Er hatte das wohl nicht unberechtigte Gefühl, dass einige seiner Kollegen ihn mit unverhohlener Schadenfreude mit diesen Vorgängen eindeckten. Schließlich sei er der Psychologe, er könne sich doch wohl am besten in die kranken Hirne dieser abartigen Menschen hineinversetzen. Zunächst hatte er versucht herauszufinden, ob diese Morde womöglich Gemeinsamkeiten aufwiesen, denn er musste bald feststellen, dass es keine erkennbaren individuellen Motive gab, die hätten weiterhelfen können. Keine Beziehungstaten, keine Eifersuchts- oder Verzweiflungstaten.

Also vielleicht doch Fälle für seine Abteilung für Organisierte Verbrechen? Dafür sprachen zumindest die zwei Morde, die wie geplante Hinrichtungen aussahen. Der eine: ein von Pfeilen durchbohrter nackter Mann im Londoner Richmond Park. Der andere, ein ähnlich scheußlicher Mord, hatte sich in unmittelbarer Nähe abgespielt, in einem Hotel nur ein paar Kilometer von Wiesbaden entfernt, in einem Waldstück nahe dem Frankfurter Flughafen. Eine regelrechte Enthauptung, direkt vor seiner Nase! Bei den Ermittlungen hatte sich herausgestellt, dass der Enthauptete ein russischer Agent war. War es vielleicht ein Racheakt einer ausländischen Geheimdienstorganisation? Aber die Art der Ermordung war höchst ungewöhnlich. Steckte hier vielleicht ein Hinweis auf die Auftraggeber des Opfers?

Im Londoner Fall waren die Kollegen vom Scotland Yard, die für diesen Mord, wenn es denn einer war, zuständig waren, ebenso wenig weitergekommen. Der junge Mann, der, fast nackt und von mehreren Pfeilen durchbohrt, mit Stricken an einen Baum gebunden, im Richmond Park gefunden worden war, wies keinerlei besondere Merkmale auf. Ein vollkommen unbeschriebenes Blatt, Student an der LSE, der London School of Economics, aus gutem Hause, ein junger Mann, der keine Feinde hatte, eingebettet in ein glückliches Zuhause, keine Hinweise auf irgendwelche Verbindungen in die Stricher-Szene. Also warum hatte er so enden müssen?

Könnten diese beiden Verbrechen, fragte er sich, auf Racheakte einer Verbrecherorganisation hinweisen? Es gab aber keine Verbindung zwischen den beiden Toten, außer dass sie beide auf sehr brutale Weise hingerichtet worden waren.

Die Fälle stachelten seinen Ehrgeiz an. Er bräuchte so dringend einen großen gelösten Fall, um die längst überfällige Beförderung zum Kriminalhauptkommissar zu erhalten. Er dachte an Berti, ihre ständigen Vorhaltungen, das Geld reiche hinten und vorne nicht, eine Gehaltsaufbesserung wäre dringend angesagt. Der Rang eines Kriminalhauptkommissars war die nächste Stufe in Reichweite, als Abteilungsleiter müsste er da eigentlich hinkommen. Aber er hatte eine schlechte Aufklärungsquote, und wer weiß: Womöglich machte man sich andernorts schon Gedanken darüber, dass er eine Fehlbesetzung sei. Hätte er nicht schon längst wieder befördert werden müssen? Martin stand sichtlich unter Druck. Er brauchte wirklich dringend eine spektakuläre Aufklärung. Stattdessen wurde die Akte »Unaufgeklärte Fälle« dicker und dicker …

Der junge Mann im Richmond Park, dieser Mord war schon fast ein Jahr alt. Den legte er erst mal beiseite. Das war auch eigentlich ein Fall für Scotland Yard, von Interpol an sein Büro weitergeleitet.

Stattdessen wollte er sich noch mal die Enthauptung im Hotel vornehmen. Entdeckt hatte den Mord das rumänische Zimmermädchen. Gegen 11 Uhr vormittags hatte sie es nach mehrmaligem Klopfen gewagt, die Zimmertür aufzuschließen, obwohl das rote *Do-not-Disturb*-Schild an der Türklinke hing. Um 11 Uhr am Vormittag! Das erklärte sie immer wieder, als hätte sie ein schlechtes Gewissen, dass sie die Tür trotz des Schildes aufgemacht hatte. Normalerweise verlassen die Gäste das Hotel sehr früh, sie kommen spät und checken früh aus. Dies ist kein Hotel, in dem man sich länger aufhält, es wird von Reisenden genutzt, die vom Frankfurter Flughafen kommen oder zum Flughafen wollen und hier eine Nacht verbringen. Oder es handelt sich um Gäste einer Tagung, dann kommen sie alle gemeinsam und gehen gemeinsam. Aber das Opfer war ein Individualreisender.

In dem Bericht hieß es weiter, dass man das Zimmermädchen mehrmals beruhigt habe. Sie habe sich absolut richtig verhalten. Sie hatte das Zimmer aufgesperrt, und dann war sie laut schreiend zur Rezeption hinuntergestürzt. Sie hatte ausgesagt, dass sie nichts im Zimmer berührt habe. Soweit alles richtig.

Die herbeigerufenen Kollegen der Spurensicherung und der Mordkommission hatten Folgendes vorgefunden: Der Rumpf des Opfers lag inmitten der aufgewühlten Bettlaken, beide Hände in die Laken verkrampft, Zeuge eines verzweifelten Todeskampfs. Ein Meer von Blut. Durch den abgetrennten Stumpf des Halses war das Blut ungehemmt aus dem Körper geflossen, der Tote war regelrecht ausgeblutet. Doch wo war der Kopf?

Es dauerte eine Weile, bis sie ihn fanden. Das Zimmer hatte eine Verbindungstür zum Nebenzimmer. Beide Türen waren verschlossen, aber mit dem Hauptschlüssel konnte man sie aufschließen. Das Zimmer nebenan, von dem die Hotelangestellten versicherten, es sei in jener Nacht nicht belegt gewesen, war offensichtlich unbenutzt. Aber da stand ein großer silberner Servierwagen im Zimmer, wie man sie in Restaurants benutzte, um den Sonntagsbraten vor dem Gast am Tisch zu tranchieren, mit einem großen, versenkbaren silbernen Deckel. Als die Kollegen am Tatort den Deckel des Servierwagens öffneten, bot sich ihnen ein grausiges Bild. Darin lag, wie hübsch zur Präsentation hergerichtet, auf dem abgeschnittenen Hals stehend, leicht zur Seite geneigt, der Kopf des Opfers. Die Haare blutverschmiert, ebenso der Bart, der Mund weit aufgerissen, die Zunge hervorquellend, als wollte er noch den Namen seines Mörders in die Welt hinausschreien.
Martin sah sich die Tatort-Fotos an, eines nach dem anderen. Die aufgewühlten Bettlaken, der Körper wie hindrapiert, der offene Hals mit den Hauptschlagadern, dort, wo die Wirbelsäule durchtrennt worden war. Was ihn interessierte, waren die Spuren an der Haut: Es waren längere Risse und Zerrungen der Haut zu sehen, als ob der Kopf mit einem längeren Messer abgesäbelt worden sei. War das Opfer, ein bärtiger, muskulöser Mann, während der Tortur bei Bewusstsein gewesen, oder war

er getötet worden, bevor ihm der Kopf abgetrennt wurde? Die Kollegen von der Spurensicherung und der von der Forensik, der den Todeszeitpunkt festgelegt hatte, waren sich einig: Der Tote war gegen 3:30 Uhr, also mitten in der Nacht, getötet worden, und es waren keine Anzeichen einer weiteren Gewalteinwirkung festzustellen. Das Mordwerkzeug? Ein langes Messer, oder ein Schwert? Ein Schwert, das wäre ja ungewöhnlich. Hatte man keine Spuren des Metalls entdeckt? Oder vielleicht Rostpartikel? Rostpartikel könnten vielleicht auf ein altes Schwert hinweisen. Jedenfalls zeigten einige der Detailaufnahmen, dass die Haut und die durchgesägten Knochenteile Spuren von deutlichen Hin- und Her-Bewegungen aufwiesen. Auch waren Knochenteile der Wirbelsäule abgesplittert, was darauf schließen ließ, dass der Täter ein Instrument verwendete, das möglicherweise nicht sehr scharf war, und der Täter mit ziemlichem Kraftaufwand hin und her säbeln musste.

Das heißt, der Täter musste so kräftig gewesen sein, um sein Opfer auf dem Bett bändigen zu können und ihm dabei den Kopf abzutrennen. Hatte man bei der Obduktion den Magen des Opfers untersucht? Waren Spuren von Alkohol gefunden worden? Martin blätterte in den Akten: Der Magen war ziemlich leer gewesen, der Getötete hatte offenbar länger nicht ausgiebig gegessen, aber er hatte den Inhalt von zwei Miniflaschen Wodka aus der Minibar zu sich genommen, dazu ein paar Kräcker.

Sein Gepäck bestand aus einem kleinen Rollkoffer mit den üblichen Übernachtungsutensilien, einer Ersatzhose, zwei Hemden, zwei Unterhosen, Strümpfen, Waschzeug. Außerdem war da ein Aktenkoffer. Das Flugticket vom Vortag: von Moskau-Scheremetjewo nach Frankfurt am Main mit Aeroflot 2302, Abflug in Moskau um 15:35 Uhr Ortszeit, Ankunft in Frankfurt um

18:00 Uhr, nach einer Flugzeit von zirka dreieinhalb Stunden, mit knapp dreißig Minuten Verspätung. Der Name auf dem Flugticket stimmte mit dem Namen im Pass überein, der im Aktenkoffer lag: Michail Andrejewitsch Smirnow, russischer Staatsbürger. Der Taxifahrer, der den Russen vom Flughafen zum Hotel gefahren hatte, war schnell ausfindig gemacht worden. Er konnte jedoch nichts dazu beitragen, was für die Ermittler hilfreich gewesen wäre, außer, dass sein Fahrgast höflich war und ihm ein angemessenes Trinkgeld gegeben hatte. Ansonsten sei er sehr schweigsam gewesen. Aber die Fahrt vom Terminal zum Hotel war ja ohnehin sehr kurz.

Im Hotel war er erst gegen 21:00 Uhr eingetroffen, das heißt, er musste vorher jemanden getroffen haben, vielleicht am Flughafen? Ein kurzer Check-in für eine Nacht, und dann war er sofort auf sein Zimmer gegangen. Niemand im Hotel konnte sich an ihn erinnern, auch nicht die Mitarbeiter an der Rezeption. Er war wohl sehr unauffällig, kein Zimmerservice, nichts. Aber da war der Servierwagen im Nebenzimmer. Der Servierwagen wird üblicherweise nicht für den Zimmerservice eingesetzt, sondern nur im Restaurant, wenn ein großer Braten serviert wird, ein Roastbeef, eine ganze Hochrippe am Stück oder Ähnliches. Das war an dem Abend im Hotelrestaurant aber nicht der Fall. Es war überhaupt ein sehr ruhiger Abend, die letzten Gäste, eine vierköpfige japanische Familie, hatten das Restaurant gegen 22:30 Uhr verlassen, und alle hatten sie Fisch gegessen.

Es musste also jemand den Servierwagen aus dem Restaurant in den Service-Gang und den Service-Lift geschoben und in den ersten Stock gebracht haben. Dieser Jemand musste anschließend die Verbindungstür der Zimmer geöffnet haben, was zugegebenermaßen nicht sehr schwierig war. Nur: Das Nebenzimmer war gar nicht belegt gewesen. Allerdings hatte der Russe angegeben, dass er das angrenzende Zimmer, mit Verbindungstür, ebenfalls reservieren wolle. Aber dann war das Zimmer wohl nicht mehr benötigt worden.

Überwachungskameras gab es in den Gängen nicht, wusste das der Täter? Es gab nur eine Kamera, die den Eingangsbereich des Hotels überwachte. Die Auswertung der Aufzeichnungen ergab, dass sich gegen Viertel vor vier Uhr morgens eine Reisegruppe Japaner mit fünfzehn bis zwanzig Personen in der Halle befand und gemeinsam das Hotel verließ. Sie stiegen in einen wartenden Bus zum Flughafen für einen frühen Check-in. An der Rezeption hielt sich niemand lange auf, die Japaner hatten offenbar alle bereits am Vorabend ausgecheckt. Zu diesem Zeitpunkt war auch nur der Nachtportier anwesend, er wäre ohnehin überfordert gewesen. Er konnte auf die Befragung hin auch nicht angeben, ob außer der japanischen Gruppe noch jemand das Hotel verlassen hatte. Wenn der Todeszeitpunkt etwa um 3:30 Uhr gewesen war, hätte unser Täter nur ein wenig warten müssen, um sich unter die japanische Gruppe zu mischen und den allgemeinen Aufbruch zu nutzen, um unentdeckt das Hotel zu verlassen. So ähnlich musste er es auch am Vorabend getan haben, als er ins Hotel gekommen war. Er war niemandem aufgefallen. Oder war es vielleicht einer der Japaner gewesen? Der Täter hätte allerdings auch durch die Küche und den Lieferantenausgang das Haus verlassen können, dann wäre er auf der Rückseite des Hotels auf den Mitarbeiter-Parkplatz gelangt. Es gab aber keine Zeugen dafür, und für den rückwärtigen Teil des Hotels gab es auch keine Überwachungskameras.

Die Kollegen des Frankfurter Morddezernats hatten den Fall als unaufgeklärt abgeschlossen. Sie wurden angewiesen, die Daten an das Auswärtige Amt weiterzugeben, das wiederum die russische Botschaft verständigte, da es sich bei dem Opfer um einen russischen Staatsbürger handelte. Die Kollegen in Frankfurt hatten sich dann nicht weiter um den Fall gekümmert, was darauf schließen ließ, dass man dort keine große Lust hatte, den Fall aufzuklären. Sie hatten offenbar, möglicherweise vom Auswärtigen Amt den Wink erhalten, nicht weiter in die Details zu gehen.

Was wiederum bedeuten könnte, dass es sich bei dem bärtigen Russen um einen Agenten des russischen Geheimdienstes oder eines der vielen verschiedenen russischen Geheimdienste handeln könnte. Man hatte längst den Überblick verloren, wie viele verschiedene russische Agenturen es jetzt gab, im Prinzip, so glaubte man, eine für jede erdenkliche Aufgabe.

Martin war sofort der Gedanke an einen Geheimagenten gekommen, denn der Aktenkoffer wies merkwürdige Anomalien auf: Es gab kleine verdeckte Geheimfächer unter dem herausnehmbaren Lederboden, die jedoch allesamt leer waren, dazu ein weiteres Geheimfach im Deckel, ebenfalls leer. Und dann war da noch der Mantel des Opfers: Der hatte in der Innentasche eine aufgerissene Naht, die eine Geheimtasche verbarg. Aber auch diese war leer.

Also ein Geheimagenten-Drama? Ein Rachemord? Verständlich, dass die Mordkommission sehr schnell zu dieser Vermutung kam und den Fall als unaufgeklärten Agentenmord abgeschlossen hatte.

Und dennoch stimmte hier etwas nicht, dachte sich Martin. Dies war eine Hinrichtung, kein normaler Mord. Agenten erschießen sich in der Regel gegenseitig, und zwar mit Pistole und Schalldämpfer, aber sie brachten sich nicht so dramatisch um. Die erledigten ihre Sache schnell und effizient, aber nicht so. Den Kopf abschneiden!

Martin schüttelte den Kopf, während er in seinem Büro auf und ab ging. Dann gab er dem Gummibaum noch einmal eine volle Kanne, sodass die arme Pflanze nach Tagen großer Entbehrung jetzt fast ersoffen wurde, und öffnete die nächste Akte: Der junge Mann im Richmond Park.

V. KAPITEL

John saß im Eurostar auf dem Rückweg von Paris nach London. Sein Besuch bei Suzanne, der Lunch und der anschließende Besuch im Magazin der Altmeister-Abteilung war am Ende doch noch recht erfreulich gewesen. Sie waren nach dem Essen nebenan ins Auktionshaus gegangen, waren mit dem großen Lastenlift in den Keller gefahren, an den Lagerräumen für Möbel, Skulpturen und am 19. Jahrhundert vorbei, nach ganz hinten zu dem mit Holzregalen vollgestellten Raum für die Alten Meister. Hier stapelte sich alles, was entweder noch katalogisiert werden sollte; oder bereits katalogisiert war und auf die nächste Auktion wartete; oder bereits verkauft war und auf Abholung wartete – oder im ungünstigsten Fall –, was auf der Auktion unverkauft geblieben war und jetzt einer neuen Bestimmung harrte.

John hatte zum Essen eine Flasche Meursault bestellt, unter dem Protest von Suzanne.

»Ich trinke, wenn überhaupt, nur ein kleines Gläschen!«

Aber das kannte John schon, wenn ihr der Wein schmeckte, würde sie schon ein paar Schlückchen mehr nehmen.

Er wählte einen Meursault-Charmes – allein schon der Name! – Jahrgang 2015 von der Domaine François Mikulski. Seit John die Weine dieses genialen Weinmachers kennengelernt hatte, hielt er auf jeder Weinkarte nach ihnen Ausschau. Der Meurseult-Charmes war sein bester Weißwein, ein hundertprozentiger Chardonnay, offiziell in der »Premier Cru«-Lage, aber durchaus mit Potenzial zum »Grand Cru«, wie John erklärte. Mit seinen köstlichen Citrus-Noten, seinen Anklängen an Ananas, gelben Pfirsich und exotischen Gewürzen und einer schier unglaublichen Länge, eignete er sich ausgezeichnet als Begleiter zur asiatischen Küche. Suzanne, die zunächst nur ein Gläschen probieren wollte, trank dann doch wesentlich mehr. Immer wieder schenkte John ihr nach.

Als sie im Souterrain angekommen waren, bemerkte John, dass Suzanne beim Verlassen des Lifts leicht schwankte. Er lächelte, der erste Teil seines Planes war erreicht, er würde sie schon weichkriegen. Er hatte sich fest vorgenommen, Suzanne nicht zu direkt anzumachen, er wollte sie geschickt dazu überreden, ihm Bilder privat anzubieten und nicht über die Auktion laufen zu lassen. Um dieses Ziel zu erreichen, war ihm allerdings jedes Mittel recht.

Das Stillleben aus der Brueghel-Werkstatt, das in der Dezember-Auktion in London versteigert werden sollte, hatte ihm sehr gefallen. Er würde einen seiner Londoner Kollegen anrufen und ihn darauf aufmerksam machen – falls er davon nicht schon erfahren hatte – und ihm auf der Auktion das Feld überlassen. Sein Freund würde versuchen, das Bild zu ersteigern, und ihm einen Anteil überlassen – die Hälfte, ein Drittel, je nachdem, ob sich noch ein weiterer Kollege anschließen wollte. Auf diese Weise konnten sie das Risiko streuen, und er selbst konnte, in Partnerschaft mit Kollegen, die eine Galerie hatten, im Markt aktiv sein, ohne selbst die Pflichten und Kosten einer eigenen Galerie auf sich zu laden. Den Kollegen in London oder New York waren diese fallweisen Partnerschaften auch stets willkommen, vor allem, wenn es um richtig teure Bilder ging. So konnte man sich gemeinsam ein Superbild leisten, was einem allein, ohne Partner, schwergefallen wäre.

John hatte es sich mit seiner Lebensweise und seinem Arbeitssystem angenehm eingerichtet. Er hatte keinen festen Wohnsitz, das hieß auch, dass er nirgends für seine Gewinne besteuert werden konnte. Seine Flucht nach Portugal, nach seinem ersten großen Deal, als er mit der Renaissance-Bronze etliche Millionen verdient hatte, hatte sich in jeder Beziehung als einträglich erwiesen. Das Geld hatte er auf dem Konto eines Trusts auf den Channel Islands geparkt und sich – natürlich mit falschem Namen – in einer sehr schönen Wohnanlage an der Algarve eingemietet. Er hatte sein Golfspiel perfektioniert, und auch wenn er heute viel seltener spielte, so kam er doch immer noch auf ein Handicap unter zehn, worauf er sehr stolz war.
Nachdem er die Wohnung in Portugal wieder aufgegeben hatte, bevor er dort womöglich in die Steuerpflicht kommen würde, war er nur noch in schönen Hotels unterwegs. Wenn er in Paris zu tun hatte, konnte er in der wunderbaren Wohnung im Palais Royal, die einem befreundeten Ehepaar gehörte, seine Zelte aufschlagen, und das so oft und so lange er wollte. Das Freundes-Ehepaar hatte sich getrennt, sie nutzten sie nicht, aber keiner von beiden wollte die Wohnung aufgeben – für John eine ideale Situation. In einem der Schlafzimmer stand immer ein Koffer bereit, und das freundliche Hausmädchen Julie wusch ihm die Wäsche und bügelte hingebungsvoll seine Hemden. Sie flirtete mit ihm zwar hemmungslos, aber richtig nahe war er nicht an sie herangekommen. Jedes Mal, wenn er ihr Avancen machte, hatte sie ihn abblitzen lassen. Daraus war mittlerweile ein Spielchen geworden, das keiner so richtig ernst nahm, aber die Grenzen waren klar.

Leider, so sagte er sich jedes Mal, denn Julie war ausgesprochen hübsch. Sie hatte ein freches, spitzes Näschen, war dunkelblond und trug das Haar sehr kurz wie viele Pariserinnen, eher ein wenig füllig, aber auch das stand ihr ausgesprochen gut.
Seine Vormittage in Paris verbrachte John meist in den Sälen des Hôtel Drouot, wo die Versteigerungen stattfanden, immer auf der Suche nach Entdeckungen. Ab und zu gelang es ihm, ein unterbewertetes Gemälde zu ersteigern, meist gab er es dann einem der Londoner Kollegen in Kommission oder er beteiligte sie mit einem *Share*. So war er zum unsichtbaren Kunsthändler geworden, oft an bedeutenden Objekten beteiligt, aber nie in Erscheinung tretend. Den Ruhm der erfolgreichen Verkäufe überließ er gerne den Kollegen mit ihren teuren Galerien in der Bond Street oder St James's, die auf den wichtigsten Kunstmessen der Welt ausstellten wie der European Fine Art Fair in Maastricht. Er kam dort nur ab und zu einmal als Besucher vorbei. Nachdem er im Lauf der Jahre ziemlich wohlhabend geworden war, schätzten ihn die Kollegen als großzügigen Geschäftspartner, der immer pünktlich für seine *Shares* bezahlte und selten Fragen stellte. Und wenn er ausbezahlt wurde, versäumte er es nie, sich mit einer schönen Flasche – oder auch mit einer Kiste, je nachdem – Bordeaux zu bedanken. Kurz gesagt, er war der ideale Partner!
In London war sein Leben ebenso angenehm wie in Paris. Er war Mitglied im Royal Automobile Club an der Pall Mall, in jenem herrlichen Club-Palast mit seinen verschiedenen Restaurants, dem großen Swimmingpool und dem *Turkish Bath*, einem Hammam, das Römischen Thermen ähnelte und das seinesgleichen suchte. Er fühlte sich sehr wohl in seinem Club. Die Wäsche wurde ihm gewaschen, und seine Anzüge wurden von Zeit zu Zeit zum Schneider in der Savile Row gebracht, dort schön aufgebügelt oder, wenn notwendig, auch gereinigt.

Mit einem Glücksgefühl betrachtete er die blitzblank geputzten und auf Hochglanz polierten Spitzen seiner Schuhe.
Es war nicht das Blumenstück von Brueghel, das ihn in derart gute Laune versetzte, es war das andere Bild, das er im Bilderlager des Auktionshauses erspäht hatte. Ein Italiener des ausgehenden 15. oder des beginnenden 16. Jahrhunderts, das hatte er sofort aus den Augenwinkeln gesehen. Er nutzte die Chance, als Suzanne den Raum verließ, um die »schwarze« Lampe zu holen – eine Lampe mit ultraviolettem Licht, wie sie im Kunsthandel häufig benutzt wurde, mit deren Hilfe auf den Bildern Spuren früherer Restaurierungen oder auch Beschädigungen sichtbar gemacht werden konnten.
Neben dem Bild lag ein noch nicht fertig ausgefüllter Bogen mit der vorläufigen Katalogisierung: »*Sacra Conversazione*, Italien, wohl 16. Jahrhundert, vielleicht Venedig«. Das Bild sollte in die Herbstauktion kommen.
Venedig? Seine Gedanken führten ihn zu Carpaccio, Giorgione … oder Bellini? Er dachte an die *Sacra Conversazione* in der Accademia und in San Zaccaria. Jedenfalls war sein Jagdinstinkt geweckt. Um der Sache auf den Grund zu gehen, müsste er nach Venedig, sehr bald. Das Studium der Literatur mochte gut sein für den ersten Eindruck, für die erste Idee, aber der unmittelbare Vergleich vor dem Original war durch nichts zu ersetzen. Er brauchte die venezianische Atmosphäre, um sich in die Gedankenwelt der großen venezianischen Meister zu versetzen, sagte er sich. Wie auch immer: Jede Ausrede war ihm recht, um wieder einmal nach Venedig zu fahren.
Er schaffte es gerade noch, ein Foto mit seinem Handy zu machen, bevor Suzanne wieder mit der Lampe zurückkam. Sie bemerkte, dass er sich das Bild angesehen hatte, und fragte ihn ganz direkt, was er davon halte. Sie glaube, es sei auf jeden Fall

venezianisch, aber weiter sei sie noch nicht gekommen. Wenn er wolle, würde sie ihm gerne ein gutes Foto per E-Mail senden; und er könne sie jederzeit anrufen, wenn er zu einem Ergebnis käme. Sie könne sich vorstellen, dass sie ihm das Bild vielleicht privat anbieten könne. John war darüber hocherfreut. Er sagte sofort zu, sich der Sache anzunehmen, und freute sich bereits auf seinen Venedig-Trip.

So hatte er sich, bestens gelaunt, in ein Taxi zur Gare du Nord gesetzt, um wieder nach London zurückzufahren. Als der Eurostar in den Tunnel einfuhr, schloss er die Augen. Vielleicht hätte er bei dem schönen frühsommerlichen Wetter doch noch ein paar Tage in Paris bleiben sollen, dachte er, die Wohnung im Palais Royal hätte ihm wie stets zur Verfügung gestanden, er hätte nur das Hausmädchen Julie anrufen müssen …

Mit diesen Gedanken nickte er ein und fiel in einen leichten Schlaf, begleitet vom regelmäßigen Rattern des Zuges. Er hatte einen sehr angenehmen Traum: Er lag in den Armen von Julie, die ihn endlich erhört hatte, atmete ihren süßlichen Geruch ein, genoss ihre weiche Haut …

Als das Mädchen mit dem Servierwagen an seine Lehne stieß, wachte er auf und gab einen leisen Fluch von sich. Er musste die arme Serviererin ziemlich böse angesehen haben. Ohne ihn zu fragen, ob er etwas vom Wagen haben wollte, ging sie, sichtlich verschreckt, weiter zur nächsten Sitzreihe. John drehte sich zum Fenster und versuchte weiterzuschlafen, aber es gelang ihm nicht. Durch das abrupte Aufwachen konnte er sich genau an den Traum erinnern, aus dem er gerissen worden war. Es war einer jener Träume, von dem man nicht genau wusste: War es besser, wenn es ein Traum bliebe, oder sollte man das Geträumte einmal in der realen Welt versuchen?

Nach einer Weile schlief er doch wieder ein, aber er träumte einen anderen Traum – eine Geschichte, die ihm wirklich passiert war und seinem Leben eine schicksalhafte Wendung gegeben hatte. Nur der Ausgang war im Traum ein klein wenig anders als in Wirklichkeit.

Es war vor ein paar Jahren gewesen, als er eine Kundin in New York in ihrem Penthouse an der 77. Straße, Ecke Madison Avenue, besucht hatte, direkt gegenüber vom Mark Hotel und neben dem Carlyle. Staunend hatte er mit ihr zusammen die weitläufigen, ineinander übergehenden Räume inspiziert, es war das erste Mal, dass er diese prachtvolle Wohnung betrat, der Umzug dorthin lag noch nicht lange zurück. Die vorhergehende Wohnung war ja auch nicht so schlecht gewesen, fast um die Ecke, in der 78. Straße zwischen Madison und Fifth Avenue – aber dieses Penthouse war nicht von dieser Welt. Es umfasste die beiden obersten Stockwerke des Apartment-Buildings, mit dem Lift landete man – natürlich – direkt in der Wohnung. Die Porter begleiteten jeden Besucher bis nach oben, aus Höflichkeit, aber selbstverständlich auch wegen der Security. Und Sicherheit war hier sehr wohl angesagt, die Kunstwerke stapelten sich an den Wänden und in den Regalen, die aus den teuersten exotischsten Hölzern auf Maß gebaut worden waren, kein Fitzelchen Platz war mehr frei. Die Dame litt mit Sicherheit unter einem *horror vacui*. Und dennoch fand sich natürlich immer noch ein Plätzchen für eine Neuanschaffung.
Er durchlief einen regelrechten Parcours von einem Zimmer – Pardon, Salon – zum nächsten. Immer wieder deutete sie auf eines der unzähligen Objekte. *Do you remember this one? We had to buy it last year in Paris!*«, rief sie ihm zu.
Dann standen sie vor der Bronze, die John nur zu bekannt war,

und sagte: »*You remember, this was my first bronze I bought from you, my Giambologna! It has been ever since in many exhibitions, and I love it so much!*«
Na, Gott sei Dank, dachte er sich, das war ja auch sein erster großer Deal gewesen.
Und hier war die kleine vergoldete Bronze des *Spinario*, des kleinen Jungen, der sich einen Dorn aus dem Fuß zieht, von dem großen Mantovaner Meister Pier Jacopo Alari Bonacolsi, dem die Kunstgeschichte den Ehrennamen »Antico« verliehen hatte, weil er sich bei seinen Skulpturen meistens an Vorbilder aus der Antike hielt. Hier sei er ja auch nicht gerade zurückhaltend mit dem Preis gewesen, bemerkte seine Gastgeberin, aber sie erfreue sich dennoch jeden Tag daran.
Er rechtfertigte sich: »Sie waren aber die Erste, der ich diese besonderen Stücke angeboten hatte!«
»*I know, darling, I know, and therefore I love you!*«
Und hier die schöne neapolitanische Kommode mit den Elfenbeinintarsien. »*Thank God,* dass wir die gekauft haben, bevor dieses dumme Einfuhrverbot für Elfenbein verhängt wurde! Ich hätte auch niemals diese und diese« – sie zeigte in verschiedene Richtungen – »und diese herrliche Skulptur kaufen können, alle meine Elfenbeinskulpturen! Jetzt müssten wir das alles ja schmuggeln!«
»Das ist allerdings eine sehr ärgerliche Geschichte, dieses Einfuhrverbot«, erwiderte John. »Gestraft sind vor allem die Museen, weil die schlecht schmuggeln können!«
»*I know, my friend.*«
Sie war schon bei der nächsten Figur. »Diesen wunderbaren kleinen Herkules aus dem 16. Jahrhundert habe ich nicht von dir gekauft, *I am so sorry, but I had to!*«
John musste ihr recht geben, wenn auch ungern: Der Herkules war wirklich gut. Es war eine Elfenbein-Statuette von Leonhard

Kern, einem der großen schwäbischen Meister der ersten Hälfte des 17. Jahrhunderts, mit außerordentlich fein ausgeführter Schnitzerei.

»*Can't you see the influence of Giambologna, my dear?*«

John wusste genau, dass die Zeiten vorbei waren, in denen man einen Kunden »besaß«, in denen ein Kunde seinem Händler treu blieb. Die Leute kauften da, wo sich etwas anbot, das sie für ihre Sammlung haben wollten. Und dann musste man gute Miene zum bösen Spiel machen, auch wenn es einen furchtbar wurmte, dass »sein« Kunde etwas bei einem anderen Händler erwarb. Der nette Kollege hatte ihr auch noch angeboten, das Elfenbein in die USA einzuschmuggeln. Das Elfenbein-Embargo ließ einem keine andere Wahl, wenn man auf das gute Stück nicht verzichten wollte.

Und natürlich kauften die Kunden auch direkt auf den Auktionen, was ihm ein besonderer Dorn im Auge war. Manchmal bedienten sie sich dazu sogar eines Händlers ihres Vertrauens, wenn sie unbedingt etwas ersteigern wollten. Wie damals bei dem Brueghel.

Sie hatte ihn in London angerufen: »Darling, hast du diesen herrlichen Jan Brueghel in der Auktion nächste Woche gesehen, was hältst du davon? Schau ihn dir bitte an und sag mir, was du davon hältst. Wäre das nicht etwas für die Wand zwischen den Fenstern im kleinen Musikzimmer?«

John wunderte sich, dass man in den kleinen Zwischenraum zwischen den Fenstern mit ihren ohnehin üppigen Seidenvorhängen noch etwas hängen wollte, aber natürlich – er würde sich das Bild ansehen und sie zurückrufen.

Das Bild war wirklich schön, in gutem Zustand, nur etwas vergilbter Firniss, was sein Restaurator in Chelsea an einem Tag

würde beheben können. Ein kleines Ölbild, auf Kupfer gemalt, auf der Rückseite sah man sogar den Stempel des Kupferschmieds, der die Platte für den Maler geliefert hatte. Kupferplatten konnten sich Anfang des 16. Jahrhunderts nur wenige arrivierte Künstler in Antwerpen leisten. Das Kupfer war fast so teuer wie das Bild selbst, der Maler musste also über die entsprechende Klientel verfügen. Das war bei Jan Brueghel dem Älteren natürlich der Fall. Er liebte es ganz besonders, auf Kupfer zu malen, wie manche seiner besten Blumenstillleben, aber auch seine besonders feinen Landschaften bezeugen. Das Licht reflektierte so ganz anders auf einer Kupferplatte als auf einem Holzpaneel oder einer Leinwand, es leuchtete geradezu. Und der Künstler konnte dafür ein Vielfaches verlangen.
Das Bild, um das es ging, war signiert und datiert: »JAN BRUEGHEL FEC. 1610«. Eine kleine Landschaft, unglaublich fein gemalt, mit einem Ausblick aus dem Wald in eine weite, sich zum Horizont hin öffnende Landschaft. Im Vordergrund überfiel ein kleiner Reitertrupp einen von zwei Pferden gezogenen Planwagen. Eine Frau lag verblutend am Wegesrand, und die übrigen Reisenden würden sehr bald dasselbe Schicksal erleiden. Zum Gedenken, dass ohnehin alles sterblich sei, hatte der Meister am unteren linken Rand, gleich neben seiner Signatur, *ein Memento Mori* dargestellt, das Skelett eines Pferdes, was offenbar schon länger dalag, vielleicht Zeuge eines früheren Überfalls.

Die Zeiten waren unsicher damals, im 17. Jahrhundert. Aber warum, um Himmels willen, wollte seine Kundin ausgerechnet dieses Bild unbedingt haben? Er wusste, dass ihr Humor nicht gerade subtil war. Sollte es eine nette Anspielung auf ihren Mann Alistair sein, den sie ein Leben lang ausgenommen hatte? Dem sie jetzt, wo er älter und gebrechlicher wurde, vielleicht andeuten wollte, dass er wohl sehr bald mit seinem Tod rechnen müsse, wo er doch mindestens fünfzehn Jahre älter war als sie? Denkbar war es, und bösartig genug war sie auch dafür. Aber John verkniff es sich, sie danach zu fragen.

Sie hatte John den Auftrag erteilt, das Bild für ihn zu ersteigern. Im Katalog war es auf 600 000 bis 800 000 Pfund geschätzt, und er hatte ihr geraten, bis zu maximal einer Million zu gehen, mehr würde er dafür auch nicht ausgeben. Er würde dabei ohnehin leer ausgehen, wie hoch er auch ginge. Die Ansage war unmissverständlich: Für sie, als Freundin und gute Kundin, würde er das Geschäft doch wohl ohne Kommission ausführen, oder? Was hätte er antworten sollen? Natürlich musste er das für sie unentgeltlich erledigen.

Aber dann geschah auf der Auktion das Unerwartete: Einer der großen Kunsthändler aus der Bond Street hatte ihn überboten. Johns letztes Gebot war eine Million Pfund. Dazu wäre noch das Aufgeld gekommen, somit hätte er sein Limit schon überschritten, aber das hätte seine Kundin schon noch mitgemacht. Aber über die Summe von einer Million zu gehen, das konnte er nicht. Sie hatte ihm gesagt, sie wolle nicht am Telefon mit ihm verbunden sein, weil sie dann vielleicht doch höher gehen würde, falls sie überboten werden würden. Sie konnte schlecht verlieren, aber sie hatte ihre genauen Vorstellungen, wie weit sie gehen wollte.

Der Londoner Kollege erhielt den Zuschlag bei einer Million und fünfzigtausend. Das nächste Gebot wäre eine Million und hunderttausend Pfund gewesen, also hatte John aufgegeben.

Unmittelbar nach der Auktion rief er in New York an.

»Was, wer hat uns überboten?«, rief sie.

Er nannte ihr den Namen, was er vielleicht nicht hätte tun sollen.

Daraufhin hatte sie ihn am Telefon fast angebrüllt: »*Well, he must die!*«
War es also seine Schuld? Nein, sie hatte ihn doch geradezu aufgefordert! Um nicht zu sagen beauftragt! Also war es ein Auftrag, und der kam, um ehrlich zu sein, John gerade recht: Er wollte es doch ohnehin endlich einmal ausprobieren …
»*He must die!*«, hatte sie gesagt.
Sein Leben lang wollte er mal ausprobieren, wie es sich wohl anfühlen würde, einen Menschen zu töten. Aber es hatte sich nicht ergeben, irgendwie. Oder hatte er es nicht gewagt, den einen, letzten Schritt zu tun, den er sich schon so oft überlegt hatte? Einen Menschen ins Jenseits zu befördern – Herr über Leben und Tod zu sein! Er musste es eines Tages tun. Jetzt war die Zeit gekommen!

Den Gedanken, seine Kundin, die unbestritten ziemlich exzentrisch war, könnte das vielleicht als Scherz gemeint, es nicht als Befehl ausgesprochen haben, schob er beiseite. Nein, sie wollte, dass er stirbt! Und sie war seine beste Kundin. Sie hatte ihm am Anfang seiner Karriere geholfen, sozusagen den Startschuss für seine Karriere als Kunsthändler gegeben, er war ihr verpflichtet. Jetzt war der Moment da. Die Fügung wollte es so. Es war mehr als deutlich, jetzt musste es geschehen.
Hatte nicht sein sauberer Bruder einmal zum Vater gesagt, er, John, sei eine »tickende Zeitbombe«?
Wie recht er doch hatte! Nur der Zünder hatte gefehlt, ja der Zünder! Niemals zuvor hatte er jemanden getötet – außer Fliegen, Stechmücken, Frösche, auch Hunde und Katzen, wie er sich aus seiner Kindheit sehr wohl erinnerte. Wie hatte er sich danach gesehnt, Herr über Leben und Tod zu sein, aber nicht nur für das Getier, mit dem er sich in der Kindheit abgegeben hatte.

»*He must die!*«

Ja, natürlich, sie hatte recht! Er musste sterben. Es gab keine andere Wahl. Dieser Mr. B., der es gewagt hatte, ihn zu überbieten, war der Auserwählte. Er durfte jetzt sein erstes Opfer werden.

Bedurfte es noch eines weiteren Grundes? Nun, dieser Typ hatte ihn schon oft genug geärgert.

John machte es sich zur Aufgabe, ihn einige Tage zu beobachten: Mr. B. verließ die Galerie jeden Tag kurz nach dem Mittagessen, das er offensichtlich in seinem Büro einnahm, trat auf die Bond Street und ging mit seinem dicken, kleinen, ekelhaften Mops eine Runde zum Berkeley Square und dann über die Bruton Street wieder zurück. John hatte auf ihn am Berkeley Square gewartet. Der Hund schnaufte genauso angestrengt wie sein Herrchen, beide watschelten sie mit viel zu kurzen Beinen und Hängebäuchen vor sich hin.

Er hatte sich gut vorbereitet und im Internet recherchiert: *Der ideale Mord durch eine Überdosis Insulin.* Das hatte John neugierig gemacht. Er hatte alle Fälle studiert, die er im Netz finden konnte. Wenn jemand – so konnte er nachlesen – eine sehr starke Überdosis Insulin verabreicht bekommt, verfällt diese Person unweigerlich in einen Hypoglykämischen Schock. Durch die plötzliche Unterzuckerung führt dies sehr schnell zur Bewusstlosigkeit. Und wenn dies auf einen Körper trifft, der ohnehin mit einem schwachen Herz ausgestattet ist, kann der Tod sehr schnell eintreten. Insulin schien außerdem schwer nachweisbar zu sein, weil es sich im Blut sehr schnell auflöst.

Sich das notwendige Insulin zu besorgen, war für John nicht sonderlich schwierig gewesen, er hatte ja seine Kanäle. Er musste nur noch den richtigen Cocktail mischen und auf eine Spritze ziehen.

In erwartungsvoller Haltung und mit größter Konzentration wartete John auf einer Parkbank des Berkeley Square auf sein Opfer. Die Spritze mit dem Insulin hielt er in der geballten Faust in der Jackentasche. John rempelte den Mann im Vorbeigehen so an, dass er leicht ins Straucheln geriet. Mit einer höflichen Entschuldigung half ihm John, das Gleichgewicht zu halten, und bei der Gelegenheit stieß er ihm die Spritze in den Oberarm.

Es waren nur wenige Menschen unter den Platanen des Platzes. John war sich sicher, dass ihn niemand beobachtet hatte. Scheinbar unbeteiligt, ging John weiter. Er konnte noch sehen, dass sich der Kunsthändler fragend nach ihm umsah, bevor dieser langsam und etwas unsicher seinen Weg fortsetzte. Als John am oberen Ende des Platzes in die Mount Street einbog, blickte er noch einmal zurück und sah den Mann langsam mit seinem Hund in Richtung Bruton Street gehen. Er fasste sich kurz an die Brust, dann betrat er die Bruton Street und lief weiter in Richtung Bond Street.

Die Wirkung des Insulins würde etwa in einer knappen Stunde einsetzen, schätzte John, sein Opfer würde dann wohl wieder an seinem Schreibtisch sitzen.

Am nächsten Tag waren die Zeitungen voll davon: *»Bekannter Kunsthändler erliegt an seinem Schreibtisch einem Herzinfarkt«*; *»Herzinfarkt am helllichten Tag«*; *»Das einsame Ende des Mister B. – Tod in der Galerie an der Bond Street«*.

Scotland Yard und die gerichtsmedizinischen Ermittler hatten gute Arbeit verrichtet. Besser hätte es für ihn gar nicht laufen können, dachte John. Nachdem bekannt war, dass der Kunsthändler bereits zwei Herzinfarkte knapp überlebt hatte, schien es den Ermittlern klar, dass er einen tödlichen Herzstillstand erlitten hatte. Es handelte sich bei dem Verstorbenen um einen übergewichtigen Mann, dessen einzige Bewegung aus dem täglichen

kurzen Spaziergang mit seinem dicken Hund bestand, einmal rund um den Berkeley Square und wieder zurück in die Galerie. Auch nach der obligatorischen Obduktion ergab sich kein anderes Anzeichen für seinen plötzlichen Tod als sein schwaches Herz und eine allgemeine konstitutionelle Schwäche, die wohl auch seinem Übergewicht zuzuschreiben war. Nach Aussage seines Kochs hatte er an dem Tag, als er starb, zum Mittagessen seine Lieblingsspeise verlangt, eine extra große Portion gebratene Kalbsleber mit viel Bacon in einer Portweinsoße, dazu Kartoffelpüree, und das durfte er nur, weil die Frau des Chefs an dem Tag nicht da war, die hätte das unterbunden. Dazu hatte er fast eine ganze Flasche Bordeaux getrunken, danach noch zum Stilton ein Glas Vintage Port. Kein Wunder, dass er einen Herztod erlitt!
Johns Traum war allerdings ganz anders ausgegangen: Im Traum hatte Mr. B seinen Arm festgehalten, sein Hund war zu einem riesigen Bullterrier angewachsen, der ihn sofort anfiel und sich in seinem Oberschenkel festbiss.
Er war rechtzeitig aufgewacht, Gott sei Dank. Mr. B. hatte sterben müssen.
He had to die – as simple as that.
Und es war so einfach gewesen …

VI. KAPITEL

Er hatte es sich auf seinem Bett bequem gemacht und blätterte in der *Legenda Aurea*, er wollte noch einmal die Geschichte des Hl. Sebastian nachlesen. Er kannte den Text zwar schon fast auswendig, aber er konnte nicht genug davon kriegen: *»Sebastianus war ein guter Christ. Er war geboren von Narbonne und war ein Bürger zu Mailand in der Stadt …«* Er überblätterte die Geschichte des braven Mannes, der den Kaisern Diokletian und Maximinianus als Soldat und Kohortenführer diente und sehr beliebt war. Sebastianus tat Wunder. Stummen gab er die Sprache wieder und er half den verfolgten Christen, wo er nur konnte. Als Sebastianus von einem Richter angeklagt wurde, ließ ihn der Kaiser Diokletian vortreten und sprach zu ihm:

»Ich habe dich allzeit unter den ersten gehalten in meinem Palast, und du bist insgeheim gegen mich gewesen und gegen die Götter? Antworte!

Sebastianus sprach: Ich habe Christum allzeit geehret um dein Heil und hab Gott im Himmel allzeit gebeten für das römische Reich.

Da gebot Diokletianus, dass man ihn mitten auf dem Feld an einen Pfahl binde, und die Kriegsknechte sollten auf ihn mit Pfeilen schießen. Da schossen sie so viele Pfeile auf ihn, dass er stund gleich einem Igel.«

Dass Sebastian dabei nicht zu Tode kam, vielmehr ein paar Tage später wieder vor dem Kaiserpalast stand und sodann vom Kaiser der Befehl kam, man solle solange mit Knüppeln auf ihn einschlagen, bis er wirklich seinen Geist aufgegeben hatte – all das interessierte nicht. Nur die Pfeile, die vielen Pfeile, so viele, dass er dastand wie ein Igel … Herrliche Vorstellung! Was John dabei nicht nur erstaunte, sondern außerordentlich erregte, war, dass Sebastian es ganz offensichtlich genoss, die Pfeile in seinem Körper zu spüren. In den meisten Darstellungen blickte der Märtyrer teils verzückt, teils geradezu schmachtend gen Himmel, als wollte er sagen: »Wie wunderbar, welche Freude, sendet mir noch ein paar Pfeile mehr, es gefällt mir immer besser!« Ein perverser Masochist? Und dabei oft geradezu sexy, fast ganz entblößt, nur durch ein äußerst knappes Lendentuch bedeckt wie bei El Greco. Oder nachdenklich-verträumt, in knappem Unterhöschen wie bei Antonello da Messina.

Aber sein Lieblings-Sebastian war ein anderer. War es Zufall oder Fügung? Hatte es so sein müssen? Es war ihm zugeflogen, eigentlich konnte er nichts dafür …

Schuldgefühle hatten ihn ohnehin nicht geplagt, es hatte einfach sein müssen. Und dass es gerade diesen jungen Mann traf, dafür konnte er nichts, es hätte genauso gut ein anderer sein können, sein Tischnachbar, oder der Mann im Restaurant am Abend vorher … Irgendjemand.

Er konnte nichts dafür.

John war, wie so häufig, wenn es ihn nach einem besonders guten Rührei und einem nahezu perfekten Croissant zum Frühstück gelüstete, vom exzellenten *café au lait* ganz zu schweigen, morgens an den Schaufenstern der Antiquitätenhändler in der Duke Street entlang bis hinauf zur Piccadilly geschlendert, zum schönsten Londoner Kaffeehaus, dem Wolseley. Jedenfalls war es nach seinem Geschmack das schönste Kaffeehaus in London, wohl weil es so vollkommen unenglisch war. Es erinnerte ihn an die typischen Wiener Kaffeehäuser, und das war wohl auch beabsichtigt. Obgleich es in ganz Wien kein so prächtiges Wiener Café gab, schon eher in Budapest.

Man konnte im Wolseley nicht nur ein perfektes »Viennese Breakfast« bekommen, sondern auch das beste Wiener Schnitzel der Stadt. Das Gebäude am Piccadilly, an der Ecke gegenüber dem Hotel Ritz, war früher ein Bankgebäude gewesen. Die großzügige Schalterhalle mit ihren schwarzen marmorierten Säulen und dem schweren Stuck an den Decken war zum »Café – Restaurant – Dining-Room« umgestaltet worden. Es wurde zu jeder Tageszeit von vornehmlich jungen Menschen frequentiert, die sich hier zum Frühstück, Lunch oder Dinner trafen, aber ebenso von Investmentbankern, von Touristen, die nicht auf die Kosten sahen, und natürlich von den Kunsthändlern, die in der Bond Street oder in St James's ihre Galerien hatten und ihre Kunden oder Kollegen dorthin zum Essen ausführten. Billig war es nicht, aber gut.

John war an diesem Morgen, wie so häufig, vom Porter freundlich begrüßt worden.

»*Good morning Sir, how nice to see you again, have a nice breakfast!*«

Die junge Frau am *reservation desk* begrüßte ihn ebenso freundlich und führte ihn sogleich an einen seiner geliebten Ecktische.

»*I know, Sir, you never book your table, but I always have one for you, and today it's even one of your favorites!*«

Sprach's und legte die Menükarte auf den Tisch. Nicht, dass er sie gebraucht hätte, er wusste ohnehin, was er bestellen würde.

»*Good morning, Sir, as always?*« Der freundliche Kellner, der für

diesen Teil des Restaurants zuständig war, war sofort zur Stelle.
»*Yes, please, Lenny, but today with brown toast.*«
Lenny hieß mit Sicherheit anders, aber John hatte ihm eines Morgens diesen Namen gegeben. Am Abend zuvor hatte er ein altes Bernstein-Konzert auf seinem Handy gehört und beim Frühstück Lenny Bernstein immer noch im Ohr. Lenny jedenfalls hatte nie gegen seinen neuen Namen protestiert, es war ihm offenbar recht. Wahrscheinlich hatte er einen portugiesischen Namen, denn Lenny war Portugiese – so viel hatte John schon in Erfahrung gebracht. Aber portugiesische Namen waren ja ohnehin schwer auszusprechen, Joaõ zum Beispiel oder …
Wie auch immer, Lenny wusste, wie er seinen Kaffee haben wollte, einen starken doppelten Espresso mit Milchschaum, also wie ein Cappuccino. Nur, wenn man Cappuccino sagte, war der Kaffee unter der Milchhaube zu schwach. Für ihn musste es ein *double shot* sein, dazu ein frisch gepresster Saft, halb Orange, halb Grapefruit, weich gerührte Eier auf braunem Toast. Und auf jeden Fall *ohne* den Unsinn von darüber gestreuter oder daneben liegender Petersilie oder gebratenem braunen Pilzkopf, der meist die Konsistenz von Radiergummi hatte, oder anderen Unarten wie der obligatorischen Ofentomate mit Brotkrumen. Das wusste Lenny inzwischen und ersparte ihm derlei schreckliche Beilagen. Einfach nur Rührei, nicht zu fest, innen noch weich, auf braunem Toast. Und die Pfeffermühle! Und das grobe Meersalz!

Am Nebentisch hatte sich eine Gruppe junger Leute zusammengefunden. Vier oder fünf Männer und Frauen, so genau wusste er das nicht mehr, denn er hatte nur Augen für den einen jungen Mann, der ihm gegenüber Platz genommen hatte. Er

kannte ihn. Aber woher? Er musste unentwegt hinüberstarren, der Anblick des jungen Mannes verstörte ihn.
Irgendwann bemerkte er, dass er angestarrt wurde, und plötzlich stand er auf, ging um den Tisch herum und sprach John in einem ziemlich aggressiven Ton an: Warum er ihn so anstarre? Er solle sich nur nicht einbilden, dass er irgendeinen alten schwulen Idioten beachten würde, er solle also bitte endlich aufhören, ihn anzustarren.
Das war John natürlich sehr peinlich, zumal die ganze Umgebung aufmerksam geworden war. Er stand auf, um sich zu rechtfertigen: Er sei nicht schwul und er wolle auch nichts von ihm, insofern könne der junge Mann durchaus beruhigt sein. Es täte ihm sehr leid, dass er ihn so angestarrt habe, aber er habe eine unglaubliche Ähnlichkeit mit jemandem, den er sehr gut kenne, nur sei er irritiert, weil ihm partout nicht einfalle, an wen er ihn erinnere. Der junge Mann gab sich schon wieder etwas friedlicher, zumal er sah, dass der seltsame Herr, der sein Rührei noch nicht mal angerührt hatte, eigentlich sehr nett und höflich war. Er sei Kunsthändler und mit Sicherheit nicht hinter jungen Männern her, erklärte John, *quite the contrary*! Woraufhin sich alle am Tisch entspannten.
Der junge Mann setzte sich an seinen Platz zurück, und die angeregte Unterhaltung am Nebentisch nahm wieder ihren Lauf. John stocherte in seinem Rührei, gab Salz und Pfeffer darüber, merkte dann, dass er das Rührei bereits gesalzen hatte und es jetzt versalzen war, und bohrte in seinem Gedächtnis. Als sich die Gruppe auflöste und dem Ausgang zustrebte, kam der junge Mann noch einmal zu ihm, legte ihm seine Karte mit seiner Mobilnummer auf den Tisch und sagte, dass er ihm schon glaube, dass er eigentlich nichts von ihm wolle, aber die Intensität, mit der er ihn ansah, habe seine Neugier geweckt.

Wenn er wisse, an wen er ihn erinnere, solle er ihn doch anrufen, man könne sich ja hier im Wolseley zu einem Drink treffen. John war so irritiert von dieser Begegnung, dass er den geplanten Besuch im Victoria & Albert Museum verschob. Die neu gestaltete Abteilung Decorative Arts, die er schon lange hatte besuchen wollen, konnte warten. In Gedanken versunken, ging er die St James's Street hinunter und hielt an der Ecke zur Jermyn Street an. Er hatte eine blitzhafte Erinnerung, die aber sofort wieder weg war. Jedenfalls beschloss er, sich nicht von der Stelle zu bewegen, bis es ihm eingefallen war.

An der Ecke war der ihm vertraute Davidoff-Laden. Er ging hinein, geradeaus in den begehbaren Humidor, um sich eine Zigarre auszusuchen. Der freundliche Ladenbesitzer, der immer eine Zigarre im Mund hatte, aber schon seit einigen Jahren zu seinem großen Leidwesen in seinem eigenen Laden nicht mehr rauchen durfte wegen des allgemeinen Rauchverbotes, half ihm dabei, eine schöne *Partagas Robusto* auszusuchen.

Gegenüber bei Franco's durfte man an den Tischen auf dem Bürgersteig rauchen. Da setzte er sich hin, nahm mit Bedacht die rote Banderole ab, zündete sich die Zigarre an, bestellte sich noch einen Espresso und ein Glas Wasser und zog an der Zigarre, in der Hoffnung, das könnte sein Gedächtnis auf den Sprung bringen. Er paffte vor sich hin, genoss seine Zigarre und den Espresso. Er hatte dieses Gesicht schon einmal gesehen, in einem vollkommen anderen Zusammenhang, und er wusste, dass es ihn irgendwie sehr bewegt hatte.

Da war es, jetzt kam die Erinnerung zurück, und es war tatsächlich in einem ganz anderen Zusammenhang: Pfeile! Natürlich, der Heilige Sebastian! Er bezahlte sofort seine Rechnung und eilte zurück in den Club auf sein Zimmer. Jetzt wusste er es! Als er die Geschichte des Hl. Sebastian zum hundertsten Male gelesen und daraufhin im Internet nach Abbildungen des Märtyrers gesucht hatte, war ihm das Bild aufgefallen. Eilig klappte er seinen Laptop auf – und da war es: Der *Hl. Sebastian* von Guido Reni!

John erinnerte sich. Er war nach Dulwich gefahren, zur Dulwich Picture Gallery, jenem wunderbar verzauberten Museum südlich der Themse mit seinen mit bis zur Decke übereinander gehängten Bildern, »Petersburger Hängung« genannt. Dort war die Zeit stehen geblieben, es sah wohl immer noch genauso aus wie im 19. Jahrhundert. Vor einigen Jahren hatten die Kuratoren zu einer Ausstellung, die sich nur mit den Darstellungen des Hl. Sebastian von Guido Reni befasste, sieben verschiedene Fassungen des Meisters zusammengebracht, aus verschiedenen Museen. Das Thema hatte Guido Reni offenbar sehr beschäftigt oder er hatte damit so großen Erfolg, dass er mehrere Varianten für mehrere Auftraggeber anfertigte – wohl unter Beteiligung seiner Werkstatt, da der Meister ständig unter finanziellem Druck stand, wenn man seinen Biographen Glauben schenken durfte.

Dieser hübsche Jüngling, von Pfeilen durchbohrt an einen Baum gefesselt, das war aber auch ein verlockendes Thema. Es regte die Phantasien von Frauen wie Männern an. Man musste schon zugeben, dass die Darstellung des jungen, fast nackten jungen Mannes, der in göttlicher Verzückung die Pfeile empfing, erotisch war. Im Ausstellungskatalog hatte John gelesen, dass man die Bilder des Hl. Sebastian von Guido Reni aus römischen Kirchen hatte abhängen müssen, weil »fromme Frauen« sich in diese verliebt hätten – so zumindest berichtete es Stendhal in seinen *Mémoires d'un Touriste.*

Nur einmal hatte John eine Darstellung gesehen, die den Schilderungen der *Legenda Aurea* entsprach, ein Goldgrundbild von Giovanni del Biondo aus dem Museo del Duomo in Florenz. Hier wurde der an einen hohen Pfahl gefesselte Sebastian von einer Horde grimmig dreinschauender Schützen mit unzähligen Pfeilen durchbohrt, sodass er tatsächlich, wie in der Beschreibung der *Legenda Aurea*, wie ein Igel aussah! Alle anderen Sebastian-Darstellungen waren weit entfernt davon. Meist war der Heilige nur von zwei Pfeilen getroffen, manchmal sogar nur von einem. So auch bei Guido Reni. Kein Wunder, dass er nicht sterben konnte! Dieser sehnsuchtsvolle Blick nach oben, gen Himmel, als erwarte er dringend noch eine Menge weiterer Pfeile – ob nun für sein Seelenheil oder für seine körperliche, sinnliche Befriedigung. *Zwei sind nicht genug! Sende mir noch ein paar!* Der gestreckte nackte Oberkörper; die nach oben über seinem Kopf gefesselten Arme – ein wenig zu locker, da hätte er ohne Weiteres versuchen können, sich zu befreien –, welche die beiden enthaarten Achselhöhlen darboten; das fast bis zur Scham heruntergerutschte vorn verknotete weiße Tuch, das gerade noch verdeckte, was es zu verdecken galt: Das alles war schon recht eindeutig und provozierte erotische Sehnsüchte beim Betrachter. Und er war sich sicher, dass Guido Reni dabei sowohl an Frauen als auch an Männer gedacht hatte.
Das Bild der Genuesischen Sammlungen wies zwei Pfeile auf – ein Pfeil an seiner rechten Seite, halbschräg von unten, der zweite etwas oberhalb seiner linken Brustwarze. Die fast identische Darstellung aus der römischen Pinacoteca Capitolina hatte immerhin drei Pfeile vorzuweisen: Einen auf seiner rechten Seite fast an derselben Stelle, der linke weiter oben, mitten in seine Achselhöhle; und der dritte Pfeil steckte halb links unterhalb des Nabels. Die Pfeile auf dem römischen Bild waren zwei-

Guido Reni (1575–1642),
Der Hl. Sebastian

Palazzo Rosso, Genua

fellos die schmerzhafteren, aber das Gesicht des Jünglings war John zu süßlich, zu knabenhaft, fast androgyn. Es hätte auch der Kopf eines Mädchens sein können. Da gefiel ihm das Genueser Bild doch viel besser. Die anlässlich der Ausstellung in Dulwich mit großem Aufwand betriebene Diskussion, welches Bild nun die erste Version oder das Original war und welches später oder unter Beteiligung der Werkstatt oder der Schüler des Meisters entstand, interessierte John nicht weiter. Er hatte nur Augen für diese überaus präzise Darstellung eines jungen Mannes, der offensichtlich mit großer Lust die ihm zugefügte Tortur empfing und dabei überhaupt keine Schmerzen zu empfinden schien. Eine faszinierende Vorstellung, die ihn sehr erregte.
Er griff zum Handy und rief die Nummer auf der Karte an, die ihm der junge Mann gegeben hatte.
»Yes, hallo?« Der junge Mann meldete sich gleich nach dem ersten Klingeln.
John entschuldigte sich noch einmal für den peinlichen Vorfall im Café. Er müsse verstehen, er sei Kunsthistoriker, und manchmal habe er Bilder von Gemälden im Kopf, die er nicht loswerden könne. In seinem Fall sei es – jetzt war es ihm wieder eingefallen! – die verblüffende Ähnlichkeit mit einem Bild in einem Museum in Genua. Wenn er wolle, könne er es ihm bei Gelegenheit zeigen, die Ähnlichkeit sei tatsächlich verblüffend.
Zu seiner Überraschung willigte der junge Mann sofort ein. Henry – so hieß er – wollte sich gerne mit ihm treffen. Warum nicht in der Bar des Ritz, gleich neben dem Wolseley, da wollte er schon immer mal wieder hin? – Gleich am selben Abend? Einverstanden!
Warum ihm spontan das Ritz eingefallen war und nicht einer der ihm vertrauten Orte wie die Bar seines Clubs? Vielleicht, weil man ihn dort nicht kannte …?

Ein paar Minuten vor der vereinbarten Zeit traf John in der Bar ein, suchte sich einen Tisch am Fenster und wartete auf Henry. Er hatte einen Ausdruck des Gemäldes von Guido Reni mitgebracht, den er auf den Tisch legte. Als Henry das Blatt in die Hand nahm, war er sehr erstaunt: Ja, das sei allerdings verblüffend, er würde sich selber sofort erkennen, das sei doch unglaublich! Und dieser Mensch, der da – vor wie viel Jahrhunderten? – dem Maler Modell gestanden habe, könne ja schlecht mit ihm verwandt sein.

Sie unterhielten sich sehr angeregt. Henry erzählte von seinem Studium an der LSE – *Economics, Management and Finance*, ein Studiengang, zu dem ihn sein Vater überredet hatte. Der Wunsch des Vaters war es, dass sein Sohn eines Tages in das Familienunternehmen einsteigen sollte. Er sei aber durchaus an anderen Dingen interessiert, von denen sein Vater nichts wissen wollte, erzählte Henry, wie Ballett und Zeitgenössische Kunst.

John revanchierte sich mit seinen Kenntnissen über italienische Museen, die man, vor allem die florentinischen, um Gottes willen nicht im Sommer besuchen sollte, wenn man nicht von Touristen totgetrampelt werden wollte, sondern möglichst *off season* – am besten im Winter, im Januar oder Februar, wenn nur wenige unterwegs waren. Sie trennten sich sehr freundschaftlich und verabredeten sich zu einem weiteren Treffen.

Es war eine eigenartige Begegnung gewesen. Das Bild Guido Renis und das Bild des jungen Henry, der ihm gegenübersaß, waren nicht mehr voneinander zu trennen. In seinen Gedanken sah er schon die Pfeile im Körper des jungen Mannes stecken.

Wie in Trance betrat er sein Zimmer im Club, klappte den Laptop auf und schaute sich stundenlang den Hl. Sebastian des Guido Reni an, der von nun an Henry hieß. Es war schon einige Zeit her, dass er die Ausstellung in Dulwich gesehen hatte.

Unter den verschiedenen gezeigten Versionen in der Sammlung war die aus dem Palazzo Rosso in Genua diejenige, die ihn am meisten gefiel. Er musste sich das Bild unbedingt noch einmal im Original ansehen!

Dieses Mal wollte er nichts dem Zufall überlassen. Er rief in Genua an, um sicherzugehen, dass Guido Renis *San Sebastiano* auch wirklich da war und nicht zu einer Ausstellung ausgeliehen war – wie damals das Bild der Artemisia in Capodimonte. Man stellte ihn zur Soprintendenza der Genueser Museen durch, wo er sein Anliegen vortragen sollte, das eigentlich ja nur eine einfache Frage war.
Es dauerte etwa eine halbe Stunde, bis er mit seinem Vorschlag, nicht einen der nicht anwesenden Kuratoren zu suchen, sondern mit dem *Head of Security* verbunden zu werden, Gehör fand. Es meldete sich mit verrauchter Stimme im tiefsten Bass ein griesgrämiger Herr, der den Eindruck machte, soeben aus dem tiefsten Tiefschlaf geholt worden zu sein. John erklärte dem Herrn, als Repräsentant der Firma *International Museum Security Ltd.* rufe er im Auftrag des Kulturministeriums in Rom an, um aufgrund der Vorkommnisse der letzten Zeit Sicherheitslücken in den italienischen Museen zu überprüfen. Der Grund für seine heutige Stichprobe sei, ihn, den verehrten *Signore Commissario della Sicurezza Publica dei Musei della Cittá di Genova*, zu befragen, an welcher Wand des Museums sich ein ganz bestimmtes Gemälde befinde. Der als Commissario Betitelte straffte sich in seinem bequemen Schreibtischstuhl – was die sich in Rom da schon wieder hatten einfallen lassen! – und versicherte den Signor Dottore, ihm unverzüglich eine verbindliche Antwort geben zu können, er bitte ihn nur, eine Minute am Telefon zu bleiben. Na bitte, geht doch!, dachte sich John.

Und tatsächlich, binnen kürzester Zeit meldete sich der Signore Commissario, etwas außer Atem, wieder am Telefon, um zu versichern, dass sich das fragliche Bild an seinem angestammten Platz im Raum IV des ersten Stocks befände. Und es sei auch nicht beabsichtigt, das Bild in nächster Zeit von dort wegzubewegen.

Einige Tage später stand er in Genua vor dem Hl. Sebastian. Das Bild war etwas kleiner als in seiner Erinnerung, stellte er überrascht fest. Aber da war er, dieser sehnsüchtige Blick nach oben, in geduldiger Erwartung der Pfeile, die da noch kommen sollten. Durchaus kein spiritueller und vergeistigter Blick, sondern körperlich und lustvoll. Wie bei so manchen Kunstwerken des 17. Jahrhunderts war hier die Grenze zwischen spiritueller, religiöser Vergeistigung und offener Sinnlichkeit verschwommen. Jeder Betrachter konnte herauslesen, was er wollte, und so war es wohl vom Künstler auch gedacht – da war Guido Reni weiß Gott nicht der einzige. Rom war voll von solchen Beispielen, und oft genug waren die Künstler der Renaissance und des Barock von der offen zur Schau getragenen Sinnlichkeit der antiken Skulpturen des alten Rom beeinflusst.

Der Meister dieser »religiösen Erotik« war zweifelsohne Bernini, und sein Meisterwerk war die Skulptur der Hl. Theresa in der römischen Kirche Santa Maria della Vittoria, wie sie in völliger Verzückung den Pfeil der Liebe Jesu empfängt.

Der Engel, der ihr den Pfeil der Legende nach gleich mehrfach ins Herz bohrte, erschien John aber durchaus nicht als himmlischer Bote, der einer spirituellen Vereinigung beiwohnt, sondern eher wie ein schamloser Eros – der mit seinem köstlichen Grinsen nicht zurückhält, während er der ihm hingegebenen Theresa zu einem offensichtlich sehr intensiven Orgasmus verhilft.

Giovanni Lorenzo Bernini (1598–1680),
Die Verzückung der Hl. Teresa von Avila

Santa Maria della Vittoria, Rom

Da mochten die Kleriker und die Kunsthistoriker sich noch so winden mit ihren Umschreibungen: Von »sehr naturalistisch dargestellten menschlichen Körpern« war da die Rede, oder ein wenig explizierter, von der »Vollkommenheit dieser mystischen Vereinigung«, die »nicht nur rein, sondern auch stark« sein musste – ein »Schwebe- und Bindungszustand des Geistes«, die »Vereinigung von Ekstase und Entrückung«! Der schöne Engel an der Seite der Hl. Teresa, der ihr zu dieser ziemlich körperlichen Ekstase verhalf: In den Schriften konnte das noch so verschwurbelt und verworren und kompliziert klingen – für John war das reiner Sex.

Eine andere, ähnlich interpretierbare Szene hatte John in einer Ausstellung in der Londoner National Gallery gesehen – »*one of the sexiest scenes ever in a 17th Century painting*«, wie er es nannte. Die Ausstellung mit dem schönen Titel *Beyond Caravaggio* war Caravaggio und dem Einfluss seiner Malerei auf seine Nachfolger gewidmet. Einer der von dem großen Meister des Hell/Dunkel – oder »Chiaroscuro«, wie die Italiener es viel schöner sagten – beeinflussten Künstler war Nicolas Régnier. Der aus Nordfrankreich stammende Künstler hatte die meiste Zeit seines Wirkens in Italien verbracht. *Saint Sebastian tended by the Holy Irene* war in der Tat ein beeindruckendes Bild, in mehrfacher Hinsicht. Régnier beherrschte das geheimnisvolle Hell/Dunkel ganz hervorragend. Durch die geschickte Darstellung der Schatten auf den Körpern und den Gesichtern erreichte er eine verblüffende Dreidimensionalität. Auf einem dramatischen roten Tuch lag Sebastian breitbeinig hingegossen, die Scham von einem Tuch knapp bedeckt, mit entspanntem Gesicht und halb geöffnetem Mund, als würden ihn lang entbehrte Wonnen erwarten …

Über ihn gebeugt, in liebevoller, zärtlicher Geste, sieht man Irene, im selben Rot bekleidet wie das Tuch, auf dem Sebastian liegt. Sie ist sehr konzentriert dabei, ihm ganz langsam und behutsam einen Pfeil aus dem Oberschenkel herauszuziehen, und kommt mit den gespreizten Fingern ihrer rechten Hand dem Tuch, das ihn knapp an den intimsten Stellen verhüllt, recht nahe …

Zum Glück, dachte sich John, als er in der Ausstellung lange vor dem Bild stand, ist als »Anstandsdame« Irenes Begleiterin zur Stelle, die sich ihrerseits über Sebastian gebeugt hat. Für keine der beiden würde John die Hand ins Feuer legen, wäre sie mit dem schönen hingegossenen Mann allein gewesen. Dem Meister war es gelungen, die Trennlinie zwischen dem Heiligen und dem Profanen, zwischen dem Religiösen und der körperlichen Wollust aufzulösen. Die Erotik der Szene war beim besten Willen nicht zu übersehen.

Als John nach dem eingehenden Studium des Hl. Sebastian von Guido Reni nach London zurückkam, war er sehr erregt. So ein wunderbares Motiv! Wie herrlich wäre es, sich seinen eigenen Sebastian zu erschaffen!

Nicolas Régnier (1588–1667),
Der Hl. Sebastian wird von der Hl. Irene gepflegt

VII. KAPITEL

Martin Blume las zum wiederholten Mal den Bericht der Kollegen von Scotland Yard über den jungen Mann im Richmond Park. Einer der vielen unaufgeklärten Fälle, die irgendwann auf seinem Schreibtisch landeten, wenn seine Kollegen nicht weiterwussten. Manchmal ergriff er aber auch selbst die Initiative und ließ sich von ausländischen Kollegen unaufgeklärte Fälle übersenden. Dort war man dankbar, wenn noch ein Paar Augen mit Fahndungserfahrung einen Blick auf solche Fälle warf – auch wenn er meistens selbst nicht weiterkam. Besonders schätzte er die Zusammenarbeit mit den Engländern, vor allem aufgrund der Art und Weise des Umgangs miteinander, nicht wegen der gemeinsamen Aufklärungsquote, die ließ auch leider hier zu wünschen übrig. Bei dem Fall im Richmond Park, der nun wieder vor ihm lag, gab es etwas, was ihn faszinierte, ja herausforderte. Er wusste nur noch nicht, was es war.

Er schlug die Akte auf:

The young man in Richmond Park.

Todeszeitpunkt: vermutlich zehn bis elf Uhr spätabends, Fundort: ein Baum, etwas versteckt hinter Büschen an einem Parkplatz im Richmond Park, gegenüber dem Eingang zur »Isabella Plantation«, ein Park im Park sozusagen, der berühmt war für seine Azaleen- und Rhododendron-Büsche. Im April und im

Mai, wenn alles in Blüte stand, war dieser Teil des Richmond Park einer der beliebtesten Orte Londons.
Martin erinnerte sich gut, er war vor Jahren mit einer Reisegruppe dort gewesen, die Rhododendren und Azaleen standen in voller Blüte. Ein schwerer, süßer Geruch lag über dem Park, und er war überwältigt von dem Reichtum der Blüten und der Vielfalt der Farben. Er war damals noch bei der Münchner Kriminalpolizei und mit einigen Kollegen zu dieser gemeinsamen London-Reise aufgebrochen. Sie war als *Incentive*-Tour gedacht, mit dem Ziel, die Mitarbeiter der Abteilung zu besserer und vertrauensvoller Zusammenarbeit zu motivieren. Aber bezahlen musste jeder selber, das hatte der Chef von Anfang an klargemacht. Die Frau eines Kollegen arbeitete bei einem Reisebüro und hatte alles organisiert: günstige Flugtickets, ein kleines, sehr einfaches Hotel in der Nähe des Flughafens, nicht komfortabel, eigentlich geradezu scheußlich. Aber man war ja so gut wie nie im Zimmer, außer zum Schlafen. London war ohnehin teuer genug.

Der Ausflug in den Richmond Park geriet für ihn zum Höhepunkt. Es war nicht nur der Park mit seiner Rhododendrenblüte, es war der Flirt, diese unerwartete Begegnung mit der blonden, recht attraktiven Frau eines Kollegen, die es offenbar auf ein Abenteuer abgesehen hatte. Martin selbst war allein nach London gereist, da seine Frau es vorgezogen hatte, die Tage zu nutzen, um ihre Eltern zu besuchen. Ein wenig beleidigt war Martin schon, wo doch fast alle Frauen der Kollegen mit dabei waren. Vor allem bei den gemeinsamen Essen kam er sich ziemlich blöd vor, wenn er von den Kollegen als »Junggeselle« gehänselt wurde. Na, sei doch froh, sagte einer zu ihm, zwinkerte mit den Augen und meinte: »Lass es doch mal krachen!« Das gerade

wollte er nicht. Er hatte seine Frau noch nie betrogen und wollte jetzt auch nicht damit beginnen.
Man hatte sich am Eingang der Isabella Plantation, gegenüber dem in der Akte erwähnten Parkplatz, darauf geeinigt, sich zu trennen und sich eineinhalb Stunden später wieder zu treffen. Als Gruppe durch die teilweise engen Wege zwischen den Blüten und Sträuchern zu marschieren, war kaum möglich. Martin hatte sich allein auf den Weg gemacht, wollte die Menschenmassen meiden und zu einem abgelegeneren Teil des Parks spazieren. Er bewunderte gerade einen riesigen gelb-orange blühenden Azaleen-Busch, als die Frau eines Kollegen, die es irgendwie geschafft hatte, sich aus der Gruppe mit ihrem Mann und anderen Kollegen zu lösen und ihm zu folgen, plötzlich vor ihm stand. Ohne ein Wort zu verlieren und als sei es das Normalste der Welt nahm sie ihn bei der Hand und zog ihn mitten in die Büsche hinein an einen Platz, der vom Weg aus uneinsehbar war. Dann fing sie an, ihn leidenschaftlich zu küssen, und nach einer zugegebenermaßen sehr kurzen, eher durch die Überraschung bedingten Zurückhaltung erwiderte er die Attacke mit gleicher Lust und Hingabe. Bevor er es sich versah, hatte sie ihren Rock hochgezogen und ihm dabei geholfen, sich seinerseits auszupacken.
Die Begegnung war sehr kurz, dafür ziemlich heiß und heftig, und hatte sich auch nie wiederholt. Bei späteren gelegentlichen Treffen im Kollegenkreis begegnete man sich, als sei überhaupt nichts gewesen. Martin plagte daraufhin jahrelang ein schrecklich schlechtes Gewissen und er fühlte sich jedes Mal schuldig, wenn er die Frau seines Kollegen sah.
Jetzt, nach so langer Zeit, war die Episode wieder in allen Details präsent. Fast hätte er der Versuchung nachgegeben, weiter in wonnevollen Erinnerungen zu schwelgen, aber nein: Er schob

es von sich weg, stand auf, nahm den Ordner vom Tisch und setzte sich an die kleine Sitzgruppe, die für Besucher in seinem Büro vorgesehen war.
Martin konnte den Standort aus seiner Erinnerung genau lokalisieren, direkt gegenüber der Pforte zur Isabella Plantation, am hinteren Ende des großen Besucherparkplatzes.
Der Parkplatz war relativ groß, und es war sehr trocken, was für den Frühsommer in London eher ungewöhnlich war. Es hatte einige Wochen erstaunlicherweise gar nicht geregnet. Sogar die Chelsea Flower Show, die alljährliche Gartenschau im Mai, hatte keinen Tropfen Regen erlebt, was wirklich selten war. Durch die Trockenheit war es unmöglich, Reifenspuren festzustellen, es gab auch keine anderweitigen Spuren, denen man hätte nachgehen können, geschweige denn Tatzeugen. Man musste sich also auf das Opfer konzentrieren.
Ein junger Mann, Anfang zwanzig, gut gebaut, etwas muskulös, aber nicht übertrieben, also keiner, der ständig ins Sportstudio geht. Ein hübscher Kerl, an einen Baum gefesselt, die Beine etwas gespreizt und mit dicken Stricken um den unteren Teil des Baumes gebunden. Der Baum, unten relativ dick, mit einem Umfang von etwa einem Meter zwanzig, erst ab einer Höhe von über zwei Metern mit Ästen bewachsen, war wohl ein Nussbaum. Die Arme waren über dem Kopf nach oben gezogen, man hatte ihn an Handgelenken und Füßen gefesselt und fest um den Baum gebunden. Der junge Mann war nackt, nur um die Hüften trug er ein vorn zu einem Knoten gebundenes weißes Leinentuch. Eigenartigerweise gab es nicht die geringsten Spuren eines Kampfes. Der junge Mann war also entweder freiwillig in diese Position geraten oder war bereits bewusstlos oder zumindest im fortgeschrittenen Stadium eines Rauschzustandes.

Und: Er war von zwei Pfeilen getroffen, die tief in seinem Körper steckten. Einer in der oberen linken Brust – er hatte allerdings nicht das Herz getroffen, sondern steckte zwischen den beiden oberen Rippen und hatte den linken Lungenflügel knapp verpasst. Der zweite Pfeil steckte an der rechten Seite der Hüfte und hatte die Leber und die Galle verletzt. Dies schienen keine tödlichen Treffer zu sein, aber sicherlich sehr schmerzhaft. Diese Verletzungen hatten mit ziemlicher Wahrscheinlichkeit die große Blutmenge verursacht, die man bei der Obduktion in der Bauchhöhle vorfand.
Nichts deutete darauf hin, dass sich das Opfer aus seiner grausamen Lage befreien wollte; keine Scheuerspuren an den Handgelenken oder an den Knöcheln. Alles deutete tatsächlich daraufhin, dass sich das Opfer freiwillig in diese Lage hatte bringen lassen. Keinerlei Spuren von Gewaltanwendung, er musste sich also wohl selbst entkleidet haben. Hatte er sich freiwillig fesseln lassen? Oder war er vielleicht da schon nicht mehr Herr seiner Sinne gewesen? Ein letztes Mal hatte er noch einmal Kokain durch die Nase gezogen, Reste des weißen Pulvers waren an den Nasenflügeln und im Nasengang festgestellt worden. An den Händen jedoch nicht, er musste da wohl schon gefesselt gewesen sein. Er hatte also von seinem Mörder die letzte Dosis verabreicht bekommen. War der dann überhaupt sein Mörder, oder war es womöglich ein auf sehr bizarre Art und Weise erfolgter Suizid mit einem Helfer, der nach Anweisung des Toten handelte?
Eine kaum zu beantwortende Frage. Die englischen Kollegen waren eher dieser abstrusen Suizidtheorie gefolgt, dabei aber auch nicht weitergekommen. Martin erschien diese Theorie ziemlich weit hergeholt, für ihn war es Mord. Allerdings hatte es den Anschein, dass Opfer und Täter sich nicht nur kannten,

sondern eine enge – vielleicht sexuelle – Verbindung hatten. Konnte es sein, dass sie etwas ausleben wollten, was dann aus dem Ruder lief?
Ein Hinweis auf eine sexuell motivierte Tat ergab auch die Untersuchung des Leintuches. Offenbar hatte das Opfer kurz vor seinem Tod einen Orgasmus erlebt, die Spuren im Lendentuch zeigten eine größere Menge von Sperma, eine ziemlich heftige Entladung. Der Tod letztlich war mit aller Wahrscheinlichkeit auf den großen inneren Blutverlust zurückzuführen, der schließlich zum Herzversagen geführt hatte.
Und dann waren da noch die Pfeile: Die Londoner Kollegen konnten auch nach längeren Recherchen nicht feststellen, mit welcher Waffe der Täter sie abgeschossen hatte. Es kamen ja wohl nur ein normaler Bogen oder eine Armbrust infrage. Allerdings waren die Pfeile tief in den Körper eingedrungen, mussten also mit hoher Geschwindigkeit auf den Körper abgeschossen worden sein. Das sprach eher für eine Armbrust.

Martin Blume hatte dazu einige Fragen an seine Londoner Kollegen gerichtet, die Antwort ließ nicht lange auf sich warten. Es gab in London – in St. James's, mitten im Kunst- und Antiquitätenviertel hinter Christie's – ein Geschäft, das sich auf alte Waffen spezialisiert hatte. Ein Kollege von Scotland Yard hatte das Geschäft in der Duke Street aufgesucht und einen der Pfeile begutachten lassen. Ja, meinte der Inhaber des Ladens, der Pfeil könnte durchaus von einer Armbrust abgeschossen worden sein. Der Händler bestätigte auch, im vergangenen Jahr eine alte Armbrust, eine sehr schöne aus dem 17. Jahrhundert, verkauft zu haben. Er könne es nicht mit Bestimmtheit sagen, aber der Pfeil könnte von so einer Armbrust abgeschossen worden sein. Den Käufer damals habe er nicht persönlich gesehen, er

habe sich nicht zu erkennen gegeben. Das sei doch höchst ungewöhnlich, konstatierte der Kollege von Scotland Yard. Der Händler erklärte auch sogleich, warum: Der Käufer hatte im Laden anrufen lassen, er habe im Schaufenster eine sehr schöne Armbrust gesehen und wolle den Preis wissen. Nach einem weiteren Telefonanruf hatte er sie gekauft. Der Rechnungsbetrag sei am darauffolgenden Tag überwiesen worden, von einem Konto auf den British Virgin Islands. Danach sei ein Fahrer gekommen und habe die Armbrust mitgenommen.
Die Pfeile waren also möglicherweise mit einer antiken Armbrust abgeschossen worden, aber Gewissheit gab es nicht.
Und zur Identität des Täters gab es weiterhin keinen Hinweis. Es waren auch am Tatort und am Opfer keinerlei DNA-Spuren festgestellt, kein genetischer Fingerabdruck gefunden worden. Entweder hatte man schlampig gearbeitet und etwas übersehen, was unverzeihlich gewesen wäre, oder der Schütze war sehr vorsichtig vorgegangen und hatte Handschuhe getragen. Also ein raffinierter Profi?
Martin Blume setzte sich mit der Akte wieder an seinen Schreibtisch, um sich ein paar Notizen zu machen.
Offene Fragen? Davon gab es eine ganze Menge. Martin wusste nicht mal, ob es sich um einen lupenreinen Mord handelte oder um ein schiefgelaufenes Sexualabenteuer oder gar um einen kaschierten Selbstmord. Jedenfalls war das Ganze höchst eigenartig.
Noch eine ganze Stunde saß Martin Blume bewegungslos am Schreibtisch, ging Punkt für Punkt noch einmal durch, landete in Gedanken wieder hinter dem gelb-orangenen Azaleenbaum, damals in London, spielte das Abenteuer noch einmal durch, bis er schließlich selbst, nur mit einem weißen Lendenschurz bekleidet, an einen Baum gebunden stand, und seine blonde

nackte Gespielin sich an ihm verging, bevor sie die Pfeile auf ihn abschoss …

Da schreckte Martin aus seinem Albtraum auf. Verärgert legte er die Akte beiseite und verließ sein Büro. Verärgert nicht darüber, dass er in dem Fall nicht weiterkam, sondern über sich selbst – über seine Affäre damals im Park und seine zügellosen Phantasien, die ihn bis in den Traum hinein verfolgten.

VIII. KAPITEL

»*Good evening Mr. Blumenstein, welcome back home, Sir!*« Louis, der Porter im RAC, dem Royal Automobile Club an der Pall Mall, freute sich sichtlich, den freundlichen Stammgast des Hauses wiederzusehen. Das eingelagerte Gepäck habe er bereits aufs Zimmer gebracht. Und die frische Wäsche aus der Laundry liege auch schon auf dem Bett bereit. Den Schein, den ihm John zusteckte, nahm er verstohlen entgegen und steckte ihn sofort in seine Hosentasche, da er, wie alle Angestellten des Clubs, angehalten war, keine Trinkgelder anzunehmen. Gleichwohl taten es alle.

John ging auf sein Zimmer, packte seinen Koffer aus, hielt sich jedoch nicht weiter auf. Im Bademantel fuhr er ins Basement. Bei seinem Lieblingsmasseur, einem Ägypter namens Samy, hatte er eine Massage gebucht. Samy hatte den Ruf, ein »Killer« zu sein, aber John begab sich gern in seine Hände, trotz aller Schmerzen, die er ihm bereitete. Es gefiel John zu erleben, wie weit er Schmerzen ertragen konnte. Samy tat ihm den Gefallen und griff richtig zu.

Zuvor wollte er sich im Türkischen Bad etwas aufwärmen. Der freundliche Mitarbeiter wies John im *Frigidarium* eine der kleinen abtrennbaren Kabinen zu, die mit einem Ruhebett und Kleiderbügeln zum Aufhängen der Garderobe ausgestattet waren. John zog den Vorhang zu, hängte den Bademantel auf, legte sich ein Handtuch um die Hüften, nahm noch ein zweites Handtuch und ging nach nebenan, ins *Caldarium* mit einer Raumtemperatur von ungefähr 40 Grad. Nach einigen Minuten ging es weiter ins *Laconicum*, dem wärmsten Raum, in dem auf 60 Grad geheizt war. John setzte sich in einen der bequemen Liegestühle. Er hatte noch eine gute halbe Stunde Zeit, bis ihn Samy zur Massage holen würde. Zufrieden döste er vor sich hin.

Es war alles so einfach gewesen. Er hatte Henry angerufen und ihn gefragt, ob er sich an das Bild von Guido Reni mit dem Hl. Sebastian erinnere.
»Natürlich, das Bild geht mir gar nicht aus dem Kopf!«, entgegnete Henry. »Willst du nicht mal mit mir ins Museum gehen, um mir das Bild zu zeigen und zu erklären?«
»Das wäre etwas aufwändig, denn das Bild hängt in Genua«, erklärte John, »aber wenn du willst, könnten wir doch gemeinsam das Bild in der Wirklichkeit nachstellen …«
»Wie – nachstellen?« Henry klang verwirrt.
»Nachstellen … Du machst den Sebastian, und ich helfe dir dabei.«
»Cool!« Ganz offenbar hatte die Idee Henry erregt. »Und … du meinst ganz nackt und so?«
»Wie auf dem Gemälde, ganz genauso. Wir warten auf einen Tag, an dem es nicht regnet. Ich organisiere alles, was wir dazu benötigen, und dann rufe ich dich an. Aber erzähle niemandem davon!«
»Versprochen, das bleibt unter uns! Aber ruf mich bald an, ich kann es kaum erwarten! *Really thrilling*!«
Der Junge erwartete offensichtlich ein spannendes erotisches Erlebnis, dachte John, und es war ihm klar, dass es grenzwertig sein würde.

Daraufhin hatte sich John die Armbrust besorgt, die er im Fenster des Händlers für Alte Waffen in der Duke Street gesehen hatte. Er musste dabei nur so vorgehen, dass man den Kauf der Waffe nicht zu ihm zurückverfolgen konnte. John hatte einige Male die Dienste eines Fahrerservice in Anspruch genommen, wenn er längere Fahrten unternehmen wollte, oder manchmal auch nur zum Flughafen Heathrow. Einen dieser Fahrer ließ er bei dem Händler in der Duke Street anrufen, um den Preis der Armbrust in Erfahrung zu bringen, und dann noch ein zweites Mal, um den Preis zu bestätigen. Die Überweisung ließ John von einem seiner Auslandskonten auf den Weg bringen. Unmittelbar danach löste er das Konto auf. Er wusste, dass er sich auf die Diskretion seines »Treuhänders« auf den British Virgin Islands verlassen konnte. Er hatte diese schon in anderen Fällen getestet und war nicht enttäuscht worden. Dann ließ er die Armbrust von dem Fahrer abholen. Man würde ihm über die Zahlung nie auf die Spur kommen können. Das Problem war jetzt nur noch der Fahrer. Der erlitt leider kurze Zeit darauf einen tödlichen Unfall. Er stürzte aus unerklärlichen Gründen von einer Themse-Brücke in die Tiefe. Man sprach von einem Suizid.

Jetzt galt es die Armbrust auszuprobieren, die Schüsse mussten genau platziert sein. John hatte sich Pfeile beschafft, wie man sie in jedem Sportgeschäft finden konnte, das Artikel für Sportschützen anbot.

Wie sich herausstellte, war die Technik schnell zu erlernen. Mit ein wenig Übung gelang es ihm bald schon ganz gut, die Pfeile treffsicher abzuschießen. Der Bogen wurde mit einer anzusetzenden Kurbel gespannt, die im Kasten der Armbrust bereit lag und einen kleinen gedrechselten Knopf am Griff hatte. Dazu brauchte es schon eine gewisse Kraftanstrengung, der eiserne

Bogen war ziemlich starr. John hatte schnell festgestellt, dass es leichter gelang, wenn man die Apparatur senkrecht auf den Boden stellte und mit einem Fuß festdrückte, denn man brauchte die Kraft beider Arme, um die Armbrust zu halten und gleichzeitig mit der Kurbel zu spannen. Beim Abschießen der Pfeile musste man darauf achten, nicht leichtfertig an den Hahn zu kommen, sonst ging er zu früh los. Die Kraft, mit der die Pfeile abgeschossen wurden, war gewaltig. Auch da lernte John sehr schnell: Er durfte die Spannung des Bogens nicht ganz aufziehen, da sonst der Pfeil den menschlichen Körper durchschlagen würde, statt steckenzubleiben. Und steckenbleiben mussten die Pfeile, sonst würde ja das Bild nicht stimmen.

Im Richmond Park hatte er sich einen geeigneten Platz für seinen Sebastian gesucht. Dann kam endlich der lang ersehnte Tag.
John benutzte eine seiner falschen ID-Karten und einen falschen Führerschein – dafür waren die Kontakte zu seinem ominösen Geheimdienst doch ganz gut! –, um sich einen Leihwagen zu mieten. Er entschied sich für etwas Unauffälliges, einen Volvo.
Henry hatte sich pünktlich am verabredeten südlichen Ende des Berkeley Square eingefunden. Es war später Nachmittag, die Dämmerung würde noch etwas auf sich warten lassen. John wollte noch genügend Tageslicht für sein Vorhaben.

Ganz aufgeregt war Henry in den Wagen gestiegen, in Erwartung seines großen Abenteuers, mit offenem Hemd, aufgeknöpft bis zur Mitte der Brust. Er will wohl sexy wirken, dachte John. Der junge Mann hatte offensichtlich doch ein spannendes erotisches Abenteuer erwartet. Dabei hatte er ihn neulich beim Frühstück im Wolseley sehr aufgebracht angeschnauzt, er wolle sich nicht von »irgendeinem alten schwulen Idioten« anstarren lassen. Hatte er das so überdeutlich betonen müssen, um bei seinen Freunden den Eindruck zu zerstreuen, er könnte irgendwie dem eigenen Geschlecht zugetan sein? Jetzt jedenfalls, so schien es, hatte er sehr wohl Interesse an einem solchen Abenteuer.

Wie falsch er doch lag, der arme Kerl! Er würde ihn enttäuschen müssen, John hatte ganz andere Pläne mit ihm. Sie saßen eine Zeit lang schweigend im Auto auf der Fahrt nach Richmond. John machte es nichts aus, er wollte seinen Plan noch einmal genau im Detail durchdenken. Die Gegenwart des jungen Mannes, der sichtlich erregt neben ihm saß, war geradezu inspirierend. Sie waren die King's Road bis zum Ende entlanggefahren, um dann über die Putney Bridge auf die andere Seite der Themse zu gelangen. Als sie beim Roehampton Gate in den Richmond Park einbogen, in Richtung der Isabella Plantation, räusperte sich Henry und sagte, ganz offensichtlich seine Nervosität überdeckend, hier ganz in der Nähe sei er ein paar Mal gewesen, in der Royal Ballet School. »Da drüben!«

»Willst du dort hin?«, fragte John.

»Nein, nein, es ist mir nur gerade eingefallen, du hast ja sicher einen guten Platz für unser Vorhaben ausgesucht?«

»Natürlich. Nicht weit von hier.«

Sie fuhren auf den Parkplatz gegenüber der Isabella Plantation. Henrys Erregung war ihm jetzt wirklich anzusehen. Er hatte einen hochroten Kopf und schwitzte leicht. Und John bemerkte, dass Henry die Hand vor der Hose hatte, aber er tat so, als würde er es nicht sehen.

»Ist es hier?«, fragte Henry etwas unsicher.

»Ja, sieh mal, dort hinten. Hier steigen wir aus und nehmen alle unsere Utensilien mit.«

Henry packte mit an, er nahm eine schwere Tasche und überließ John eine andere, die offenbar mindestens genauso schwer war. Eine Weile gingen sie schweigend nebeneinander her, bis sie weit genug entfernt vom Parkplatz waren. Sie erreichten ein entlegenes Waldstück, wo offensichtlich niemand spazieren ging und auch nicht jemand zufällig vorbeikommen würde.
»Hier ist es!«
»Dieser Baum?«
»Ja, erscheint er dir nicht geradezu ideal für unser Vorhaben? Ein schöner dicker Stamm, und ein Ast in der richtigen Höhe, um deine Arme hochzubinden.«
»Und jetzt ziehe ich mich aus?«
Henry konnte es offenbar kaum erwarten. Das Wetter war mild, so würde er nicht frieren. Regen war auch nicht in Sicht, ein idealer Abend für ein unglaubliches Abenteuer! John hatte kaum damit begonnen, die Taschen auszupacken, schon stand Henry nackt vor ihm. Jetzt hielt er seine Hände doch etwas verschämt vor seiner Scham …
»Oh, du musst dich nicht vor mir genieren, Henry, so weit wie wir jetzt miteinander gekommen sind. Sieh mal, hier ist die Abbildung des Hl. Sebastian, ich habe sie etwas größer ausgedruckt. Und hier ein schönes weißes Leinen, genau wie das Lendentuch auf dem Gemälde.«
»Und das binde ich mir jetzt um?«
»Nein, lass mich das für dich tun«, sagte John. Er wusste, dass Henry das noch mehr erregen würde. Außerdem wollte er sichergehen, dass das Tuch genauso wie auf dem Gemälde von hinten nach vorn geschlungen und verknotet war.
»Hilfst du mir?«, sagte John zu seinem jungen Freund. Jetzt musste Sebastian seine Hände bewegen, und John sah seine nicht mehr zu verbergende Erregung.

Sebastian wollte sich ihm nähern und hoffte, John würde ihn berühren, ihm in seiner Erregung behilflich sein.
Aber John war streng zu ihm. »Nein, mein lieber Sebastian, jetzt noch nicht. Deine Erfüllung muss warten, bis wir getan haben, was wir tun müssen. Streck beide Hände nach oben. Ich sehe, du hast dir die Achselhaare rasiert, gut! Wie auf dem Gemälde!«
»Ja, wie du es wolltest.«
John trat hinter ihn, um ihm das Tuch umzubinden, hielt es mit einer Hand fest und trat dann nach vorn, um das Tuch zu verknoten. Dabei berührte er ihn wie unabsichtlich an seiner empfindlichsten Stelle. Henry stöhnte auf und wollte Johns Hand führen, aber der lehnte ab.
»Geduld, mein junger Freund!«
Er band die Arme fest aneinander und um einen Ast – den einzigen Ast, der sich über Sebastians Kopf befand, wie auf dem Gemälde. Allerdings zog er das Seil ein wenig fester.
»Möchtest du etwas schnupfen?«
Als Henry freudig bejahte, gab ihm John eine ziemlich ordentliche Prise, die Sebastian sich gierig in die Nase zog. Vorsorglich hatte sich John gleich zu Beginn der Aktion Gummihandschuhe übergezogen, um keine Spuren zu hinterlassen.
»Du machst das öfters, oder?«
Der Junge nickte. »Ja, erst heute Morgen … und vorhin, bevor wir losgefahren sind, dann empfindet man alles noch viel intensiver!«
»Ich werde dir jetzt noch eine Spritze geben, die deine Empfindungen noch weiter ins Angenehme steigern werden.«
John hatte sich über einen seiner Kanäle einige Ampullen Curare besorgt, jenes südamerikanische Nervengift, das die Urbewohner des Amazonas für ihre Giftpfeile und ihre Blas-

rohre benutzten. In geringeren Dosen konnte man Curare auch medizinisch einsetzen, es wirkte krampflösend und muskelentspannend. In höheren Dosen wirkte es tödlich. Es kam auf die Dosierung an.

Die Dosis, die John dem Jungen in den Arm spritzte, sollte bewirken, dass sein Sebastian zwar die Schmerzen der Pfeile spürte, aber sein Sprachzentrum gestört wurde, sodass er nicht in der Lage war zu schreien. Schreie konnten ungebetene Gäste herbeirufen, aber vor allem sollte kein Gewimmere das schöne Bild stören. Der Hl. Sebastian hatte schließlich auch nicht geheult oder geschrien, sondern die Pfeile mit Hingabe empfangen.

John packte nun die Armbrust aus, stellte sie auf den Boden und begann den Bogen mit der Kurbel zu spannen. Dann legte er einen der Pfeile ein und trat ein paar Schritte zurück.

»Sebastian, bist du bereit, deine Pfeile zu empfangen?«

Der Junge nickte erregt. Er wollte etwas sagen, aber er merkte, dass er die Sprache verloren hatte. Er brachte keinen einzigen Laut hervor.

Gut, dachte sich John, das Curare hat offenbar schon zu wirken begonnen. Er legte an und zielte. Der erste Pfeil traf Henry, wie geplant, ziemlich punktgenau oberhalb seiner linken Brustwarze. Sebastian wand sich vor Schmerz, bäumte sich auf und sah John voller Entsetzen an.

Der Schmerz traf ihn offenbar doch unerwartet. Er schaute mit weit aufgerissenen Augen auf John, sah, dass er die Armbrust ein zweites Mal spannte und den zweiten Pfeil einlegte, und wollte abwehrend den Kopf schütteln, aber die Muskellähmung erreichte jetzt auch seinen Hals.

John ging ein paar Schritte zur Seite, zielte auf Henrys rechte Seite, nachdem er sich nochmals auf der Abbildung des Guido

Reni vergewissert hatte, und schoss. Wieder traf der Pfeil ziemlich genau die Stelle, die er treffen sollte, auf Henrys rechter Seite, zwischen den Rippen. Der Pfeil war allerdings sehr tief eingedrungen, er hatte den Bogen wohl etwas zu stark gespannt. John näherte sich dem sich windenden jungen Mann, besah sich die Pfeile und zog sie an ihren Enden ein Stück aus dem Körper seines Sebastian wieder heraus. Ja, so gefiel es ihm besser.

Der leidende Sebastian wand sich verzweifelt, dann hielt er in seinen Bewegungen inne, starrte John an.

John sah, dass die Erregung des jungen Mannes aus dem Tuch herausragte, und ging ein paar Schritte auf ihn zu. Henry schaute ihn entsetzt, aber erwartungsvoll an. Ich tue ihm den Gefallen, sagte sich John, außerdem sieht es dann wirklich so aus, wie es aussehen soll. Er legte Hand an. Aber da war nicht viel zu tun, denn kaum hatte John ihn berührt und fest in den Griff genommen, sah er, wie bereits die Entladung der Erregung einsetzte. Henry bäumte sich in einer eigenartigen Mischung von Schmerz und Lust noch einmal auf, mit einer letzten Kraft, die aber die feste Verschnürung der Arme und der Beine gut aushielt. Dann wurde er bewusstlos.

»Das hast du sehr gut gemacht, mein lieber Freund, mein Sebastian!«

John betrachtete sein vollendetes Werk mit Genugtuung. Es war gelungen. Es war so schön wie bei Guido Reni, aber er fühlte sich dem großen Meister überlegen. Er hatte dieselbe Szene erschaffen, mit einem jungen Mann, der der Zwillingsbruder des Sebastian hätte sein können. Aber im Gegensatz zu Guido Reni, dem großen barocken Meister, hatte er es wirklich getan! Nicht gemalt, sondern wirklich erlebt!

John hatte seine Bestimmung als Künstler gefunden. Es war viel erfüllender, diese Bilder nicht einfach nur zu betrachten, sondern sie Wirklichkeit werden zu lassen! Kein Guido Reni, keine Artemisia Gentileschi hatten je erlebt und gesehen, was er erschaffen konnte!
Zufrieden und beglückt sammelte John alle Utensilien wieder ein. Sorgfältig kontrollierte er den Schauplatz des Geschehens. Er ging alles noch einmal durch, um sicherzugehen, keinerlei persönliche Spuren am Ort zurückzulassen. Und dann stand er vor seinem Hl. Sebastian, der jetzt mindestens so ruhig war wie auf dem Gemälde. Er korrigierte noch einmal die Kopfhaltung, versuchte den Kopf seines Sebastian etwas aufzurichten und besah sich sein Werk von allen Seiten. Er wollte sich sein Meisterwerk einprägen, sein fotografisches Gedächtnis sollte sich jede Kleinigkeit speichern, für alle Zeiten. Davon würde er zehren, von der Erinnerung an ein Meisterwerk, das nicht abzubilden war, sondern erlebt werden musste.
John sah, dass Sebastian nicht mehr atmete. Er drehte den Kopf noch etwas höher, dann öffnete er ihm die Augenlider. Sein stummer Blick war nach oben gerichtet. Jetzt hatte er genau denselben sehnsuchtsvollen Blick wie der Sebastian von Guido Reni!
John war stolz auf sich. So wunderbar hatte er sich seine Schöpfung nicht erträumt, nicht erträumen können.
Erst spät in der Nacht, als nur noch der Mond die Szene spärlich beleuchtete, konnte er sich von seinem Meisterwerk trennen und seinen Sebastian der Einsamkeit der Nacht anvertrauen.

»*Sir, are you ready for your massage?*«
Samy, der Masseur, hatte ihn aus seinen glücklichen Träumen in die Gegenwart zurückgeholt.
»*Of course, I am coming!*«
Zufrieden folgte John Samy in die Kabine, bereit, sich der Behandlung seines hünenhaften Masseurs hinzugeben und die Schmerzen zu genießen.

IX. KAPITEL

Martin Blume brütete schon den halben Tag über dem Fall mit dem abgesägten Kopf. Es ärgerte ihn, dass dieser Fall geradezu unter seiner Nase geschehen war. Das Hotel Holdenbruch auf halbem Weg zwischen der Frankfurter Innenstadt und dem Flughafen, lag nur eine gute halbe Stunde von seinem Büro in Wiesbaden entfernt.
Der Rumpf lag in einem Meer von Blut auf dem Bett, der Kopf auf einem Silberteller unter der großen Haube des Servierwagens, der normalerweise für das große Roastbeef verwendet wird ... Warum auf einem Servierwagen und warum im Nebenzimmer? So viele ungeklärte Fragen.
Mit wem hatte das Opfer zuletzt gesprochen? Wer hatte ihn besucht? Warum war er dort? Die Überprüfung der Gästelisten hatte auch nichts zutage gefördert, außer der japanischen Gruppe waren zur Tatzeit keine weiteren Gäste im Hause gewesen.
Aber das war unmöglich! Der Mörder muss da gewesen sein. Ein Agentenmord! Eine Bestrafung? Der Mann war Russe, er gehörte einem der russischen Geheimdienste an. Nicht unwahrscheinlich, dass es zu einer Auseinandersetzung zwischen zwei Geheimdiensten gekommen war. Aber wo konnte man ansetzen? Wer gegen wen?
Das Bundeskriminalamt hatte den Fall abgeschlossen, man hatte sich die Aufgabe vielleicht zu leicht gemacht. Die russi-

sche Botschaft war verständigt worden, aber nachdem auch von dort kein gesteigertes Interesse an einer Aufklärung signalisiert wurde, hatte man die Akte geschlossen.
Martin war damit keineswegs zufrieden. Nur weil die Russen an der Aufklärung – aus welchen Gründen auch immer – nicht interessiert waren, konnte man doch nicht einfach den Fall abschließen! Wahrscheinlich war der Mann in irgendeiner geheimen Mission im Auftrag der Russen hier in Deutschland unterwegs, das Ganze ging schief, und er wurde hingerichtet? Aber warum geköpft, den Kopf abgesäbelt? Die machten doch normalerweise miteinander kurzen Prozess und erschossen sich gegenseitig?

Immer wieder wälzte Martin seine Gedanken hin und her. Es kann doch nicht sein, dass hier, vor unserer Haustür, eines der abscheulichsten Verbrechen der letzten Jahre verübt wird, dachte er sich, und wir können den Fall nicht lösen!
Martin gab sich nicht geschlagen, er wollte, er musste das Geheimnis lüften. Weil er endlich einen spektakulären Fall lösen wollte, lösen musste! Er las den Bericht noch einmal durch, er wusste schon nicht mehr zum wievielten Male. Es musste doch irgendwo etwas geben, das übersehen wurde.
Es ist eine Hinrichtung, kein normaler Mord. Vielleicht ein Racheakt? Aber nein: Agenten erschießen sich gegenseitig, mit Schalldämpfer, damit es niemand hört. Er drehte sich im Kreis. Aber dies war kein normaler Mord.
Eine Inszenierung … Genau! Eine Inszenierung!
Wie der Mord an dem jungen Mann im Richmond Park! Auch das konnte kein normaler Mord oder Sexualdelikt oder sonst etwas gewesen sein, das war auch eine Inszenierung!
Aber die beiden Fälle hatten miteinander nichts zu tun, konn-

ten nichts miteinander zu tun haben! Das eine war ein bizarres Sexualdelikt, und hier ging es um einen Fall aus dem Agentenmilieu. Dennoch: Eindeutig eine Inszenierung …

War der Mann eigentlich obduziert worden? Martin sah alle Unterlagen noch einmal durch. Immerhin konnte er im Londoner Fall einen Obduktionsbericht finden. Man hatte festgestellt, dass der junge Mann letztlich an Herzversagen aufgrund der starken inneren Blutungen gestorben war. Und dass er kurz vor seinem Tod noch Kokain geschnupft hatte, das ihm eingegeben worden war.

Im Frankfurter Fall hatte es jedoch keine Obduktion gegeben! Die Kollegen waren offensichtlich vom Tatort und den besonders grausamen Umständen so beeindruckt, dass sie das Offensichtliche, nämlich dass man in einem solch ungewöhnlichen Fall immer eine Obduktion durchführen musste, übergingen. Eine Obduktion war nicht angeordnet worden. Nicht zu fassen! In Frankfurt war man offenbar der Ansicht gewesen, die Todesursache sei ohnehin eindeutig, das Abtrennen des Kopfes sprach für sich. Oder die Russen hatten die Herausgabe der Leiche gefordert, und es war keine Zeit für eine Obduktion? Die Russen wollten vielleicht keine Obduktion? Dennoch, man hätte in einem solchen Fall unbedingt eine Autopsie durchführen sollen!

Und dieser Smirnow, Michail Andrejewitsch Smirnow – über dessen Vita war überhaupt nichts in Erfahrung zu bringen. Die Russen gaben keinerlei Details über ihren Staatsbürger preis. Über ihren Spion. War ja auch verständlich, Deutschland würde im umgekehrten Fall auch keine Informationen herausgeben, dachte Martin. Aber wir müssen doch irgendwie weiterkommen!

Eine Inszenierung … Also gut, der Frankfurter Fall war eine

Inszenierung, und der Londoner Fall war eine Inszenierung. Sie hatten vielleicht nichts miteinander zu tun. Ganz offensichtlich nicht. Oder vielleicht doch …?

Er schloss die Akte.

Ich muss nach Hause gehen, dachte er. Ich komme hier nicht weiter.

Vielleicht sollte er die Londoner Unterlagen noch einmal genau prüfen. Und vielleicht sollte er mal wieder nach London. Sich noch mal den Schauplatz ansehen. Die Isabella Plantation …

Bevor er sich wieder der Schwäche hingab, über sein damaliges amouröses Abenteuer nachzudenken, das einzige, das er sich in seinem Leben je erlaubt hatte, zog er schnell seinen Mantel an und verließ das Büro. Schlecht gelaunt, wieder einmal.

Auf der Straße blieb er stehen. Er hatte sich derart in seinen Unmut über seine eigene Unfähigkeit, bei der Lösung der Fälle weiterzukommen, hineingesteigert, dass er einen Schluckauf bekam.

»Hick!«

Er hielt die Luft an, versuchte den Druck aus der Tiefe der Magengegend zu unterdrücken. Da kam es noch heftiger zurück. Er stützte sich an einen Baum.

»Hick, hick!«

Die Intervalle wurden kürzer. Er presste die Zähne aufeinander, sein linkes Auge fing an zu flattern. Ihm wurde schlecht. Er musste sich auf eine Parkbank setzen. Das Schütteln wurde immer heftiger, er biss sich auf die Zähne, dass ihn alles schmerzte. Der ganze Kopf brannte.

Martin hatte sich nicht mehr im Griff. Und in seiner Not fiel ihm auch noch sein gemeiner Bruder ein, der als Kind zu ihm

sagte, wenn er seine Anfälle bekam, ob er denn jetzt wieder einen seiner schönen Zitteriche hätte? Er hasste ihn!
Aber es half alles nichts, weder die Wut auf den Bruder noch die Wut über sich selbst, er musste versuchen, tief durchzuatmen, die einzige Möglichkeit, den Anfall zu überwinden.

X. KAPITEL

Er konnte nichts dafür. Es hatte so kommen müssen.

Als er Michail Andrejewitsch Smirnow zum ersten Mal traf, in Paris, zum Austausch der Koffer, eine Übung, die bereits zur Routine gehörte – dieses Mal auf der Terrasse des Café Deux Magots am Boulevard Saint-Germain –, war er erstaunt. Die Ähnlichkeit war so frappierend, dass er sofort wusste, wen er vor sich hatte. Holofernes, den Mann aus dem Gemälde von Artemisia Gentileschi. Es war, als wäre Holofernes direkt aus dem Gemälde herausgesprungen! Der Mann war wohl Anfang vierzig, sein dunkles gelocktes Haar ging über in seinen Bart, der, in keinster Weise getrimmt, im Wildwuchs die Backen hinunter zum Kinn und um den Mund herum sprießte. Auch um die Nase hatte der Mann seinen Bart nicht zugeschnitten, sodass die Haare wild und ungezügelt aus den Nasenlöchern herauswuchsen. Und er hatte schlechte, unregelmäßige und gelbe Zähne. Ziemlich ungepflegt, genauso wie Holofernes!

Er war ziemlich stämmig, leicht untersetzt und wohl auch etwas übergewichtig. Als guter Russe liebte er offenbar gutes Essen und seinen Wodka, dachte John.

Spontan tat John etwas, was man nicht tat, wenn man jemanden von der Gegenseite traf, um Dokumente auszutauschen: Er sprach ihn an. Der Mann schien überrumpelt. Mit ungläubigem Blick sah er John an und versuchte ihn abzuschätzen. Ver-

mutlich dachte er, misstrauisch, wie man es in seinem Beruf gelernt hatte: Das ist eine Falle!
John hätte im umgekehrten Falle wohl genauso reagiert.
»Nein, Sir, es ist nicht, was Sie denken«, versuchte ihn John zu beruhigen. »Aber Sie erinnern mich so sehr an jemanden, den ich sehr gut kenne, Sie könnten der Zwillingsbruder sein, daher verzeihen Sie mir, dass ich Sie angesprochen habe.«
Es war zwar noch vor dem Mittagessen, aber John bestellte zwei Wodka, und dann noch zwei. Sie unterhielten sich prächtig, über die Schönheit Venedigs, über Neapel und Rom, Plätze, die Mr. Smirnow offenbar ebenso gut kannte wie John. Es schien, als hätte man vieles gemeinsam, und so beschlossen die beiden, gemeinsam zu Mittag zu essen – gleich schräg gegenüber, in der Brasserie Lipp. John ging eigentlich nicht so gern dorthin, weil man viel zu eng aufeinandersaß und die Kellner die Angewohnheit hatten, die Gäste eher miserabel zu behandeln. Aber er wusste, dass der Kaviar gut war, und er wollte seinen neuen Freund verwöhnen, ihm etwas Gutes tun, um eine Verbindung zu ihm aufzubauen. Sie bekamen sofort einen Tisch, was wohl auch daran lag, dass die beiden Herren sehr bestimmt und selbstbewusst auftraten. Dem arroganten Maître, der huldvoll die Tische verteilte, eröffnete John mit gespielter Grandezza, die Herren von der russischen Botschaft seien jetzt da, man habe reserviert, und er hoffe, dass man die Dose Kaviar für ihn bereitgestellt hatte, er würde davon ausgehen, dass der Kaviar dieses Mal besser sei als bei seinem letzten Besuch. Den Maître brachte diese Ansage ganz offensichtlich aus dem Konzept – irgendein Idiot in der Reservierung hatte da wohl vergessen, ihm die Ankunft der Herren von der Botschaft mitzuteilen. Selbstverständlich stünde der Kaviar bereit, versicherte er – wehe, wenn die Kerle in der Küche heute keinen Kaviar hatten! –, und führte

sie an den besten Tisch des Hauses, einen Ecktisch im hinteren Bereich, uneinsehbar und ohne Nachbarn, die einem auf der Pelle saßen.
Na bitte, geht doch, dachte John.

Sie verbrachten zwei sehr vergnügliche Stunden miteinander, der Kaviar – bitte gleich die 500-Gramm-Dose! – und der Wodka waren hervorragend, und sein neuer Freund Michail strahlte. John hatte die Wahl des Wodkas Michail überlassen, der sich nicht scheute, den mit Abstand teuersten auf der Karte zu bestellen, einen Wodka der Marke Kauffman. Er kam in einer futuristisch geformten Glasflasche mit einem schnabelförmigen Verschluss an den Tisch. Er kostete wohl doppelt so viel wie die gängigen Marken, aber John nahm das stoisch hin. Das ist schon in Ordnung, wenn es mir hilft, zum Ziel zu kommen, dachte er sich. Er könne ja schließlich nicht Wodka Smirnoff bestellen, sagte sein neuer Freund lachend, so heiße er ja selbst, auch wenn er sich nicht Smirnoff schreibe, sondern Smirnow, mit W statt Doppel-F! Über seinen eigenen Witz erheitert, brach er in ein lautes Lachen aus, sodass sich John unwillkürlich umsah, ob es im Restaurant nicht etwa doch irgendwelche bekannten Gesichter gab. Aber John konnte niemanden im Lokal erblicken, der ihm bekannt vorkam. Er entspannte sich und gab sich der blendenden Laune seines Gastes mit der gleichen Begeisterung hin. Das Mittagessen würde zwar sündteuer werden, schon allein wegen der großen Kaviardose von Petrossian, dem wohl teuersten Kaviarlieferanten in Paris, aber John sah es als Investition.
Der Kaviar war wirklich hervorragend – und mehr als reichlich. Als Michail, dem John insgeheim bereits den Namen Holofernes gegeben hatte, im Überschwang der Begeisterung die zweite Flasche Wodka bestellte, wusste John, dass er gewonnen hatte.

Es war gar nicht so schwer gewesen, seinen neuen Freund Michail Andrejewitsch in die Falle zu locken.
John erfuhr aus den ungehemmt sprudelnden Erzählungen, dass seinem Gegenüber die Tätigkeit als »Laufbursche« seines Auftraggebers zuwider war. Er sei »aus familiären Gründen« zu dieser Tätigkeit gezwungen worden, was immer das bedeutete. John schloss aus dieser Bemerkung, dass Michail womöglich erpresst wurde, jedenfalls war er wohl empfänglich für alternative Vorschläge.
John legte sich schnell einen Plan zurecht und begann, seinen neuen Freund zu umgarnen. Er schlug Michail vor, ihn einem seiner Bosse vorzustellen. Jetzt ging der Russe doch in die Defensive, verschränkte die Arme vor seinem Bauch und beugte sich gleichzeitig weit nach vorn.
»Mein Freund George …« – John hatte sich ihm mit seiner englischen Identität George Miller vorgestellt –, »heißt das …« Den Rest des flüsterte er nur noch: »… du willst mich abwerben??«
»Aber, aber, mein Freund, wer wird denn so hässliche Worte gebrauchen«, beschwichtigte John, im selben verschwörerischen Flüsterton. »Ich kann mir jedoch sehr gut vorstellen, dass du mehreren Seiten gleichzeitig behilflich sein könntest. Meine Bosse sind außerordentlich freundliche Menschen. Und sie sind sehr, sehr großzügig, das kann ich dir versichern!«
John konnte sich vorstellen, dass man Michail über ein finanzielles Angebot durchaus würde näherkommen können. Für ihn selbst hätte sich das natürlich auch entsprechend gelohnt, wenn er seinem Büro einen »Überläufer« präsentierte. Nur schade, dass es dazu nicht kommen würde.
Er traf damit ins Schwarze: Michail fühlte sich von seinen Leuten nicht nur schlecht behandelt, sondern vor allem auch schlecht bezahlt, und überhaupt …

Von da an war es leicht gewesen. John schlug seinem russischen Freund vor, sich auf neutralem Boden zu treffen, um die Begegnung mit seinen zukünftigen Auftraggebern vorzubereiten. Michail war einverstanden, lehnte sich wieder zurück und schaufelte einen weiteren ansehnlichen Berg Kaviar in sich hinein. Während John seinem Freund bei seinem offenbar heftigen Heißhunger auf Kaviar zusah, ließ er sich die Möglichkeiten für einen geeigneten Treffpunkt durch den Kopf gehen. Er hatte eine Idee, aber das müsste er sich noch einmal in Ruhe und vor Ort ansehen. Vergnügt sprach er nun selbst dem Kaviar zu, damit ihm Michail nicht noch alles wegaß. Er lud sich einen großen Löffel auf seinen Teller, häufte sich zwei kleine Berge gehacktes Eiweiß und gehackten Dotter hinzu, vervollständigte das schöne Bild mit einem Klacks Crème Fraîche, ließ jedoch die gehackten Zwiebeln aus, die Michail, pardon, Holofernes, schon ganz für sich vereinnahmt hatte. Dann mischte er sich die Ingredienzen zusammen und griff sich einen Blini, einen jener köstlichen, kleinen runden Pfannkuchen, zu denen die Russen, wie er von seinem Freund Michail jetzt erfuhr, gar nicht Blini sagten, sondern Oladji. Egal, er häufte sich einen ordentlichen Happen der köstlichen Kaviarmischung darauf und ließ es sich schmecken, vermischt mit einem guten Schluck Wodka.

John hatte sich entschlossen, das Treffen in die Nähe von Frankfurt zu legen. Er kannte dort ein Hotel, das für seine Zwecke bestens geeignet war, einsam im Wald gelegen zwischen Flughafen und Innenstadt. Er hatte sich in Paris einen Leihwagen gemietet und war nach Frankfurt gefahren. Dies schien ihm am unauffälligsten, durch die Ausweiskontrollen an den Flughäfen hinterließ man immer Spuren. Der freundlichen Dame an der Rezeption des Hotels Holdenbruch erklärte er, dass er etwas in Eile sei, sich

aber für seinen nächsten Aufenthalt das Hotel ansehen wolle. Er ließ sich ein Zimmer im ersten Stock zeigen und prägte sich die örtlichen Gegebenheiten ein. Dann fuhr er weiter.
In Frankfurt legte er eine Pause ein, er wollte unbedingt dem Städel mit seiner fabelhaften Sammlung Alter Meister einen kurzen Besuch abstatten. Als er die Räume mit der Barock-Malerei betrat, traute er seinen Augen nicht: Da hing doch tatsächlich »seine« Artemisia Gentileschi, mit »seinem« Holofernes, als temporärer Gast aus Neapel – exakt das Bild, das er bei seinem Besuch in Capodimonte verpasst hatte. Die neapolitanische Version, die ihm so viel besser gefiel als die spätere Fassung im Palazzo Pitti in Florenz!
Im Gegensatz zu Florenz musste er hier niemanden, auch keine Reisegruppen, vor dem Bild vertreiben, um es sich in Ruhe und in allen Details zu betrachten. Außer ihm waren an diesem Nachmittag unter der Woche kaum Besucher im Haus. Was für ein glücklicher Zufall! Jetzt konnte sich John nicht nur in das Bild vertiefen, er konnte, da er seinen eigenen Holofernes alias Michail genau vor Augen hatte, auch noch einmal die Ähnlichkeiten vergleichen und sich alles einprägen. Die Ähnlichkeit zu seinem Freund Michail war in der Tat frappierend. Aus Holofernes war Michail geworden und aus Michail Holofernes!
Da war sie wieder, diese wilde, aber gleichzeitig gelassene Entschlossenheit, mit der Judith den Säbel führte. Mit ihrer Linken hielt sie den Mann fest an den Haaren gepackt und drückte ihn auf sein Lager. Eine Schwierigkeit, das war John klar, hatte er bei seinem Vorhaben zu überwinden. Er hatte keine Magd, wie in der Darstellung von Artemisia, die ihm bei seiner Aufgabe helfen konnte, die den kräftigen Mann herunterdrückte, um seinen Kopf still zu halten. Sein Helfer würde wieder eine Spritze Curare sein, das hatte ihm bei seinem Sebastian bereits

gute Dienste geleistet. Er würde in diesem Fall vielleicht die Dosis ein wenig erhöhen müssen.
Ein paar Tage später war es dann soweit. John hatte Michail die Adresse mitgeteilt, wie vereinbart über einen neu angelegten WhatsApp-Account, den er danach gleich wieder löschte.
Michail Smirnow war rechtzeitig im Hotel eingecheckt und bezog sein Eckzimmer im ersten Stock. Bei der Ankunft hatte er das Nachbarzimmer mit der Verbindungstür, das er dazugebucht hatte, nicht gecancelt, obwohl er es nicht nutzen würde. Man wollte sichergehen, dass sie keine Nachbarn mit großen Ohren haben würden.
John, oder vielmehr George, betrat das Hotel durch den Hintereingang, der vom Hotelpersonal und den Zulieferern genutzt wurde. Die Tür zu Michails Zimmer im ersten Stock war angelehnt, wie vereinbart. Die neuen Freunde begrüßten sich mit einer herzlichen Umarmung. Es folgte ein kurzes, freundschaftliches Gespräch, in dem George seinem zukünftigen Kollegen erklärte, was ihn erwartete: Er müsse ihm die Augen verbinden, denn sein Boss wolle nicht, dass Michail sein Gesicht sehe, wenn er in ein paar Minuten eintrete. Eine reine Vorsichtsmaßnahme, erklärte John, was der Russe auch ohne Weiteres einsah.
George hatte ein schwarzes Tuch mitgebracht, das er seinem Freund fest um den Kopf band, um sicherzugehen, dass dieser nichts sehen konnte. Bereitwillig ließ Michail es geschehen.
»Es wird alles gut, du wirst sehen, Michail. Jetzt warten wir ein paar Minuten, und wir werden sehen, wie unser Gespräch läuft. Bei mir war es damals ganz harmlos, kurz und bündig. Ich nehme an, dass dich die Organisation inzwischen überprüft hat, man wird dir sicher keine überflüssigen Fragen stellen.«
John sah, dass Michail nervös war. Er schwitzte, aber sprach kein Wort.

John öffnete seine große Reisetasche, nahm die vorbereitete Spritze heraus, und ohne weitere Verzögerung stach er Michail in den Hals. Dort würde man später keine Einstichstelle mehr sehen können. Michail fuhr erschreckt auf, versuchte einen unterdrückten Schrei auszustoßen, doch John hielt ihm mit einem Tuch den Mund zu.

Das Curare wirkte schnell. Nach ein paar Minuten hingen die Arme, die eben noch versucht hatten, den Angriff abzuwehren, schlaff herunter. John nahm Holofernes das Tuch vom Mund, es entfuhr ihm noch ein leiser krächzender Laut. Sollte er die Augenbinde schon abnehmen? John zögerte. Besser war es doch, zuerst die Arme festzubinden, obgleich das möglicherweise nicht mehr nötig war. Dann nahm er Holofernes die Binde ab. Der Blick, den Holofernes ihm jetzt zuwarf, war erschreckend und großartig zugleich, er zeigte den Ausdruck wilder Hilflosigkeit wie bei Artemisia. Sein Holofernes musste nun zusehen, wie John langsam und sehr bedächtig die mitgebrachten Gummihandschuhe überzog und mit einem weichen Tuch die Türklinke und alle anderen Stellen, die er möglicherweise berührt hatte, gründlich von allen Spuren befreite.
Auch die nächsten Handgriffe waren genauestens durchdacht und geplant. Das Entsetzen in den Augen des leidenden, hilflosen Holofernes wurde noch einmal gesteigert, als er sah, wie John ein großes Schwert aus der Tasche zog. Er wollte schreien, sich von seinen Fesseln befreien, aber es ging nicht. Die Muskellähmung hatte mittlerweile den ganzen Körper ergriffen, sodass er nur noch in der Lage war, kleine Zuckungen zu vollbringen. So sehr er sich auch mühte, er brachte keinen Laut mehr hervor. Aber er war bei vollem Bewusstsein, er konnte genau beobachten, wie sich John langsam die Jacke abstreifte, sein Hemd aus-

zog und aus der großen Tasche ein tiefblaues Tuch hervorholte, das er sich wie ein Kleid umlegte.
»Mein lieber Holofernes, ich muss dir doch zumindest in den richtigen Farben entgegentreten!«
Fassungslos starrte Holofernes auf den blauen Mantel und das große Schwert, während sich seine Judith auf ihn zubewegte. Sie legte ihn sanft auf das Bett, fast liebevoll, was er wehrlos über sich ergehen lassen musste. Als er kurz danach merkte, wie er fest an den Haaren gepackt, sein Kopf auf das Kissen gedrückt wurde, als er schließlich das kalte Eisen am Hals spürte, begann er zu verstehen. Noch einmal versuchte er, alle Kräfte zu bündeln und sich aufzubäumen, aber es gelang ihm nur ein kurzes hilfloses Zucken. Das Eisen drang in ihn ein, er spürte, wie sein Kopf tiefer ins Kissen gedrückt wurde. Da war der eiskalte, stechende Schmerz und das grauenvolle Auf und Ab, das er aus seinem tiefen Innern hören konnte. Einmal noch wollte er seinem Feind ins Auge sehen. Judith aber konnte ihm den Gefallen nicht tun, denn sie hockte hinter ihm, drückte seinen Kopf in die Laken und säbelte. Nur für einen kurzen Augenblick hätte Holofernes seinem Richter ins Auge sehen wollen, denn er wollte ihn fragen: Warum?
Dann spürte er einen heftigen eiskalten Schmerz. Und es wurde für immer Nacht.

XI. KAPITEL

John saß am Steuer des Wagens auf dem Weg zurück nach Paris. Nach getaner Arbeit hatte er sein Gemälde noch lange betrachtet, und er war stolz auf sein Werk. Er hatte die zerwühlten Bettlaken drapiert und den Kopf seines Holofernes zurechtgerückt, sodass er ihm ins Gesicht sehen konnte, in die immer noch weit aufgerissenen, fragenden Augen. So hatte er mehrere Stunden ausgeharrt, bis ihn gegen Morgen ein draußen vorfahrender Bus aus seiner Kontemplation riss. Er wurde für die japanische Reisegruppe bereitgestellt, die er durch das Fenster beobachten konnte. Dieses Mal wollte John nicht, dass irgendein Fremder diese perfekte Inszenierung, seine Artemisia, betrachten könnte. Er wollte dieses Meisterwerk für sich allein. Also musste er es wieder zerstören.

Als er das Hotel durch den Hintereingang betreten hatte, war ihm ein großer Servierwagen mit silberner Haube aufgefallen. Den holte er nun mit dem Personallift nach oben in den ersten Stock und schob ihn in das Zimmer zu seinem Holofernes. Ein wunderbarer Einfall, denn so konnte er nicht nur die Einzigartigkeit des Bildes des Holofernes für sich bewahren, sondern mit dem abgetrennten Kopf auf dem Serviertablett noch ein zweites Bild erschaffen: das Haupt des Johannes …

John erwachte abrupt aus seinen Gedanken. Hinter Saarbrücken fuhr er auf die französische Autobahn. Kurz vor Metz steu-

erte er einen Parkplatz an. Er war erschöpft, er hatte die Nacht nicht geschlafen. Wenn er in Frankfurt ein Bett gehabt hätte, wäre er wahrscheinlich vor Aufgeregtheit nicht zum Schlafen gekommen. Jetzt aber, mit dem räumlichen Abstand von mehreren hundert Kilometern und etliche Stunden später, übermannte ihn die Müdigkeit. Er durfte keinen Unfall riskieren. Und ebenso wenig durfte er in eine Radarfalle geraten. Er hatte sich die ganze Zeit genauestens an die Geschwindigkeitsbegrenzungen gehalten, was ihn noch mehr ermüdet hatte. Schnelles Fahren hielt wach, aber er musste genauso unbemerkt nach Paris zurückfahren, wie er unbemerkt von Paris nach Frankfurt gefahren war.
Nach einer guten Stunde Tiefschlaf richtete er sich wieder auf und fuhr weiter. Es waren noch über dreihundert Kilometer und geschätzte dreieinhalb Stunden bis nach Paris.

Als er dort ankam, war es Mittag. John fuhr zur Wohnung im Palais Royal. Er liebte diese Wohnung, es war ein großes Glück, dass er sie nutzen durfte. Wie immer war es ein erhebendes Gefühl, die lange Rue de Rivoli mit ihren Arkaden entlangzufahren. Beim Louvre angekommen, bog er nach rechts zur Comédie Française und dann rechts dahinter in die Rue de Montpensier. Kurz vor dem Ende der engen Straße und vor dem Théâtre du Palais Royal fand er einen Parkplatz. Er ging an der alten zahnlosen Concierge vorbei, die ihm aus ihrem Fensterchen freundlich zuwinkte. John legte Wert darauf, besonders freundlich zu ihr zu sein, da diesem Cerberus nichts entging. Mit dem engen Lift, der kaum ihn selbst und sein Gepäck aufnahm, fuhr er ganz nach oben. Die Wohnung seiner Freunde erstreckte sich über die beiden obersten Stockwerke und hatte eine kleine Terrasse, auf der man herrlich sitzen konnte, mit Blick in die Gärten des Palais Royal. Die akkurat zugeschnittenen Baumreihen und die Blumenbeete waren eine wahre Oase.

Das Hausmädchen Julie hatte die Wohnung für ihn vorbereitet, hatte im Gästezimmer das Bett frisch bezogen und im Wohnzimmer frische Blumen aufgestellt und sie hatte sogar den Kühlschrank mit dem Nötigsten gefüllt. Julie öffnete John die Tür. Sie sah sie entzückend aus. Sie trug ein hübsches geblümtes Kleid im Stil der fünfziger Jahre, was ihr sehr gut stand.

»Julie, Sie sehen heute aber entzückend aus! Haben Sie noch etwas vor oder haben Sie sich für mich so schön gemacht?«

Sie lachte und entgegnete, sie habe sich natürlich nur für Monsieur herausgeputzt, müsse aber gleich weiter, da sie mit Freundinnen verabredet sei.

John konnte sich nicht bremsen, zog sie unvermittelt an sich und gab ihr einen Kuss.

»Aber Monsieur John!« Sie wehrte sich keineswegs, legte ihren Arm um seinen Hals und gab ihm einen innigen Kuss zurück.

Jetzt war er es, der ihr entgegnete: »Aber Mademoiselle Julie!«

John konnte keinen klaren Gedanken fassen, sie hatte ihn tatsächlich überrascht. Eigentlich ließ er sich nicht gern überraschen, es war ihm eindeutig lieber, die Initiative zu ergreifen. Aber, sagte er sich, vom Ergebnis her ist das ja nicht so schlecht! Er zog sie wieder zu sich, und die Küsse wurden noch ein wenig leidenschaftlicher – bis sie sich ihm entwand, sich äußerst keck über den Mund fuhr und sich an der Tür verabschiedete, sie müsse jetzt wirklich los. Aber Monsieur könne sie ja jederzeit anrufen, wenn er etwas brauche.

»Wie wäre es denn mit heute Abend? Ich besorge einen schönen Wein und eine Kleinigkeit zu essen, und Sie leisten mir Gesellschaft?«

»Nein, nein«, antwortete sie schon in der Tür. Dann drehte sie sich noch einmal um und blinzelte ihn an: »So gegen halb neun?«

Der Abend war erregend und lang. Wie sich herausstellte, hatte sich Julie erst vor Kurzem von ihrem langjährigen Verlobten getrennt und hatte ganz offensichtlich etwas Nachholbedarf. John tat sein Bestes, aber er merkte bald, dass er es mit einem Vulkan zu tun hatte. Irgendwann war er am Ende seiner Kräfte und dachte nur noch daran, wie er sie wieder loswerden konnte. Es wäre ihm am liebsten gewesen, sie hätte sich bei ihm anständig und bescheiden für die intensive Zuwendung bedankt, die sie hatte genießen dürfen, und wäre dann gegangen. Aber Julie tat genau das Gegenteil, sie holte noch eine zweite Flasche Wein ans Bett, machte es sich bequem und wurde wieder sehr anhänglich.

Wie stelle ich es nur an, dass sie mich in Ruhe lässt?, dachte John. Etwas Gewalt vielleicht? Als sie sich wieder an ihn schmiegen wollte, versetzte er ihr einen Schlag ins Gesicht, was ihm einerseits auch leidtat, aber …

Er kam gar nicht dazu weiterzudenken, denn ihre Reaktion war leider nicht die erhoffte: Sie schrie vor Schreck auf und dann hing sie noch enger an ihm und hauchte ihm ins Ohr, ja, das sei genau das, was sie sich von ihm sehnlichst gewünscht habe, er solle sie doch bitte, bitte, sehr hart rannehmen.

Oh nein! Ich werde sie nicht los, dachte John und begann sie zu würgen, während Julie immer lustvoller keuchte. Er drückte fester zu, sie lief schon rot an im Gesicht, schien es aber immer noch zu genießen. Dann ließ er sie los und schloss die Augen. Zu seinem Erstaunen hatte er, als er sie würgte, geradezu euphorische Gefühle empfunden. Während sie ermattet neben ihm lag, drehte er sich wieder zu ihr und begann sie wieder zu wür-

gen. Immer fester drückte er seine Hände um ihren Hals und beobachtete sie genau, wie sie immer leiser keuchte, die Augen zu verdrehen begann. Dazu das Strampeln der Beine, mit dem sie sich zunächst gegen den wiederholten Angriff gewehrt hatte und das nun immer matter wurde. Unterdessen hatte eine starke Erregung seinen ganzen Körper erfasst, und er wollte sich auf sie werfen. Doch er ließ davon ab, als er bemerkte, dass ihr Körper von einem heftigen, und wie es schien, äußerst lustvollen Zucken erfasst wurde.
»Nein, lass uns das nicht machen!«
Obgleich er das mehr zu sich selbst als zu Julie gesagt hatte, fühlte sie sich angesprochen. Sie räusperte sich und hauchte, zu einer lauteren Stimme war sie nicht fähig: »Ich glaube, das war der heftigste Orgasmus, den ich je erlebt habe!«
John drehte sich erschöpft zur Seite. Das war nun eigentlich nicht das, was er wollte. Er wollte eigentlich gar nichts, er hätte sich mit Julie nicht einlassen, er hätte es beim harmlosen Flirt bewenden lassen sollen! Das war anregend und hatte ihm auch Spaß gemacht. Aber jetzt war es zu einer heftigen Affäre geworden, und es taten sich Abgründe auf. Und wenn er den einen kleinen Schritt weitergegangen wäre, hätte er alles riskiert.
John hatte erkannt, dass es ihn körperlich erregte, mit einer Frau zu schlafen und sie dabei zu würgen. Eine neue Erfahrung! Aber besser nicht hier, in dieser Umgebung. Die Spuren würden unweigerlich sofort zu ihm führen. Seine DNA war hier überall, und seine Freunde, die Eigentümer der Wohnung, wussten ja, dass er in der Wohnung schlief. Nein, so funktionierte das nicht. Es musste an einem neutralen Ort geschehen, er musste es entsprechend planen und um seine Sicherheit besorgt sein. Vor allem: Er durfte dabei keinerlei Spuren hinterlassen.

Nachdem sie sich eine Weile ausgeruht hatten, fragte er Julie, wie das eigentlich mit ihrem langjährigen Fiancé gewesen sei. Waren sie da auch so »leidenschaftlich« gewesen?
Julie seufzte und gestand ihm, dass es anfangs eigentlich ganz schön gewesen sei. Er war zärtlich und zuvorkommend, eigentlich der Traum einer jeden Frau, hatte sie sich gedacht. Aber bald merkte sie, dass sie das langweilte, sie wollte mehr Aufregung in ihre Beziehung. Das Ganze war also nicht gut ausgegangen.
Sie schwieg, und John merkte, dass sie offensichtlich nicht länger über ihren Ex-Verlobten sprechen wollte. Nach einer Weile schlief sie an seiner Seite ein. Er schlich sich aus dem Zimmer, um eines der anderen Schlafzimmer aufzusuchen.

Am nächsten Tag besuchte er nochmals Suzanne im Auktionshaus. Er wollte sich das Bild ein zweites Mal ansehen, das ihn dort so fasziniert hatte: die venezianische *Sacra Conversazione.* Das war einer dieser eigentümlichen kunsthistorischen Begriffe, die John schmunzeln ließen. Denn eine »Unterhaltung« im wörtlichen Sinne fand ja gar nicht statt, in diesen *Conversaziones* unterhielt sich kein Mensch. Es handelte sich um einen Begriff, der irgendwann im 19. Jahrhundert von der Kunstgeschichte geprägt worden war, aber nicht dem entsprach, was dargestellt war – meistens die thronende Madonna mit dem Jesusknaben auf dem Schoß, umgeben von Heiligen oder den Stiftern des Altarbildes, in verehrender oder anbetender Haltung. In der venezianischen Malerei, vor allem bei Giovanni Bellini, gab es davon die wunderbarsten Beispiele. In der Galerie der Accademia konnte man die *Pala di San Giobbe* sehen, ein Meisterwerk eines Altarbildes , mit der segnenden Muttergottes in einem herrlichen, kräftig blauen Mantel und dem Jesusknaben auf einem hohen majestätischen Thron sitzend, umgeben von (sich auch nicht mit ihr oder miteinander unterhaltenden) Heiligen – darunter auch Hiob, der namensgebende Heilige von San Giobbe, der Kirche, für die dieses großartige Werk ursprünglich geschaffen worden war. Das Entzückendste allerdings an diesem großen Altarbild waren die musizierenden Engel, die zu Füßen des Thrones saßen und hingebungsvoll ihre Geigen und Saiteninstrumente spielten.

John musste dieses Bild unbedingt noch einmal im Original und im Detail studieren, ebenso das Altarbild des Giovanni Bellini in der Kirche San Zaccaria, welches sich bis auf den heutigen Tag an der Stelle befindet, für die es geschaffen wurde.

Konnte es wirklich sein, dass er ein Bild von Bellini vor sich hatte? Es war aber vermutlich kein Altarbild für eine Kirche. Die Maße waren zu klein für einen Kirchenaltar, etwa knapp zwei Meter auf vielleicht ein Meter achtzig. Eher schon ein privates Bild, vielleicht für einen Hausaltar. Dafür sprachen auch die beiden Stifterfiguren, die links und rechts, etwas kleiner als die anderen Heiligen dieser *Sacra Conversazione*, die die Madonna und den Jesusknaben einrahmten. Das waren möglicherweise die Stifter des Bildes oder zumindest die Namenspatrone. Und dann gab es da zu Füßen der Madonna die unvermeidlichen musizierenden Engel. Einer von den beiden schien den Betrachter des Bildes keck anzublinzeln, ihn zum Komplizen zu machen.

War es wirklich möglich, dass sie ein Bild von Bellini entdeckt hatten? Das zu entscheiden war nicht einfach, jedenfalls Grund genug, nach Venedig zu reisen. Es gab da ja noch eine Reihe anderer Meister, die in Frage kamen, der erste, der John einfiel, war Francesco Bissolo, einer der besten Schüler von Bellini. Womöglich war es auch ein Bild der Werkstatt?

Allerdings hatte John noch eine andere Absicht, als er Suzanne anrief, um sich mit ihr am Nachmittag zu verabreden. Nach dem gestrigen Abend mit Julie war er neugierig geworden, wie wohl Suzanne reagieren würde, wenn er es doch noch einmal versuchen würde, sich ihr zu nähern.
Es war, wie sich herausstellte, viel unkomplizierter gewesen, als er gedacht hatte. Er wusste, dass Suzanne seit Kurzem mit einem um viele Jahre älteren Herren verheiratet war, den sie als Kunden des Auktionshauses kennengelernt hatte. Suzanne hatte immer gesagt, sie sei mit ihrem Beruf verheiratet, aber irgendwann stellte sie doch fest, dass ihre biologische Uhr zu ticken begonnen hatte. Sie hatte inzwischen die Mitte dreißig überschritten, alle ihre Freundinnen waren verheiratet und hatten Kinder, und sie fühlte sich manchmal, als sei sie bei der Verteilung der Männer vergessen worden. Und sie machte sich durchaus etwas vor, wenn sie sich sagte, Sex würde sie nicht interessieren. Je älter sie wurde, desto wichtiger schien es ihr, ihre sinnlichen Bedürfnisse ab und an auszuleben. Also hatte sie begonnen, sich bei einer dieser Dating-Plattformen umzusehen – und sich nach längerem Zögern ins Abenteuer gestürzt.

Ihr erstes Date war ein schlagender Misserfolg. Der Mann war wesentlich älter, als er vorgegeben hatte, und er hatte ziemlich abstruse Vorstellungen, die Suzanne ziemlich schnell die Flucht ergreifen ließen. Sie war schließlich keine Domina und sie hatte auch keine Lust, es wegen dieses älteren Herren zu werden. Das zweite Treffen war interessanter. Der Mann war etwa gleich alt, und der Sex mit ihm war besser als erwartet, aber dann musste er sich an ihrem Busen ausheulen. Er sei seit einigen Monaten verheiratet und habe soeben mit ihr seine Frau zum ersten Mal betrogen. Daraufhin hatte Suzanne schnell ihre Sachen gepackt

und das Hotel, in dem sie sich getroffen hatten, im Eilschritt verlassen. Damit hatte sie erst mal genug von Dates.
Bis sie ihren zukünftigen Ehemann kennenlernte. Er war sehr vermögend, er hatte seine Firmen für viele Hundert Millionen verkauft. An der Avenue Foch, der Prachtstraße hinter dem Arc de Triomphe, besaß er eine wunderbare Wohnung, verbrachte aber die Wochenenden meist auf dem Land mit seiner ersten Familie – seiner geschiedenen Frau, den Kindern und Enkeln. Er hatte Suzanne bislang nie dorthin mitgenommen. Wahrscheinlich hatte er seiner ersten Frau noch gar nicht gestanden, dass er wieder geheiratet hatte, vermutete Suzanne, es war ihm wohl doch etwas peinlich, dass seine zweite Frau jünger war als seine jüngste Tochter. Und dann war da noch die Erbschaft. Er hatte mit Suzanne einen Ehevertrag abgeschlossen, der ihr einen recht großzügigen Anteil am Erbe sicherte. Sie war also finanziell bestens abgesichert.
Dennoch war Suzanne an diesem Tag sehr frustriert ins Geschäft gekommen. Ihr Mann hatte am Abend zuvor einen etwas unbeholfenen Versuch gestartet, ihr näherzukommen, dann aber bald aufgegeben. Er habe wohl etwas zu viel Cognac getrunken, versuchte er sich zu entschuldigen. Suzanne war ziemlich frustriert in ihr eigenes Schlafzimmer gegangen und hatte einige bittere Tränen vergossen. Es war ihr bisher nur ein paar wenige Male gelungen, von ihrem Mann Befriedigung zu erhalten, so hatte sie sich ihr Eheleben nicht vorgestellt. Am frühen Morgen war er sehr bald aufgebrochen, um übers Wochenende aufs Land zu fahren. Es war zwar erst Donnerstag, aber sein kläglich gescheiterter Versuch vom Vorabend war ihm offensichtlich peinlich, also machte er sich lieber davon. Suzanne hatte ein langes Wochenende allein vor sich, das Wetter war regnerisch, und sie war deprimiert.

Da kam der Besuch von John eigentlich ganz recht. Als sie im hinteren Teil des Bilderlagers angekommen waren, wurde sie von ihm mit einer plötzlichen Umarmung überrascht. Sie war verblüfft über diese plötzliche Attacke, aber die Überraschung wich schnell einer Bereitschaft, die sie selbst erschreckte, und auch John hatte damit nicht gerechnet. Sie erwiderte seine heftigen Küsse auf das Leidenschaftlichste und ließ bereitwillig seine gierigen Hände ihren Körper nach lange vermuteten, stets gut verhüllten Besonderheiten absuchen. Als jedoch John sah, dass Suzanne in ihrer Erregung dabei war, ihren Rock zu raffen, und er kurz vor dem Ziel seiner Begierde war, hielt er ziemlich abrupt an, und sie drehte sich fragend nach ihm um.

»Nicht hier, meine Liebe«, flüsterte er, »wir sollten unsere Augenblicke genießen, wir sollten nicht voreilig sein. Lass uns zunächst über die *Sacra Conversazione* sprechen.«

Sie war zu verwirrt und viel zu erregt, um sich wieder ernsthaft der Betrachtung von Bildern zuzuwenden. Dieser plötzliche und unerwartete Überfall hatte alle ihre Sinne erweckt, sie hatte den Moment richtig genossen. Während sie John zusah, wie er sich über das venezianische Bild beugte, um es sich genauer anzusehen, überkam sie eine heftige Sehnsucht nach Berührung, nach intensiver Berührung, die ihr so gefehlt hatte. Es war nicht so, dass sie sich verliebt hatte, das wohl nicht, aber sie konnte nicht mehr klar denken.

John hatte ihre Erregung sehr genau registriert. In Raten, dachte er sich, in Raten, das wird sie nur umso mehr verrückter machen. Also tat er so, als würde er sie nicht beachten, und tatsächlich versuchte er, sich ganz auf das Bild zu konzentrieren, sich alle Details einzuprägen, was aber wirklich nicht leicht war.

Nach einer Weile wandte er sich zu Suzanne um. Sie saß ziemlich ermattet, heftig atmend und mit hochrotem Kopf auf einem Schemel hinter ihm, die Hände unter ihrem Rock. Im nächsten Augenblick sprang sie auf. John wollte grausam sein. Er sah ihre Erregung, aber er wollte sie leiden lassen. Sie musste ihm erst mit dem Bild entgegenkommen, diese einmalige Gelegenheit konnte er sich nicht entgehen lassen. Er hatte die starke Vermutung, dass es sich bei diesem Bild um etwas sehr Bedeutendes handelte. Er musste erreichen, dass Suzanne es ihm zum direkten Verkauf überließ, damit es nicht in die nächste Auktion ging.

Er schob sie fast zärtlich, aber bestimmt von sich, als sie ihren Arm um seinen Nacken legen wollte.

»Wir sollten, ja, wir müssen das Geschäftliche vom Privaten trennen«, hörte er sich ganz vernünftig sagen. Suzanne seufzte hörbar auf, und schließlich sagte sie zu ihm: »Du hast ja recht! Aber du musst mir versprechen, dass du heute Abend zu mir kommst. Mein Mann ist verreist … Bitte!«

John log sie an, er könne heute Abend nicht. Eigentlich hatte er nichts vor, aber er wollte Suzanne noch ein wenig hinhalten, bis sie zu einer eindeutigen Übereinkunft über das Bild gekommen waren. Und dann musste er sich auch noch ein bisschen von Julie erholen.

»Also, übermorgen, am Samstag!«

»Versprochen.«

Das würde hoffentlich noch gehen, schob Suzanne nach, da ihr Mann normalerweise erst am Sonntagabend von seinen Wochenendausflügen zurückkam.

»Falls er früher zurückkommen sollte, hätten wir Pech gehabt! Oder wie wäre es bei dir zu Hause?«

»Das geht leider gar nicht, da ich hier in Paris bei Freunden wohne.« John dachte an Julie. Sie würde ihn mit ziemlicher Sicherheit erwischen oder spätestens beim Wechsel der Bettwäsche bemerken, dass er Besuch gehabt hatte. Und Julie wollte er sich auf jeden Fall warmhalten! »Aber ich verspreche dir …«, John schlug einen schmeichlerischen Ton an, »ich verspreche dir, am Samstagnachmittag bei dir in der Wohnung an der Avenue Foch zu sein!«

Suzanne hatte Mühe, ihre Erregung zu zähmen. Und John spielte alle seine Trümpfe aus. Zunächst zog er sie – völlig unerwartet, sie hatte nicht mehr damit gerechnet – nochmals an sich und küsste sie heftig. Sie erwiderte die Küsse nicht minder leidenschaftlich, aber er entzog sich ihr wieder.

»Nein, nein, bleib!«

»Suzanne«, hauchte er ihr entgegen, »wir müssen vernünftig sein. Wir müssen zuerst über das Bild sprechen. Ich möchte, dass du den Eigentümern erklärst, dass sich das Bild wegen ungeklärter Provenienzen nicht für die Auktion eignet. Dann sagst du ihnen, du hättest ein Gebot von einem Privatsammler gehabt, das sehr gut gewesen sei, und das Bild in ihrem Interesse, du hast ja ihre Vollmacht, verkauft. Über den Preis sprechen wir, wenn ich aus Venedig zurück bin und mit meinen Recherchen weiter bin.«

Sie wollte etwas entgegnen, aber er sprach weiter: »Und das sollten wir gleich in einer Vereinbarung festlegen.«

Er ging zu ihrem Schreibtisch, und ohne auf ihre Antwort zu warten, nahm er einen Briefbogen und fing an zu schreiben. Es dauerte nur ein paar Minuten, dann war die Vereinbarung mit dem Auktionshaus fertig.

»Das tippst du am besten gleich ab und druckst es aus, und wir sind uns einig.«

Suzanne zögerte zuerst, dann tat sie wie befohlen.

John konnte sein Glück gar nicht fassen, er hatte bei ihr genau den richtigen Moment erwischt. Er machte noch ein paar

Detailfotos auf seinem Handy, dann verabschiedete er sich, die Vereinbarung in der Tasche, mit einem letzten leidenschaftlichen Kuss.

Zur Feier des Tages ging John um die Ecke in die Bar des Bristol und bestellte sich einen doppelten Wodka-Martini, den er in vollen Zügen genoss. Er holte die Vereinbarung hervor und las sie, zufrieden mit sich, immer wieder durch.

Er wollte sofort nach Venedig aufbrechen. Vorher musste er aber noch Suzanne vertrösten. »Ich laufe dir nicht davon, aber ich muss zuerst nach Venedig«, erklärte er ihr. Gleich nach seiner Rückkehr wollte er sich wieder melden.

Sie war enttäuscht gewesen und hatte versucht, ihn umzustimmen. Jetzt sei die günstige Gelegenheit, ihr Mann verreist und ....

John ließ sich nicht erweichen. Er wollte seinen Besuch bei Suzanne gebührend vorbereiten, dazu brauchte er Zeit. Es sollte eine schöne Inszenierung sein, aber die musste geplant werden. Vielleicht konnte er sich ja in Venedig Inspirationen holen.

TEIL II

VENEZIANISCHE TRÄUMEREIEN

XII. KAPITEL

John saß im Flieger nach Venedig. Er hatte sich ein Zimmer in einem der kleineren Hotels an der Riva degli Schiavoni gebucht, was den Vorteil hatte, dass er nur um die Ecke zu gehen brauchte, um zur Kirche San Zaccaria zu gelangen. Er hatte sehr nette Freunde in Venedig, Roberta und Guido, die er vor einigen Jahren während der Londoner Juli-Auktionen kennengelernt hatte, als sie versuchten, sich gegenseitig bei einem Gemälde, das Luca Giordano zugeschrieben war, zu überbieten. John hatte eigentlich nur aus Langeweile und weil er sonst nichts auf der Auktion entdeckt hatte, was ihm gefiel, auf das Bild geboten, ein kleines Bild mit einem bärtigen Mann, bestimmt einer der Apostel, aber das war im Katalogtext nicht beschrieben. Dort war es lediglich als »*Italian, 17th Century*« vermerkt, das Auktionshaus hatte sich nicht auf Luca Giordano festlegen wollen. John hatte den starken Verdacht, es könne sich vielleicht sogar um einen jungen Ribera handeln, was den Wert enorm steigern würde. Aber er war sich nicht sicher, und den Erhaltungszustand des Bildes hatte er vorher auch nicht überprüft. Als er sah, dass ein italienisches Paar mittleren Alters voller Begeisterung zu bieten begonnen hatte, hielt er zunächst dagegen, stoppte dann aber bei einer bestimmten Summe und verzichtete mit einer höflichen Geste auf das nächsthöhere Gebot, welches der Auktionator ihm zu entlocken versuchte.

»Are you sure, Sir? One more? Such a great little painting!«

Nach der Auktion traf man sich im *Ante-Room* und tauschte Höflichkeiten aus. Die beiden Italiener, die sich mit Guido und Roberta vorstellten, bedankten sich bei ihm, dass er nicht weiter geboten und ihnen das Bild überlassen hatte. John fand die beiden nett, und die Sympathien waren gegenseitig. Man tauschte die E-Mail-Adressen aus und versprach, sich bei Gelegenheit zu verabreden. In den darauffolgenden Jahren hatten sie sich ein paar Mal in London gesehen und zusammen zu Abend gegessen, aber nun stand das erste Treffen in Venedig an. Roberta und Guido hatten ihm angeboten, ihn von ihrem »Chauffeur« mit ihrem privaten Boot abholen zu lassen, was er gerne annahm.

Der Flug von Paris nach Venedig dauerte nicht lange. Der Blick über die Alpen bei wolkenloser Sicht war grandios, und kurz darauf konnte John schon aus dem Fenster auf die Lagune von Venedig hinuntersehen. Auf dem kurzen Weg vom Terminal zum *Imbarcadero*, der Anlegestelle der Vaporettos und privaten Boote, dem verabredeten Treffpunkt, kam ihm bereits ein junger Mann entgegen mit den Worten: *»Signore John? Sono Luigi, il suo autista.«*

John war amüsiert über diese Bezeichnung, bei der er unweigerlich an das Steuern eines Automobils dachte. Luigi nahm ihm den Koffer ab, und wenig später genoss John den milden Fahrtwind stehend neben seinem *autista*. Luigi steuerte an der Friedhofsinsel und an den Fondamente Nuove vorbei und durch die kleinen Kanäle in Richtung San Marco.

Als das Boot in die engen Kanäle eintauchte, war er wieder da, dieser Geruch modriger Vergänglichkeit, der sich John bei seinen Besuchen in Venedig so eingeprägt hatte. Ein einzigartiger Geruch, faszinierend und abstoßend zugleich. Ein Geruch, der in diesen verfallenden Mauern seit Jahrhunderten steckte und durch nichts in der Welt zu vertreiben war. So herrlich morbide. Er stand für ein Leben auf Abruf. Das konnte süchtig machen, dachte John.

Bald waren sie an der Riva degli Schiavoni, am Ausgang des Canal Grande, angekommen. Luigi half John beim Aussteigen, hob sein Gepäck aus dem Boot, und John ging die wenigen Schritte hinüber zu seinem Hotel. Er checkte nur kurz ein, denn vor dem verabredeten Abendessen mit seinen Freunden wollte er noch einen schnellen *aperitivo* auf der Piazza San Marco genießen, dem schönsten Wohnzimmer der Welt. Hatte das nicht Napoleon gesagt?

Das Wetter war mild, und der Canal Grande schimmerte in der Abendsonne. John kämpfte sich am Hotel Danieli vorbei über die Brücke, an der die Touristen in Viererreihen standen, um ein Selfie vor der Seufzerbrücke zu schießen, und kam schließlich etwas abgekämpft auf den Markusplatz, der sich bereits langsam von den Tagestouristen zu leeren begann. John suchte sich einen Platz in einem der gutbesuchten Cafés auf der Piazza, um bei einem Glas Campari den Blick auf die glitzernde Fassade von San Marco und den Campanile zu genießen.

Erst vor Kurzem war er in der Londoner National Gallery vor den großen Canalettos und Guardis gestanden und hatte diese einzigartige Kulisse bestaunt. Jetzt sah er sich mitten darin, als sei er in eines dieser Gemälde hineingesprungen.

John war so lange nicht mehr hier gewesen. Er genoss die milde Luft, die köstlich nostalgische Kaffeehausmusik mit den alten Operettenliedern, gespielt von den sich abwechselnden Musikkapellen, und nippte an seinem Campari.

Rot! Er sah die Farbe Rot vor sich. Den Zwerg in seinem roten Mantel, in diesem schauerlichen Film mit Julie Christie und Donald Sutherland. Wie hieß er gleich wieder? *Wenn die Gon-*

deln Trauer tragen, das war es. Und der englische Originaltitel, etwas prosaischer: *Don't Look Now.* Nebel, unsichtbare Schritte, ein aufblitzendes Messer, richtig schön *spooky.* Er hatte damals, als er den Film sah, vor vielen Jahren, den Sinn nicht ganz erfasst, oder er konnte sich nicht mehr daran erinnern. Aber er war herrlich gruselig! Vielleicht sollte er Suzanne …

Er wurde in seinen Gedanken unterbrochen, als der geschäftige befrackte Ober an seinen Stuhl stieß.

»*Oh, scusi, dottore!*«

John sah ihn böse an, er war sich sicher, dass dieser Kretin ihn absichtlich gestoßen hatte. Er wollte wohl kassieren, weil er Schichtwechsel hatte. Aber musste er deswegen seinen im Halbschlaf dahindämmernden Gast wecken?

Aber es war ohnehin Zeit, sich auf den Weg zu machen, zum Restaurant hinter der Rialto-Brücke. Seine Freunde hatten ihm die Trattoria alla Madonna vorgeschlagen, eine der alten traditionellen Trattorien der Stadt, die bei den besseren Touristen und den Einheimischen gleichermaßen beliebt war. Guido und Roberta wohnten ganz in der Nähe, hinter dem Mercato, und für sie war *alla Madonna* so etwas wie ihr zweites Wohnzimmer. Man traf sich mit großem Hallo, und der Patrone mit seiner großen Leibesfülle umarmte ihn, als sei er sein bester Freund. Die *insalata di mare* war wunderbar. Der Patrone nannte diese köstliche Vorspeise *mare caldo,* »warmes Meer«, was eine viel schönere Beschreibung dessen war, was sich da auf seiner Schüssel auftürmte: *polpo, calamari, vongole, cozze, gamberi,* reichlich *aglio* und ein wunderbares Olivenöl; Salz und Pfeffer und ein wenig Petersilie, und schließlich ein paar Tropfen Zitrone darüber – fertig! Der Patrone ließ es sich nicht nehmen, ihm, dem Signor Dottore, das zu erklären, warum sein *mare caldo* so gut

sei. Es sei zwar ein ganz einfaches Rezept, aber es wirklich so gut auf den Teller zu bekommen, sei schwer.
Das Wichtigste dabei: Alles muss, selbstverständlich, *frescissimo* sein! Das Zweite: Man braucht Zeit. Jede einzelne Zutat muss man einzeln kochen, braten oder garen, und dann erst, wenn sie alle gleichzeitig fertig sind, jede für sich auf den Punkt gebracht – dann erst gibt man sie in eine große Schüssel, gibt ein wenig vom Kochwasser der *cozze*, also der schwarzen Miesmuscheln darüber, die man in leicht köchelndem Wasser, etwas gutem Weißwein, Salz und Pfeffer und Olivenöl gekocht hat. Das Wasser der *cozze* deswegen, weil das den Geschmack bringt. Aber nicht zu viel davon! Nur eine kleine Schöpfkelle voll, sodass der *mare caldo* etwas feucht wird. Darüber nun das gute Olivenöl von seiner *nonna* auf der Terra Ferma, die auf den Hügeln um Vicenza ein wunderschönes Landgut mit Olivenbäumen besitzt. Das heißt, es gehört jetzt seinem Bruder, denn es kann ja nur einer erben, sonst hätte der Besitz in den über dreihundert Jahren in der Familie nicht überlebt. Man war stolz auf das kaltgepresste *extra vergine*, das ohne jegliche Zusatzstoffe von der Familie in Flaschen abgefüllt wird. Aber, so fügte er gleich hinzu, als er Johns fragenden Gesichtsausdruck sah: »Wir verkaufen von diesem Schatz nicht eine Flasche! Sie können hier bei mir im Lokal so viel davon nehmen, wie Sie möchten, und ich bin sehr stolz, wenn es Ihnen schmeckt, aber wir produzieren nur für den eigenen Verbrauch. Für meine Trattoria hier in Venedig, für die Haushalte meiner vier Schwestern und unserer Mutter … Und mein Bruder hat auf seiner *fattoria* auch eine kleine Trattoria, wo es an zwei Tagen der Woche die Produkte seines Landgutes zu essen gibt: die selbstgemachte Pasta, das Gemüse, das Ragout vom *maiale*, und dazu natürlich reichlich vom guten *extra vergine.*«

John war begeistert und bestellte nach der Empfehlung des Patrone und seiner Freunde eine Pasta mit *sepie nere*, der tiefschwarzen dicken Soße vom Tintenfisch.
»Wir in Venedig«, erklärte Guido, »essen die *sepie nere* entweder mit Polenta, mit Risotto oder mit Linguine. Spaghetti geht natürlich auch, aber viel besser sind Linguine, sie sind genauso lang und dünn wie die Spaghetti, aber nicht rund, sondern flach.«
»In Genua sagen sie auch *trenette* dazu, und sie essen sie meistens mit grünem *pesto*!«, rief der Patrone dazwischen. Und schon brachte er den zu den *sepie nere* passenden Wein auf den Tisch, einen vollmundigen Pinot Nero von Isodoro Polencic aus dem Collio, der geradezu traumhaft mit den *sepie nere* harmonierte. Der Wein überraschte John: Nicht nur, dass er noch nie davon gehört hatte, es war die Harmonie zu dieser unglaublich kräftigen schwarzen Soße! Er selbst hätte wohl einen ebenso kräftigen Rotwein ausgesucht, vielleicht einen Patrimo vom Weingut Feudi di San Gregorio in der Campania, einen tiefschwarzen Wein, aus hundert Prozent Merlot-Trauben, der die volle Sonne des Südens abbekommt und dieser unglaublichen Soße ebenso kräftig dagegengehalten hätte. Aber, ganz anders dieser Pinot Nero: Er war zwar durchaus sehr voll und intensiv, hatte aber gleichzeitig eine Milde, die durch die reifen Früchte in der Nase gefördert wurde: Kirschmarmelade und Waldbeeren, mit dem Ergebnis, dass er die überreiche Kraft der Soße milderte und nicht noch weiter befeuerte.
»Eine durchaus sehr intelligente Weinauswahl«, sagte John anerkennend zu seinen Freunden. »*A place to be remembered!*«
Fröhlich zogen die drei nach dem Essen weiter, auf einen Grappa in der Wohnung der Freunde. Nur ein paar Gassen weiter, und sie befanden sich auf dem Campo de le Becarie, einem kleinen Platz gleich hinter dem Fischmarkt.

»Wir lieben diese *piazzetta*«, sagte Guido, »auch wenn es hier manchmal etwas streng riecht, aber unsere Wohnung geht ja auf die andere Seite!«
Auf dem Platz standen um den Brunnen herum und unter Sonnenschirmen Tische und Stühle von zwei kleinen Cafés. Sie stiegen hinauf durch ein kleines Treppenhaus in den zweiten Stock des kleinen Palazzo auf der Stirnseite des Platzes. Oben angekommen, öffneten sich die großen Fenster auf einen dahinterliegenden kleinen Kanal, der vom Campo nicht zu sehen war.

Guido und Roberta wohnten seit ihrer Hochzeit vor vierzehn Jahren hier. Sie hatten keine Kinder, was sie sehr bedauerten, aber es hatte sich nicht ergeben. Roberta hatte die Wohnung geerbt, ihre Großmutter und ihre Mutter waren hier geboren, und es gab für sie auf der Welt keinen anderen Platz als hier, um ihr Leben zu verbringen. Guido, der ein paar Jahre älter war als sie, stammte aus der Nähe von Vicenza. Seine Familie hatte eine schöne palladianische Villa, die sich seit mindestens zweihundert Jahren in ihrem Besitz befand und die letztlich der Grund war, warum er nach Rom ging, um Architektur zu studieren. Als er die Villa mit ihrer perfekten Architektur und den schönen Fresken, die zwar nicht von Tiepolo waren, aber dafür umso besser erhalten, nach dem Tod seines Vaters übernahm, war ihm etwas bange wegen der Erhaltungskosten. Eigentlich nur zum Spaß und um zu sehen, was passieren würde, schaltete er ein Inserat in einer Architekturzeitschrift. Und siehe da, zu seiner großen Überraschung meldete sich ein Amerikaner, ein offenbar sehr vermögender Mann, der ihm erklärte, diese Villa sei der Traum seines Lebens. Guido verhandelte geschickt, und es gelang ihm, nicht nur die Villa – die er zum Glück allein geerbt hatte – für viel Geld zu verkaufen, sondern auch gleich noch zwei der in unmittelbarer Nachbarschaft gelegenen Landgüter dazu, die er vorher den Nachbarn abgekauft hatte. Zur Arrondierung des Besitzes, hatte er dem Amerikaner erklärt, der damit ganz einverstanden war, obwohl er sicher einen viel zu hohen Preis für alles bezahlt hatte.

Dies hatte Guido in die Lage versetzt, zusammen mit dem Erbe seiner Frau, keinem aktiven Broterwerb mehr nachgehen zu müssen. Sie reisten viel, lernten die Welt kennen, besuchten die großen Museen und sammelten Alte Meister und antikes Kunsthandwerk. Bisher hatten sie der Versuchung widerstanden, sich außer der schönen Wohnung in Venedig einen weiteren Wohnsitz zuzulegen, sie zogen es vor, die Welt zu sehen und in schönen Hotels abzusteigen. Die Wohnung war mit exquisitem Geschmack eingerichtet und angefüllt mit sehr schönen Kunstwerken, die sie im Laufe der Zeit erworben hatten. Der bärtige Mann von Luca Giordano – oder war es doch Ribera? – , auf den John auf der Londoner Auktion so großzügig verzichtet hatte, hing zwischen den zwei Fenstern, die auf den kleinen Kanal, den Rio de le Becarie, hinausgingen.

Aber mit der Zeit hatten Guido und Roberta begonnen, sich zu langweilen. Sie hatten keine Aufgabe, das Nichtstun fühlte sich zunehmend unbefriedigend an, zumal ihre Tage unstrukturiert waren. Sie hatten einfach immer Zeit. Und auf Dauer war so etwas nicht gut. So hatten sie beide, jeder für sich, bereits vor einiger Zeit begonnen, sich nach Abenteuern umzusehen. Denn auch der gemeinsame Kunstkauf hatte sie mehr und mehr zu langweilen begonnen. Früher, da war da dieser Kitzel des spannenden Suchens und der großen Befriedigung, wenn man etwas Neues und Schönes »entdeckt« hatte. Aber dann kam das Ding zu Hause an, man hängte es auf, so wie zuletzt den vermeintli-

chen Luca Giordano oder Ribera – und da hing es dann und schaute nur noch blöd ins Wohnzimmer.
Roberta hatte sogar leichte Anfälle von Depression, was sie für ihren Mann nur noch unattraktiver machte. Da kam einer wie John gerade recht. Ihr Jagdinstinkt war wieder geweckt. Er hatte ihnen beim Abendessen von seinen Recherchen erzählt, davon, dass er vermutete, einen Giovanni Bellini entdeckt zu haben, und er jetzt in Venedig sei, um die Vergleichsbilder in den Kirchen und Museen zu studieren. Guido bedauerte es sehr, dass er am nächsten Tag nach Vicenza musste, wo er mit seinem Anwalt einen seit Langem geplanten Termin hatte. Aber Roberta bot sich sofort an, John zu begleiten.

Als sich John nach einigen Grappas verabschiedete, begleitete ihn Roberta an die Türe. Den normalen Abschiedskuss auf die Wange wandelte sie jedoch ab. Unvermittelt küsste sie ihn auf den Mund, zwar nur kurz, aber es tat seine Wirkung. Etwas verwirrt von dieser unverhofften Attacke, ging John die Stufen zur kleinen Piazza hinunter.
»Er scheint dir zu gefallen, unser kleiner junger Freund?«, bemerkte Guido scheinbar gelassen und wie nebenher, durchaus mit einer gewissen Ironie, von seiner Zeitung kaum aufblickend, als Roberta wieder in die Wohnung zurückkehrte.
»Ja, durchaus attraktiv, und ich finde interessant, was er macht. Du hast doch nichts dagegen, Schatz, wenn ich mich etwas um ihn kümmere? Du bist doch ohnehin jetzt ein paar Tage auf der Terra Ferma, und bis du zurückkommst, ist er wahrscheinlich schon wieder abgereist und wird wohl nur noch eine verblassende, aber hoffentlich erregende Erinnerung sein … Du kannst ihn mir ruhig für ein paar Tage überlassen, Guido, dein Typ ist er ohnehin nicht.«

Verärgert vertiefte sich Guido wieder in seiner Zeitung und las den Artikel über die desaströse italienische Innenpolitik der Regierung zum zweiten Mal, ohne es zu bemerken. Er war verärgert, nicht weil sie dem jungen Freund nachstellte, das sollte sie ruhig tun, es passte ihm vielmehr überhaupt nicht, dass sie auf eine solch nonchalante Weise auf seine erst kürzlich entdeckte neue Neigung ansprach. Und überhaupt, wie sollte sie wissen, welcher Typ junger Männer ihm gefällt und welcher nicht? Voller Zorn goss er sich noch einen Whisky ein. Und Roberta zog sich ins Schlafzimmer zurück.

John ging in Richtung San Marco. Als er die Stufen zur Rialto-Brücke hinaufgestiegen war, blieb er stehen und genoss für einige Minuten das sich ihm bietende Schauspiel auf dem Canal Grande. Um diese Zeit, kurz vor Mitternacht, war noch immer viel Verkehr auf dem Canal, die Vaporettos noch immer sehr gut besetzt. Die Privat-Taxis waren mit den Gästen, die von den Restaurants in ihre Hotels zurückfuhren, beschäftigt, und für die ganz romantischen Touristen waren auch um diese Zeit Dutzende von Gondeln unterwegs mit stimmkräftigen Gondolieres, von denen nur manche halbwegs gut singen konnten.

Über die Brüstung gebeugt, begann John einen seiner zugegebenermaßen nicht sehr häufigen Dialoge mit sich selbst. Er hatte sich im Laufe der Jahre eine gewisse Selbstsicherheit zugelegt und kam selten ins Grübeln. Jetzt hatte er jedoch einen dieser raren Momente, vielleicht auch durch den reichlich geflossenen Wein im Restaurant und die drei, vier Grappa bei seinen neuen Freunden, und er war er in eine für ihn ungewohnte selbstkritische Stimmung verfallen.

Er hatte das Gefühl, von einer Situation in die nächste zu taumeln. Hatte er die Kontrolle über sich verloren? Das war ihm

immer das Wichtigste gewesen: Was immer er tat, er wollte die Kontrolle. Und das war überlebenswichtig! Bei allen seinen Unternehmungen, vor allem seinen »künstlerischen« Inszenierungen, auf die er jetzt, da er sie ein paarmal genossen hatte, auf keinen Fall mehr verzichten wollte, war die Kontrolle das wichtigste. Peinlich genau musste er sein, er durfte sich keinen Fehler erlauben, sonst konnte es sehr schnell vorbei sein!
John musste plötzlich an seinen Bruder denken, und es ärgerte ihn, dass ihm ausgerechnet jetzt, wo er Venedig und den Canal Grande genießen wollte, dieser unsägliche Martin einfiel. Er wollte den Gedanken an ihn sogleich verdrängen, denn John wusste seit ihrer Kindheit, dass – aus welchen Gründen auch immer – sein Bruder und er auf eine für ihn unangenehme Weise verbunden waren. Es war ihm schon öfter passiert, dass er plötzlich an ihn denken musste – und dann hinterher erfuhr, dass seinem Bruder dieselben Gedanken durch den Kopf gegangen waren. Er durfte nicht an ihn denken, er durfte ihn nicht mehr an sich heranlassen! Wenn er ihm ein Fenster öffnete, konnte er von ihm gesehen werden! John wusste, dass ihm sein Bruder Martin gefährlich werden könnte. Er durfte ihm keinen Einlass in seine Gedankenwelt erlauben!
Es gelang John nach kurzer Zeit, die Gedanken an seinen Bruder zu verdrängen, als er ein Pärchen direkt unter der Brücke beobachtete, die sich sehr viel näher kamen, als man das in der Öffentlichkeit tun sollte. Aber die beiden, junge Japaner, knutschten fröhlich im Schatten der Brücke vor sich hin, in dem Glauben, man könnte sie nicht sehen. Vom Wasser aus waren sie wahrscheinlich wirklich nicht zu bemerken, und von der Brücke aus auch nur, wenn man sich weit über die Brüstung gebeugt hatte, wie es John gerade tat. Bevor der Junge, der offenbar nicht aufzuhalten war, die letzten Barrieren niederzu-

reißen begann und sich das Mädchen den Attacken ergab, ging John weiter. Er war müde, er musste schlafen gehen.
Er nahm sich für den nächsten Tag vor, genau zu überlegen, wie es weitergehen, wie und auf welche Weise er sich mit Suzanne einlassen sollte. Und dann war da die Sache mit Julie...
Und jetzt auch noch Roberta! Attraktiv war sie zweifelsohne. Ein paar Jahre älter als er, vielleicht doch schon Mitte vierzig, aber gutaussehend. Nach dem klassischen Schönheitsideal stimmten die Proportionen nicht ganz, sie war nicht sehr groß, dafür war ihre Oberweite umso beeindruckender. Sie hüllte sich gerne, zumal jetzt im Frühsommer, bei den steigenden Temperaturen, in lange wallende bunte Gewänder, die ihre Figur nur erahnen ließen. Aber sie verströmte einen ganz besonderen Duft. Er konnte noch nicht identifizieren, wonach sie roch, aber es war erregend. John fand sein Hotel nach einigen Umwegen und fiel sofort in einen langen, erholsamen Tiefschlaf.

Am nächsten Tag trafen sie sich pünktlich, wie am Abend zuvor verabredet, kurz vor zehn Uhr Vormittag vor dem kleinen Café auf der Piazza San Zaccaria gegenüber der Kirche. John und Roberta stärkten sich mit einem Cappuccino, bevor sie zur Kirche hinübergingen. John bemerkte durchaus etwas beunruhigt, dass Roberta hinreißend aussah, sie trug ein langes, wallendes Chiffonkleid mit grünen, verschieden großen Blumen und Blüten auf weißem Grund. Sommerlich und verführerisch! Und sie roch wieder so gut. Der Duft von Citrus stieg ihm in die Nase, dazu Rosenblätter und Talkpuder. Wunderbar, ein wenig altmodisch. An wen oder was erinnerte ihn das?
Aber er riss sich los von seinen erotischen Gedanken, die ihn überkommen hatten, er musste sich auf den Bellini konzentrieren. Roberta war eine sehr aufregende Frau, aber die Arbeit ging

vor. Sie fing an, ihm über die Entstehung der Kirche zu erzählen und dass das Nonnenkloster während der Säkularisation aufgelöst und in eine Kaserne verwandelt wurde und die Carabinieri heute noch das frühere Kloster als Kaserne nutzten, aber John unterbrach sie mitten im Satz.
»Meine Liebe, wir sind hier nicht als Touristen unterwegs, sondern zum Arbeiten!«
Ohne ein weiteres Wort wandte er sich in der Kirche sogleich nach links, wo sich der große Altar von Giovanni Bellini befand. Mehr im Selbstgespräch begann er den Altar zu beschreiben, auf diese Weise zwang er sich, noch genauer zu beobachten. Roberta stand neben ihm. Wie reizend von ihm, dass er mir den Altar so genau erklärt, dachte sie sich.
Zunächst war da die einmalige Situation, dass das Altarbild genau für diese Stelle geschaffen worden war und das gemalte Bild in wunderbarer Weise in den aus Stein gehauenen Rahmen der Kirchenarchitektur überging. Die Säulen, die Kapitele, die gemalte Apsis, die ganze gemalte Architektur des Bildes war eine Fortsetzung der dreidimensionalen Architektur, in die das Bild eingesetzt war.
»Nur einmal«, erklärte John, »und das kannst du am oberen Rand sehen, wurde das Bild, seit es im Jahre 1505 geschaffen wurde – übrigens im selben Jahr wie die Mona Lisa! –, aus seinem Kontext herausgenommen, nämlich als unter Napoleon halb Venedig ausgeraubt wurde und auch dieses Bild von Bellini in Paris landete. Als es dann nach dem Wiener Kongress zurückgegeben wurde – gemeinsam mit vielen anderen Kunstschätzen, so zum Beispiel auch die Pferde von San Marco, die Napoleon tatsächlich hatte abbauen lassen –, oben war ein Stück abgeschnitten worden. Somit fehlt ein Teil der gemalten Kuppel-Architektur.«

»Sieh mal …«, jetzt wandte sich John seiner Zuhörerin zu, »… sieh mal, wie Bellini das Bild aufgebaut hat: Streng symmetrisch, in der Mitte thront die Muttergottes und sie hält den segnenden Jesusknaben auf ihrem Schoß. Der marmorne Thron, der auf mehreren Stufen steht, wird bekrönt von einer aus Stein gehauenen bekrönten Maske. Diese soll, nach einer Interpretation, die mir durchaus einleuchtet, König Salomon darstellen, der mit seiner Gegenwart nicht nur das Alte Testament repräsentiert, sondern durch seine sprichwörtliche Weisheit den Thron Mariens auch zu einem Thron der Weisheit macht. Ihr zu Füßen, auf den Stufen sitzend, der berühmte Engel, der ganz versonnen auf seiner *Viola da Gamba* spielt. Er ist die einzige Figur im Bild, die uns, den Betrachter, unmittelbar ansieht und uns somit zu Zeugen des Geschehens macht.«

John hielt kurz inne, dann fuhr er fort: »Links und rechts sehen wir einige der üblichen Verdächtigen, die man auch auf anderen Altären sieht: Links den Hl. Petrus mit seinem Buch und seinen unvermeidlichen Schlüsseln und die Hl. Katharina mit dem Palmwedel und Teilen des Rades, mit dem man sie gefoltert hat. Rechts in ebenso stummer *Conversazione* die Hl. Lucia und der in sein Buch vertiefte Hl. Hieronymus in einem wallenden roten Gewand. Überhaupt diese Farben! Sie sind ganz unglaublich, sieh dir dieses leuchtende Lapisblau des Mantels der Madonna an! Und der Faltenwurf, wie er gekonnt über ihre Knie fließt und dann über die Stufen herabfällt! Das Saphir-Grün unter dem Blau und im Überwurf der Hl. Katharina! Aber am schönsten ist dieses prachtvolle Orange des kleinen musizierenden Engels. Von ihm geht diese unglaubliche Harmonie aus, die das Bild so feierlich werden lässt. Denn der Engel macht uns nicht nur zu Zeugen dieser heiligen Begegnung, er

Giovanni Bellini (1430–1516),
Maria mit Kind und Heiligen (Sacra Conversazione)

San Zaccharia, Venedig

lässt uns auch himmlische Musik hören, der alle Personen im Bild lauschen, einschließlich des Jesusknaben!«
Roberta war ganz ergriffen von Johns Ausführungen. Jetzt habe sie dieses Bild schon so oft in ihrem Leben besucht, weil sie immer wieder die Kirche betrat, wenn sie hier vorbeikam, aber nie habe sie sich es so genau angesehen, sagte sie mit heiserer Stimme. Am liebsten hätte sie John auf der Stelle geküsst.
»Aber warte, meine Liebe, bis wir die anderen Altarbilder gesehen haben«, fuhr John fort. »Wir müssen auf jeden Fall noch in die Frari-Kirche, dort ist der Pesaro-Altar von Bellini, in der rechten Seitenkapelle, wenn ich mich nicht irre. Aber zuerst gehen wir in die Accademia, die liegt näher. Außerdem ist es Zeit für unser Mittagessen, denn mit leerem Magen lässt es sich nicht gut arbeiten, und das kleine Lokal, das ich im Auge habe, liegt hinter der Accademia!«
Er machte eine kurze Pause.
»Aber erst zurück zu unserem Altar hier: Bei der Hl. Lucia ist es fast enttäuschend, dass sie mit der Öllampe, einem ihrer Attribute, dargestellt wird, denn diese Glasschale ist doch wohl eine Öllampe? Viel schöner ist es, wenn man sie darstellt, wie sie ihr Augenpaar schön auf einem Teller präsentiert. Schließlich hat man ihr die Augen herausgerissen.«
»Was?«
»Ja, Roberta, das war ihr Martyrium, man hat ihr die Augen herausgerissen oder -geschnitten, genau weiß ich es nicht. Das ist doch viel effektvoller, als sie mit einer solch harmlosen Schale darzustellen!«
Das wäre doch eigentlich etwas für Suzanne, fuhr es ihm durch den Kopf. Das wäre doch eine würdige Darstellung für sie, als Hl. Lucia ... Aber dazu sollte er mit ihr nach Venedig kommen, dachte er, das wäre doch ein guter Plan ...

»John?« Roberta rief John aus seinen Gedanken zurück. »Hast du in dem Bild etwas entdeckt, das dich weiterbringt?«
Etwas zögerlich antwortete er ihr: »Ja, ich denke, ich könnte etwas entdeckt haben ... Aber lass uns das Bild noch genauer ansehen. Wir müssen uns den Ausdruck der Gesichter einprägen. Es sind bei Bellini meistens sehr ebenmäßige, im Ausdruck nach innen gekehrte Gesichter. Ich glaube nicht, dass er sich wie die meisten anderen Maler seiner Zeit von lebenden Modellen inspirieren ließ. Das sind für mich eher stilisierte Gesichter, kein bestimmter Mensch sollte dargestellt sein, sondern ein Typ Mensch. Bei anderen Meistern seiner Zeit glaubst du zu erkennen, dass der Künstler einen bestimmten Menschen darstellen wollte, dass die Madonna auch ein Mädchen aus der Umgebung sein könnte und sogar der Jesusknabe, trotz seiner Göttlichkeit, das Kind des Nachbarn ... Nicht so bei Bellini! Wenn du dir die Gesichter von Bellini eingeprägt hast, erkennst du sie immer wieder, das ist bei Mantegna oder bei Botticelli genauso. Und natürlich bei Tizian und bei Tintoretto auch, um in Venedig zu bleiben!«
Als sie die Kirche verließen, war es kurz vor zwölf Uhr. Roberta hakte sich bei John ein. Sie überquerten, Arm in Arm, die Piazza und wandten sich auf der Riva degli Schiavoni zur Vaporetto-Station am Canal Grande. Nach wenigen Haltestellen stiegen sie an der hölzernen Brücke der Accademia wieder aus.

»Was meinst du? Wenn wir uns ausschließlich der *Pala di San Giobbe* widmen und der Verführung widerstehen, uns all die anderen Herrlichkeiten in der Accademia anzusehen? Dann schaffen wir das noch vor dem Mittagessen, und das wäre mir bedeutend lieber, denn jetzt sind unsere Eindrücke von San Zaccaria noch ganz frisch.«
Roberta nickte.

Als sie vor der *Pala di San Giobbe* standen, sagte John: »Du siehst gleich als Erstes, was es für einen Riesenunterschied macht, wenn ein Altarbild aus seinem ursprünglichen, originalen Zusammenhang herausgerissen wurde. Ich habe mir zu Hause im Internet eine Abbildung angesehen, in der man die *Pala* in ihrem Urzustand in der Kirche San Giobbe rekonstruiert hat. Auch dort, in der Kirche, war die *Pala* in eine Altararchitektur eingebaut, die in das gemalte Bild überging. Die gemalte Apsis mit den Säulen wiederholte sich in Stein geschnitten in der Architektur. Das macht einen großen Unterschied. Dieses Bild ist um einiges früher als die Pala von San Zaccaria, knapp zwanzig Jahre. Das erkennst du etwa an den sehr viel verhalteneren Farben. Erst in seiner Spätzeit erreichte Bellini die Farbenpracht, wie du sie in San Zaccaria gesehen hast. Hier ist er viel zurückhaltender. Nur beim Blau des Mantels der Madonna und des linken der drei Engel ihr zu Füßen, da spart er an nichts.«
John machte eine Pause und trat näher.
»Das Lapisblau des Mantels ist die beherrschende Farbe. Im Gegensatz zu San Zaccaria hat man das Bild nicht von Holz auf Leinwand übertragen, es zeigt sich auf den ursprünglichen Holztafeln, und du siehst, wie die quer verlaufenden Holzplanken sich unterschiedlich wölben und Risse zeigen.«
John atmete tief ein, er war sichtlich erregt.
»Auch hier unterhalten sich bei dieser *Sacra Conversazione* die umstehenden Heiligen recht schweigsam. Links haben wir den Hl. Franziskus, der sich dem Beschauer zuwendet, ihm, also uns, seine Wundmale zeigt, uns gleichzeitig gleichsam auffordert, der thronenden Muttergottes und dem Jesusknaben näherzutreten. Dahinter und leicht verdeckt, Johannes der Täufer und davor Hiob, der Schutzpatron der Kirche San Giobbe, der

Giovanni Bellini (1430–1516),
Madonna mit Kind, musizierenden Engeln und Heiligen
Pala di San Giobbe, Venedig

in tiefer Verehrung die Hände betend zum Heiligen Knaben emporhält. Auf der rechten Seite ist der Hl. Dominikus sehr vertieft in sein Buch und will uns zeigen, dass zur Religion auch die Gelehrsamkeit gehört. Und im vollen Ornat dahinter ein prächtig gekleideter Bischof, der Hl. Ludwig von Toulouse, neben den Mönchen Franziskus und Dominikus, die allem irdischen Besitz abgeschworen und sich der Armut hingegeben haben – was versinnbildlichen soll, dass auch die reiche, besitzende und regierende Kirche hier ihren Platz hat.«

Vor diesen beiden stand der Hl. Sebastian, für John der enttäuschendste Mitwirkende dieser Heiligenversammlung.

»Zwei kleine Pfeile hat er abbekommen, der arme Sebastian, und einer steckt im Unterschenkel! Das konnte ihn ja unmöglich umbringen! Ein Schönling, der wohl die Funktion hatte, erotische Begierden zu wecken, und zwar von beiderlei Geschlechtern! Aber kein Vergleich zu meinem Sebastian!«

»Was, du hast auch einen Heiligen Sebastian?«, wollte Roberta wissen.

»Nein, nein, das hast du falsch verstanden«, korrigierte er sich schnell. »Ich habe ein absolutes Lieblingsbild des Hl. Sebastian, das ist von Guido Reni, es hängt in der Gemäldegalerie des Palazzo Rosso in Genua.«

John war froh, dass er gerade noch die Kurve gekratzt hatte, ohne sich zu verplappern.

»Das, meine Liebe, ist ein sehr seltenes Instrument, es ist eine *Rebec*!

»Und was ist eine Rebec?«

»Aber sieh hier!« Jetzt wurde John richtig aufgeregt. »Siehst du den linken der drei Engel da unten, zu Füßen der Madonna? Die beiden anderen, der mittlere und der rechte Engel, sie spielen auf einer Laute, und Lauten sehen wir immer wieder.

Aber hier der linke Engel, der einzige, der uns ansieht … und siehst du dieses Instrument?«

Roberta beugte sich näher. »Ja, das scheint eine sehr schmale Geige zu sein oder so etwas Ähnliches.«

»Es ist ein aus dem Mittelalter stammendes Saiteninstrument, eine Rebec! Es ist vom Korpus her tatsächlich wie eine schmale oder birnenförmige Geige, und man kann sie halten wie eine Geige oder auch andersherum, wie ein kleines Cello. Meistens haben diese Instrumente nur drei Saiten, sie können aber auch mehr haben. Aber siehst du das?« Er zeigte aufgeregt auf den Hals des Instruments, dort wo die Saiten enden und aufgezogen werden. »Was siehst du da?«

»Ja, da ist etwas Ungewöhnliches, das ist ein Löwenkopf!«

»Ein Löwenkopf!«, jubilierte John, »ein Löwenkopf!«

»Und was bedeutet das?«, fragte ihn Roberta. »Das verstehe ich nicht …«

»Das bedeutet, dass mein Bild von Bellini sein kann! Oder vielleicht sogar sein muss! Alles stimmt überein, die Gesichter, die Art, wie die Gewänder gezeichnet sind, der Aufbau des Bildes, sogar die Farbgebung, die Bellinis früheren Bildern entspricht, also wie hier in der Accademia, nicht so bunt wie in San Zaccaria … Und dazu dieses Instrument! Genau dieses Instrument, mit genau diesem Löwenkopf, spielt einer der beiden Engel in meinem Bild, der Engel, der den Betrachter so verschmitzt ansieht! Das kann kein Zufall sein! Das Instrument ist so selten, und dann auch noch dieser Löwenkopf! Bellini muss dieses Instrument als Vorlage bei sich in seinem *studiolo* gehabt haben. Ich kann mich an kein anderes Bild erinnern, in dem dieses Instrument vorkommt. Was wir natürlich noch verifizieren müssten.« John holte tief Luft. »Jetzt wäre es noch sehr schön, wenn wir herausfinden könnten, wer die beiden Auftraggeber

Bellini, Musizierende Engel

(Pala di San Giobbe), Detail

sind, die beiden Stifterfiguren in meinem Bild in Paris … Dann können wir vielleicht mehr über die Provenienz herausfinden und wie das Bild nach Frankreich kam. Vor allem wann! Nicht, dass einer das Bild aus Italien herausgeschmuggelt hat, womöglich ohne Papiere. Dann können wir es schon mal nicht an ein Museum verkaufen.«

John war fast außer sich.

»Aber, meine Liebe, jetzt gehen wir erst mal etwas essen, diese Aufregung hat mich hungrig gemacht.«

»Wo gehen wir denn hin?«, wollte Roberta wissen.

»In eines meiner Lieblingslokale hier hinter der Accademia, in Dorsoduro.«

»Ah, dann meinst du sicher die Antica Locanda Montin«, entgegnete Roberta, »natürlich kenne ich die! Dort kann man im Garten so wunderbar unter der Laube sitzen … Du weißt, dass das Lokal auch deswegen berühmt ist, weil sich dort in einem der oberen Zimmer die berühmte Schauspielerin Eleonora Duse mit dem verrückten Dichter Gabriele d'Annunzio tagelang in einem Zimmer einschloss, als sie ihre Affäre auslebten …?«

»Was für herrliche Zeiten müssen das gewesen sein!«, rief John aus.

»Das könnte heute nicht viel anders sein …«, fügte Roberta zweideutig lächelnd hinzu.

Sie fanden einen schönen Tisch im Garten und sahen sich von Amerikanern und Japanern umlagert.

»Das letzte Mal, vor ein paar Jahren, als ich hier gegessen habe, war ich nur unter Venezianern«, sagte John bedauernd.

»Ja, aber inzwischen hat es sich herumgesprochen, und die Locanda ist in jedem Venedig-Führer als Geheimtipp aufgeführt. Aber sie kochen Gott sei Dank immer noch sehr gut. Ich war erst letzte Woche mit Freundinnen hier.«

Sie schlugen die Menükarte auf.

»Du musst die *sarde in saor* probieren, du wirst sie nirgends so gut essen wie hier. Ich habe mir letztes Mal das Rezept geben lassen und kann es für dich einmal kochen! Eigentlich ist ja ganz einfach. Du musst nur gute frische Sardinen haben, die du, ganz wenig mit Mehl bestäubt, in sprudelndem, sehr heißem Öl anfrittierst, aber nur ganz kurz, dann legst du sie ein in eine Marinade aus etwas Weißwein und weißem Weinessig mit reichlich ganz weich gekochten weißen Zwiebeln, fügst noch Rosinen und ein paar Pinienkerne hinzu, wenn du willst noch ein paar klein geschnittene Peperoni für einen leicht scharfen Touch … Und am besten bereitest du es einen Tag vorher zu, damit sich alles in der Marinade richtig schön vermengt und Geschmack annimmt.«
John nickte, die *sarde in saor* wollte er auf jeden Fall probieren
»Und dann nimm als zweiten Gang auf jeden Fall die *gnocchetti al sugo di pomodoro e basilico* – ganz einfach, aber köstlich!«
Roberta hatte gut gewählt, es war ein wunderbares Essen. Dazu tranken sie den weißen Hauswein, *un poco frizzante*. Anschließend gingen sie zur Frari-Kirche weiter.

Die Nacht bei Roberta war ganz anders als erwartet. John musste weder sich noch Roberta irgendetwas beweisen, es war kein Kampf der Geschlechter. Es war irgendwie alles so selbstverständlich, so vertraut. Als würden sie sich seit Jahren kennen. Langsam, bedächtig, vorsichtig und sehr zärtlich. John war hingerissen und Roberta offensichtlich auch. Am nächsten Tag wollte John eigentlich wieder nach Paris zurückfliegen.
»Wann kommt dein Mann zurück?«
»Das ist lustig, dass du das fragst«, antwortete sie, »am liebsten gar nicht! Ich will ihn nicht mehr zurück. Er kann bleiben, wo er will.«

»Ihr wollt euch doch nicht etwa trennen?« John war überrascht.
»Doch«, sagte sie, während sie langsam ihren Cappuccino umrührte. »Nur, er weiß genau, dass ich bei einer Trennung auf sehr viel verzichten müsste. Denn ich habe zwar die Wohnung in die Ehe gebracht, aber das große Vermögen kam von seiner Seite, und wir haben damals einen Ehevertrag geschlossen, der mir im Fall einer Trennung nur eine kleine Summe zusprechen würde. Er müsste schon sterben ...«
»Was sagst du da, Roberta?«
»Ich habe mir das schon oft gedacht«, antwortete sie sehr ernst und nachdenklich. »Eigentlich muss ich ihn umbringen.«
John jubilierte innerlich. Eine Verwandte im Geiste? Er ging scheinbar spielerisch auf sie ein.
»Aber, aber, meine Liebe, wenn ich der Grund dafür wäre, müsste ich dir dann ja wohl dabei helfen?«
Sie blickte ihn überrascht an.
»Das würdest du für mich tun?«
»Ja ...sicher«, entgegnete John, jetzt etwas stotternd, »wenn ... wenn du das willst? Und wie willst du das anstellen?«
Sie brach in Tränen aus und gleichzeitig fing sie an zu lachen.
»Wirklich? Ich habe mir das schon so oft überlegt ... Es muss natürlich wie ein Unfall aussehen, und am besten wäre es, ich bin gar nicht in der Stadt, damit kein Verdacht auf mich fällt.«
»Ich müsste es also alleine tun?«, fragte John mit gespielter angstvoller Überraschung.
Roberta fiel ihm um den Hals.
»Lass uns einen Spaziergang machen!«
Sie gingen Arm in Arm in Richtung Rialto, überquerten die Brücke, die am späten Vormittag bereits so voll war, dass man sich kaum einen Weg freikämpfen konnte, und gingen dann nach links am neu renovierten Fondaco dei Tedeschi vorbei, wo

sich die Leute drängten, als gäbe es dort von Benetton, Armani und Yves Saint Laurent alles umsonst. Eigentlich fand John den Umbau dieser seit vielen Jahren brachliegenden Markthallen, die ursprünglich im 16. Jahrhundert für die Augsburger und Nürnberger Kaufleute erbaut worden waren, ganz geglückt, obgleich die Kunsthistoriker Sturm gelaufen waren, als die Benetton-Gruppe ein modernes Kaufhaus daraus machte.
In den kleinen Straßen dahinter wurde es schon bedeutend ruhiger. Sie setzten sich auf die Stufen der kleinen Kirche Santa Maria dei Miracoli mit ihrer wunderschönen Marmorfassade, die restauriert wurde und daher geschlossen war.
»Hier haben wir wenigstens unsere Ruhe«, sagte er.
»Es müsste ein Unfall sein«, fing sie wieder an. Das Thema schien sie nicht mehr loszulassen.
»Oder ein Mord?«, fragte John. »Ein Mord, der mit dir nichts zu tun haben würde…«
»Was überlegst du da?« Sie sah ihn verwundert und gleichzeitig sehr neugierig an.
»Weißt du, in Venedig sterben viele Menschen«, sagte er nachdenklich. »Wenn die Gondeln Trauer tragen …«
»Du kennst den Film?«
»Natürlich.«
»Ja, aber …«
Er unterbrach sie. »Wie du schon gesagt hast, du dürftest nicht in der Stadt sein. Jemand anderes müsste sich darum kümmern, damit du ein eindeutiges Alibi hast. Du musst verreisen, zu Freunden, zur Familie, aufs Festland oder sogar ins Ausland.«
Sie sah ihn ungläubig an. »Das würdest du wirklich für uns tun?«
Er lächelte sie an und sagte nur: »Ich weiß gar nicht, wovon du sprichst! Aber erzähl mir erst, wann hast du zum ersten Mal bemerkt, dass er sich für junge Männer interessiert?«

»Woher weißt du das?«, fragte sie ihn etwas irritiert.

»Ich habe es schon länger vermutet, aber ganz deutlich wurde es mir im Restaurant, gestern Abend. Ich habe ihn beobachtet. Ich habe gesehen, wie er jungen Männern hinterherschaut. Aber wie kam das?«

»Ach, das war eigentlich wie bei Thomas Mann.«

»Was heißt das?«

»Na, du weißt schon: *Der Tod in Venedig*, Professor Aschenbach und der junge Tadzio am Strand, hier am Lido ...«

»Natürlich, der alte Mann, der sich in den jungen Knaben verliebt. Was Thomas Mann selbst eine Tragödie der Entwürdigung genannt hat ...«

»Ja, und genau so war es. Entwürdigend. Wir haben jedes Jahr für die Sommermonate ein Zelt auf dem Lido gemietet, ein schönes großes am Strand, eines der Zelte, die zum Hotel Excelsior gehören. Das hatte den Vorteil, dass wir nicht unser eigenes Boot nehmen mussten, wir konnten direkt von San Marco mit dem hoteleigenen Excelsior-Boot hinüberfahren, direkt vor das Hotel. Und wir hatten auch den Hotelservice, mit Getränken am Zelt, konnten dort Mittag essen, unsere Siesta halten und bis zum Sonnenuntergang den ganzen Tag verbringen. Es war immer sehr angenehm. Und da wir das Zelt den ganzen Sommer über gemietet hatten, konnten wir auch unsere Sachen dort lassen, sehr praktisch!«

»Und dann?« John begann langsam ungeduldig zu werden.

»Ja, und dann beobachtete ich Guido, wie er dasaß und den kleinen Jungen nachsah und den jungen gutaussehenden Männern. Der Blick war anders, sehr zielgerichtet, irgendwie. Und er begann sich zu ändern. Stellte sich in Pose, wenn einer dieser jungen Männer in die Nähe kam. Lächerlich und entwürdigend. Eines Tages habe ich ihn darauf angesprochen, und er hat es gar nicht dementiert. Er sagte: ›Ja, da ist ein neues Gefühl, das mir sehr gefällt.‹ – ›Willst du es ausprobieren?‹, fragte ich ihn zunächst etwas verstört. – ›Ich denke schon‹, antwortete er. So hat es dann seinen Lauf genommen. Bald habe ich herausbekommen, dass er in Mestre, drüben auf dem Festland, eine Wohnung angemietet hatte, wohin er seine Freundschaften wohl eingeladen hat. Meistens sagte Guido, er habe geschäftlich zu tun oder müsse zu seinem Anwalt. Aber ich wusste, da waren gar keine Termine, er wollte sich nur wieder einmal ausleben.«

Sie saßen eine Zeit lang wortlos nebeneinander, Hand in Hand.

»Weißt du was, John? *Andiamo a mangiare una pasta!*«

Sie standen auf, gingen um die Kirche herum und ein paar Meter weiter über die Brücke zur Piazza Giovanni e Paolo, am großen Denkmal des Corleone vorbei, zur kleinen Osteria Da Nico, wo sie unter den Schirmen einen Tisch fanden mit Blick auf die Kirche. Sie bestellten, nach Robertas Empfehlung, *spaghetti alla busara*, das waren kleine, ausgelöste Scampi in einer leicht scharfen Tomatensoße.

»Das kann ich dir auch zu Hause machen«, erklärte Roberta, »es ist ganz einfach: Die Scampi löst du aus, brätst sie mit Knoblauch in der Pfanne an, gibst Salz und Pfeffer und ein paar klein geschnittene Peperoni dazu, nicht zu viel. Gib in die Pfanne einen Schuss Weißwein und lasse das so lange unter Umrühren einköcheln, bis der Wein evaporiert ist. Dann gibst du die geschälten und gehackten Tomaten hinzu, die du zuvor mit etwas Tomatenmark vermischt hast, und lässt das Ganze einköcheln, bis sich die Soße ein wenig eingedickt hat. Die zuvor *al dente* gekochten Spaghetti gibst du mit in die Pfanne hinein, nimm also keine zu kleine Pfanne! Und dann rührst du das Ganze gut um. Fertig!«

Es war köstlich. Sie tranken dazu eine schöne Flasche Pinot Bianco von Jermann aus dem Friaul. Danach gingen sie in angeregter Unterhaltung über mögliche Todesarten wieder nach Hause.
Sie verbrachten den Rest des Tages und die Nacht im Bett, nur unterbrochen durch einen kleinen Salat am späten Abend, mit einer Flasche Palazzo della Torre von Allegrini, einem vollmundigen, aber dennoch nicht zu schweren Rotwein aus dem Veneto. John kannte ihn nicht, doch er schmeckte ihm. Aber in diesem Moment hätte ihm wohl jeder Wein geschmeckt.

Am nächsten Morgen glaubte Roberta, ihr Leben hätte gerade erst begonnen. Sie wusste jetzt, dass sie Guido unbedingt loswerden musste, und sie wusste auch, dass sie John nicht wieder verlieren wollte. Der Altersunterschied von ein paar Jahren störte sie überhaupt nicht, solange es ihn nicht störte.
Schweren Herzens trennten sie sich am Morgen, und Luigi, *il autista,* brachte John zum Flughafen. John versprach Roberta, bald wiederzukommen, aber er müsse erst ein paar Sachen in London und Paris regeln.
»Und dann müssen wir über Guido sprechen!«
Sie schien wild entschlossen, ihren Mann loszuwerden.
John saß ziemlich erschöpft im Flieger nach Paris. Nach diesen anstrengenden Nächten musste er jetzt erst einmal ausschlafen. Hoffentlich, so dachte er, lässt mich Julie in Ruhe. Am besten, ich sage ihr, ich hätte mir ein Virus eingefangen.
Er musste seine gesamte Situation überdenken. Roberta hatte ihm gesagt, sie wolle mit ihm zusammenleben, er solle zu ihr nach Venedig ziehen. Er fand das reizvoll, er glaubte, in Venedig bei Roberta irgendwie angekommen zu sein. Es war ein neues, eigenartiges Gefühl, das er bisher nicht kannte. Vielleicht hatte

er es aber auch vor vielen Jahren schon einmal erlebt und in der Zwischenzeit vergessen: Er fühlte sich bei ihr zu Hause.
Dieser Gedanke, irgendwo zu Hause zu sein, machte ihn gleichzeitig nervös. Wollte er das? Irgendetwas in ihm sträubte sich dagegen. Eigentlich musste sich ja nicht viel ändern, dachte er nach einer Weile des Vor-sich-hin-Dösens, sich selbst beschwichtigend. In seinen Londoner Club konnte er jederzeit zurück, in Zukunft vielleicht weniger oft. Die Pariser Wohnung stand ihm auch immer zur Verfügung. Er sollte sich Julie warmhalten, dachte er, und verwarf die außerordentlich reizvolle Idee, Julie einer »Inszenierung« zu opfern.
Mit Suzanne allerdings, da wollte er sich etwas ausdenken.
Aber zunächst musste er das Geschäft mit dem Bild unter Dach und Fach bringen. Es war eine *Sacra Conversazione* von Giovanni Bellini, dem großen Meister persönlich, da bestand für ihn kein Zweifel mehr. Nach dem Besuch in der Frari-Kirche und dem gründlichen Studium der dritten Bellini-Altartafel war er sich noch sicherer: Es waren seine Farben, sein Pinselduktus, seine Gesichter, seine Art, Bilder zu komponieren … Und vor allem: das Musikinstrument! Dieses seltene Instrument mit dem Löwenkopf! Das war für ihn der letzte Mosaikstein. Jetzt musste er Suzanne dazu bringen, ihm das Bild als »Venezianische Schule« anzubieten, ohne konkrete Zuschreibung und mit »belasteter Provenienz«. Das sollte einen günstigen Preis ermöglichen. Die Museumsleute und Experten, die würde er auch davon überzeugen können, zumal wenn es ihm gelänge, die Stifterfiguren zu identifizieren.
Am nächsten Tag wachte er in der Wohnung im Palais Royal auf. Es war später Vormittag auf, als sein Handy läutete. Es war Roberta, die ihm aufgeregt und reichlich unzusammenhängend etwas von Guido erzählen wollte. John musste sie erst beruhi-

gen, bis sie in der Lage war, ihm die Geschichte der Reihe nach zu erzählen.
Sie war am Morgen von einem Commissario angerufen worden, der sie besuchen wollte, er müsse mit ihr etwas Persönliches besprechen. Ein paar Minuten später stand er bereits in der Wohnung, sie hatte kaum Zeit gehabt, sich etwas anzuziehen. Er erklärte ihr, dass man Guido in Mestre tot aufgefunden habe. In einer Wohnung, die wohl ihm gehört hatte. Ob sie von dieser Wohnung gewusst habe?
»Ja, aber ich bin nie dort gewesen.«
»Wir haben ihn tot aufgefunden«, berichtete der Commissario, »... in einer, wie soll ich es sagen, in einer etwas kompromittierenden Situation.«
»Was heißt das?«, fragte sie den Commissario bestürzt.
»Wussten Sie von den Neigungen Ihres Mannes, Signora?« Es war dem Commissario offensichtlich sehr peinlich, ins Detail zu gehen.
»Ja, aber ich wollte es nicht so genau wissen«, antwortete Roberta.
Nach einigem Zögern sprach es der Commissario schließlich aus: »Er wurde stranguliert, in einer offensichtlichen Pose, deren Beschreibung ich Ihnen gerne ersparen möchte, mit allerlei Spielzeug, oder sollte man sagen: Werkzeugen zur Erhöhung der sexuellen Lust.«
Roberta stand auf, sie musste sich übergeben.
»Ich weiß, Signora, es muss schrecklich für Sie sein. Wir ersparen es Ihnen, Ihren Mann zu identifizieren, das hat bereits sein Anwalt getan. Er hat Ihren Mann in seiner Wohnung aufgefunden, er wollte ihn am Morgen besuchen, um ihm einige Unterlagen zur Unterschrift vorzulegen. Am Nachmittag zuvor hatte Ihr Mann den Anwalt aufgesucht und mit ihm ein Schriftstück

verfasst, das einem gewissen Edoardo Pizzeno eine monatliche Rente bis zu dessen Lebensende gewähren sollte. Kennen Sie diesen jungen Mann, Signora?«

»Ich habe diesen Namen noch nie gehört«, entgegnete sie völlig verblüfft.

»Das dachten wir uns schon. Wir konnten den jungen Mann sofort ausfindig machen, nachdem ja im Vertragsentwurf sein Name und seine Adresse vermerkt waren. Er ist Trainer in einem Fitness-Studio und lebt in Treviso, nicht weit entfernt. Wir waren in der Lage, ihn anhand seiner DNA, die sich überall in der Wohnung und an der Leiche Ihres Mannes – *scusi!* – befand, als den mutmaßlichen Mörder zu identifizieren. Er wusste von dieser geplanten Vereinbarung nichts, behauptete er zumindest, und Ihr Mann konnte sie ja auch nicht mehr unterschreiben! Ich muss Ihnen mein Beileid aussprechen!«

Roberta musste eine Pause einlegen, John war sprachlos.

»Was sagst du, *amore*, ist das nicht grauenvoll?«

John, in Gedanken, hatte zunächst nur eine Antwort, es klang ein wenig enttäuscht: »Dieser Kerl hat uns die Arbeit abgenommen …«

XIII. KAPITEL

Martin Blume ging es nicht gut. Er saß in seinem Wiesbadener Büro und starrte seine Zimmerpflanze an. Er musste erst mal verdauen, was ihm sein Abteilungsleiter soeben mitgeteilt hatte.

Der Tag hatte eigentlich begonnen wie immer. Er hatte gemeinsam mit seiner Frau gefrühstückt, wie immer um 7:15 Uhr. Wie immer war er der Erste am Frühstückstisch. Berti hatte wie immer den Tisch schon am Abend vorher gedeckt, weil sie wusste, wie ungeduldig Martin sein konnte. Sie war, während er im Bad war, in die Küche gegangen. Das Müsli, der Joghurt, die Platte mit Wurst und Käse, der Toast – alles akkurat platziert an gewohnter Stelle, und der Kaffee befand sich schon in der Karaffe. Wie immer waren die Kinder zu spät, und es gab den üblichen Krach, warum man denn nicht *einmal* rechtzeitig zur Schule losgehen konnte. Und wie immer fuhr er mit seinem alten Opel in sein Büro. Pünktlich und zuverlässig. Es war ihm ein Bedürfnis, und vielleicht auch ein Vergnügen, morgens der Erste in der Abteilung zu sein und die nach und nach eintreffenden Kollegen mit einem überfreundlichen »Guten Morgen! Auch schon da?« zu begrüßen, was ihm im Lauf der Jahre auch nicht unbedingt Sympathien eingebracht hatte.

Es störte Martin überhaupt nicht, unbeliebt zu sein. Im Gegenteil, ein Kollege, der beliebt war, erschien ihm suspekt. Vor gar nicht allzu langer Zeit hatten sie einen neuen Kollegen zugeteilt bekommen, der vom Personenschutz abgezogen worden war. Er war überaus freundlich zu allen und bald äußerst beliebt. Martin passte das gar nicht. Er fing an, Nachforschungen über den Kollegen anzustellen, und fand heraus, dass es sich – wie er schon vermutet hatte – um eine Strafversetzung handelte: Er hatte als Personenschützer eines Oppositionspolitikers eines Tages ein Techtelmechtel mit der Tochter des Politikers angefangen. Der Vater, der es herausfand, war zunächst alles andere als erfreut. Aber er hätte es gerne unter der Decke gehalten. Seine Tochter hatte, wie er fand, ohnehin einen fragwürdigen Umgang, hier wusste er wenigstens, mit wem sie ihre Nächte verbrachte. Außerdem mochte er seinen Personenschützer recht gern und wollte ihn nicht verlieren. Seine Frau aber machte einen Riesenskandal und beschwerte sich in der Hauptabteilung. Daraufhin musste der junge Mann aus dem Verkehr gezogen werden. Die Chefs der betreffenden Abteilungen waren sich bald einig, dass man dem jungen Kollegen, der seinen Job eigentlich immer sehr gut gemacht hatte, noch eine Chance geben sollte. So war er nach Wiesbaden abkommandiert worden, wo ihn keiner kannte. Und landete ausgerechnet in Martins Abteilung. Der stellte ihn bei nächster Gelegenheit vor versammelter Mannschaft bloß, als der neue Mann morgens wieder einmal einen Witz erzählte und die ganze Abteilung herzlich darüber lachte. Alle außer Martin Blume.

»Haben Sie der Tochter Ihres früheren Chefs im Bett auch immer so nette Witze erzählt?«

Das eisige Schweigen, das darauf folgte, wurde jäh unterbrochen, als der junge Mann Martin an den Hals sprang und ihn zu würgen versuchte. Es brach ein Tumult aus, der junge Kollege wurde zum Chef gerufen – und ward nicht mehr gesehen.

Von dem Tag an sprach keiner der Kollegen in der Abteilung noch ein persönliches Wort mit Martin Blume.
An jenem Morgen schien alles seinen normalen Gang zu gehen. Martin war als Erster an seinem Schreibtisch. Nach und nach trafen die Kollegen ein, die ihn keines Blickes würdigten, als er ihnen sein gewohntes »Guten Morgen! Auch schon da?«, zurief, wenn sie an seiner offenen Bürotür vorbeikamen.
Aber etwas war anders. Irgendetwas stimmte nicht, dafür hatte Martin Blume einen ausgeprägten Instinkt. Etwas stimmte nicht, und es ärgerte ihn, dass er nicht wusste, was es war. Er holte sich auf dem Gang einen Kaffee und wunderte sich, dass sich die Kaffeemaschine diesmal ohne Probleme bedienen ließ.
»Was ist mit der Maschine los?«, fragte er einen Kollegen, der gerade vorbeikam. »Die macht ja heute gar keine Zicken!«
Der Kollege ging wortlos weiter.
»Dann eben nicht!«, sagte Martin halblaut und ging wieder in sein Büro zurück.

Auf seinem Schreibtisch lag die Mappe mit den zu bearbeitenden Fällen, wie er sie am Vorabend zurückgelassen hatte. Nichts Besonderes, Routinesachen. Eine Anfrage aus Berlin, vom Innenministerium, über einen Asyl-Fall, ein offenbar straffällig gewordener Asylant aus Syrien. Den legte er zunächst beiseite. Das Nächste war eine Anfrage aus Neapel, da ging es um einen alten Mafia-Fall. Martin konnte sich erinnern. Das musste etwa acht Jahren zurückliegen, den Fall hatte er schon mal bearbeitet, war aber zu keinem Ergebnis gekommen. Offensichtlich ein Rachemord an einem Abtrünnigen der Organisation, der nach Deutschland gekommen war und hier auf ziemlich grausame Weise hingerichtet worden war.
Martin stand auf und legte die Akte zu den anderen ungelösten

Fällen in seinem Giftschrank. Die Antwort an die italienischen Kollegen hat Zeit, dachte er sich, die sind auch nicht die schnellsten, wenn wir mal eine Auskunft haben wollen.

Draußen auf dem Gang hörte er Stimmen.

»Warst du auch schon beim Chef?«

»Ja, ich bin auch schon befragt worden. Unangenehm. Andererseits, er ist ja auch ziemlich ekelhaft …«

Die Stimmen wurden schlagartig leiser, als die Kollegen an seiner offenen Tür vorbeikamen.

Es geht doch nicht etwa um mich?!, dachte Martin Blume. Er hatte es ja schon geahnt, als er am Morgen ins Büro gekommen war: Da lag etwas in der Luft hing, da braute sich etwas zusammen.

Er nahm einen tiefen Schluck Kaffee, der ihm nun nicht mehr schmeckte, und schlug die Akte mit dem nächsten Fall auf.

Aber er kam nicht mehr zum Lesen. Ein Kollege steckte seinen Kopf in die Tür und sagte: »Herr Blume, Sie sollen zum Chef!«

Sein Bauchgefühl hatte ihm Recht gegeben. Es war etwas im Busch.

Sein Chef, Alfons Nitsch, der die Abteilung Organisierte Kriminalität unter sich hatte und eng mit dem Bundesnachrichtendienst zusammenarbeitete, kam gleich zur Sache.

»Mein lieber Blume, sind Sie zufrieden mit Ihrem Job?«

Er gab ihm gar keine Gelegenheit, auf diese Frage eine Antwort zu geben, hatte wohl auch gar keine erwartet, es war nur die Einleitung zu dem, was jetzt kommen sollte.

»Ich bin es jedenfalls nicht!«

Es folgte eine Litanei über sein Verhältnis zu seinen Kollegen, was ja offensichtlich mehr als beschädigt sei, jedenfalls würden sich die alle reihum geradezu weigern, mit ihm zusammenzuarbeiten.

»Was machen Sie denn bloß, Blume? Warum haben Sie alle so gegen Sie aufgebracht? Ich dachte, Sie wären hier der Psychologe, und da wäre doch zu erwarten, dass man gelernt hat, mit seinen Mitmenschen auszukommen!?«

Martin wollte antworten, aber er kam nicht dazu. Jetzt kam Alfons Nitsch erst so richtig in Fahrt.

»Wissen Sie, mein lieber Blume …« Und wenn er »mein lieber« sagte, dann wusste man, dass es wirklich ernst war. »Wissen Sie, was ich Ihnen besonders übelnehme? Dass ich Sie ständig – und das auch noch gegen meine Überzeugung – verteidigen muss! Ihren Kollegen gegenüber, die sich weigern, mit Ihnen zusammenzuarbeiten, meinem Chef gegenüber, der sich bei mir beklagt, dass er von den internationalen Kollegen erfahren muss, dass wir zur Aufklärung ungelöster Fälle weder in England noch in Italien irgendetwas beitragen?« Und er fuhr noch zorniger fort: »Sagen Sie, Blume, was machen Sie eigentlich den ganzen Tag?«

Martin Blume war sprachlos. Auf so eine Suada war er nicht vorbereitet gewesen. Er kam ins Stammeln, versuchte zu erklären, die Fälle seien schließlich sehr komplex, und die Kollegen, die eigentlich damit befasst waren, seien ja schließlich auch nicht weitergekommen …

»Und der schöne Mord hier bei uns, in Holdenbruch?«, unterbrach ihn der Chef. »Das ist doch direkt vor unserer Nase passiert! Ein abgesäbelter Kopf?!«

Martin erholte sich langsam von dem Schock, er war jetzt wieder soweit, sich mit Argumenten verteidigen zu können.

»Ja, Herr Nitsch, aber Sie wissen doch, dass der Auslandsgeheimdienst und das Bundesaußenministerium zu verstehen gegeben haben, dass man an der Aufklärung gar nicht unbedingt interessiert sei. Weil ein russischer Agent betroffen gewe-

sen sei und die russische Botschaft den deutlichen Hinweis gegeben habe, man solle das Ganze auf sich beruhen lassen.«
»Aha, und das bedeutet für Sie, dass Sie die Hände in den Schoß legen und nichts tun?« Sein Vorgesetzter musste tief Luft holen. »Herr Blume, das geht so nicht weiter! Ich brauche von Ihnen Ergebnisse! Wenn ich nicht bald von Ihnen etwas Handfestes geliefert bekomme, werde ich Sie versetzen müssen! Und das letzte Mal, dass Sie bei mir waren, vor ein paar Wochen, da haben Sie es gewagt, um eine Beförderung zu bitten! Ich hätte Sie gleich hinauswerfen sollen! Meiner Gutmütigkeit haben Sie es zu verdanken, dass Sie überhaupt noch hier sind!«
Nach einer kurzen Verschnaufpause fuhr er fort: »So, und jetzt lassen Sie sich bei mir nicht mehr blicken, bis Sie mir ein ordentliches Ergebnis vorlegen können. Die Londoner Kollegen haben nach dem Richmond-Park-Fall gefragt. Ich hatte ihnen versprochen, dass wir helfen können, schließlich haben wir doch unsere Wunderwaffe Martin Blume! Raus mit Ihnen!«
Wortlos stand Martin auf.
»Und in genau zwei Wochen will ich ein Ergebnis von Ihnen haben!«, rief ihm der Chef noch hinterher.
Noch nie in seinem Leben war Martin so erniedrigt worden. Bebend vor Entsetzen und Zorn, wankte er in sein Büro zurück, schloss die Tür und sank in seinen Schreibtischstuhl. Das musste er erst mal verdauen. Er gab sich ja wirklich alle Mühe, aber seit er in diese Abteilung gekommen war, hatte ihn sein guter Stern verlassen. Er hatte sich so viel von dieser interessanten Aufgabe versprochen, träumte davon, rasch befördert zu werden, die Karriereleiter hinaufzusteigen und seiner Familie zu zeigen, dass er erfolgreich war, dass sie sich ein eigenes Haus leisten konnten.
Stattdessen stand er nun vor dem Abgrund. Ein Ultimatum!

Wo, bitte sehr, sollte er denn in zwei Wochen ein Ergebnis herzaubern?
Er stand auf, griff nach der Gießkanne und ersoff seinen Gummibaum. An diesem Tag ging mit einer heftigen Depression nach Hause.

Am nächsten Morgen holte er sich die Akten mit den ungelösten Fällen, bei denen die ausländischen Kollegen um Mitarbeit gebeten hatten, aus dem Giftschrank.
Da musste es doch einen Hinweis geben, dachte er sich, etwas, das er übersehen hatte. Der junge Mann im Richmond Park, die Hinrichtung des Italieners mit dem herausgerissenen Herzen, die Enthauptung in Holdenbruch …
Er hatte jede kleinste Kleinigkeit bedacht, er sah die Szenen vor seinem geistigen Auge, so genau hatte er die Fälle studiert. Der junge fast nackte Mann am Baum gebunden, der Italiener mit seinem Schnauzbart, dem sie sein eigenes Herz auf die Stirn gelegt hatten, die Enthauptung des bärtigen Russen – all das sah er vor sich, er konnte nur die Mörder nicht sehen. Aber waren es überhaupt mehrere?
Alle Morde hatten eines gemeinsam: Am Tatort gab es keinerlei Spuren irgendwelcher fremder DNA. Es waren Leute am Werk, die genau wussten, was sie taten. Und doch, da gab es einen Zusammenhang, er war ja schon früher darauf gekommen. Bei aller Unterschiedlichkeit der Orte und ihrer Umstände, eines hatten diese Fälle gemeinsam – es waren Inszenierungen!
Der junge Mann im Richmond Park! Er musste den Blickwinkel verändern, sich nicht auf den jungen Mann konzentrieren, sondern auf das Erscheinungsbild der Tat, die Inszenierung – als stünde er dort, wo der Täter stand. Was hat der Täter gesehen? Warum wollte er es so sehen und nicht anders? Und wie war es

mit dem enthaupteten Russen? Die Leintücher, die aussahen wie hindrapiert? War das Zufall, oder hatte es seinen besonderen Grund?
Und welchen Grund gab es, dass man dem Mafioso sein Herz auf die Stirn gelegt hatte? Das war eine Inszenierung … Was wollte man damit aussagen? Vielleicht, dass er sein Herz hätte gebrauchen müssen, bevor er seinen Verstand hatte walten lassen, oder so ähnlich? War das ein Hinweis für einen Verrat, den er seinem Clan angetan hatte?
Aber was wollte man mit dem Enthaupteten aussagen oder mit dem von Pfeilen durchbohrten jungen Mann? Ging es da überhaupt um eine Aussage, oder war die Absicht dahinter eine ganz andere?
Den ganzen Tag brütete Martin Blume vor sich hin, entwickelte neue Theorien und verwarf sie wieder. Er dachte nach und ging in die Kantine zum Mittagessen, machte einen Spaziergang im nahe gelegenen Park, biss sich auf die Lippen und zerbrach sich den Kopf. *Ich brauche Ergebnisse!*, hämmerte er sich ein, *ich muss Ergebnisse liefern!*
Nach einer Stunde kehrte Martin in sein Büro zurück. Er ging in seinem Büro auf und ab. Das half manchmal. Dieses Mal half es nicht.

Schließlich packte er seine Aktentasche zusammen und fuhr nach Hause. Nach einem schweigsamen Abendessen ging er früh zu Bett.
Mitten in der Nacht wachte er auf. Er war ganz aufgewühlt, er sah seinen Bruder vor sich. Er sah ihn ganz deutlich auf einer Brücke stehen und auf das Wasser hinunterschauen. Es war kein gewöhnliches Wasser, er sah Gondeln, geschäftiges Treiben, es war nachts, er war in Venedig!

Warum fiel ihm sein unsäglicher Bruder ein, ausgerechnet jetzt? Er stand auf und ging in die Küche, um sich ein Glas Milch zu holen. Als er sich an den Küchentisch setzte, verblasste das Bild seines Bruders allmählich.

Martin wusste, das war keine Halluzination, das war echt. Er wusste es aus früheren Begebenheiten, wusste es aus ihrer gemeinsamen Kindheit: Mit seinem Zwillingsbruder verband ihn eine eigenartige Nähe, eine Nähe, die keiner von ihnen beiden wollte, die ihm schon in der Kindheit ein Gräuel war. Als Kind hatte es ihn immer wieder irritiert, wenn Jonas diese spezielle Verbindung heraufbeschwor. Es genügte anscheinend, intensiv an den Bruder zu denken, dann konnte es passieren, dass man sich in einer Art Gedankenübertragung in der Realität des anderen befand. Martin hasste dieses seltsame Phänomen, es war ihm nicht nur unangenehm, sondern geradezu unheimlich. Jonas hingegen hatte diese Fähigkeit immer wieder ganz bewusst ausgenutzt, um ihn zu ärgern. Wenn er gerade einen Frosch aufgespießt hatte, dachte er an Martin, mit der Folge, dass sein Bruder, wo immer er sich gerade aufhielt, den aufgespießten Frosch sehen musste. Mit gemeinem Vergnügen beschwor Jonas die unangenehmsten Situationen vor Martins Augen herauf.

Einmal ging diese gedankliche Verbindung so weit, dass Jonas seinem Bruder in Gedanken erschien und zu ihm sagte: »Du wirst jetzt stolpern und stürzen!« So ein Unsinn, dachte sich Martin, und er hatte den Satz noch nicht zu Ende gedacht, da war er bereits ausgerutscht und hingefallen.

Als die Brüder älter wurden, wurden die Streiche immer gemeiner. Es gab ein Mädchen in der Schule, das Martin besonders gefiel, sie hatte blonde Zöpfe und hieß Agathe. Nie hatte er es gewagt, sie anzusprechen, obwohl er jeden Tag an sie denken

musste. Eines Nachmittags sah er Jonas in seinen Gedanken aufblitzen, ganz deutlich, er sprach sogar zu ihm: »Mein lieber Bruder, du wolltest doch immer mal mit der lieben Agathe … Schau mal hier: Sie kann es ganz gut und sie ist wirklich bei der Sache …«
Martin versuchte den Blick abzuwenden von seinem Bruder und Agathe, wie sie sich nackt im Bett wälzten und voller Leidenschaft einander fast verschlangen.
Er hasste ihn, er hasste ihn so sehr, dass er immer das Gegenteil von dem tun wollte, was sein Bruder tat. Und meistens gelang ihm dies auch, denn Jonas wollte ohnehin nie so sein wie er.

Jonas oder »John«, wie er sich jetzt anscheinend nannte, und diese irritierende besondere Verbindung, die sie als Zwillingsbrüder besaßen, waren letztlich der Grund dafür, dass sich Martin dem Studium der Psychologie zuwandte. Er wollte wissen, ob es wissenschaftliche Beweise dafür geben konnte, dass es zwischen Zwillingen – oder überhaupt zwischen Menschen – Verbindungen gab, die eine Gedankenübertragung ermöglichten, sodass man tatsächlich sehen konnte, was der jeweils andere tat, der ihm diese Bilder, oder was immer es war, in Gedanken zusenden konnte.
Martin war von Natur skeptisch gegenüber solchen Dingen, aber die eigene Erfahrung mit seinem Bruder hatte ihn eines Besseren belehrt. Nun wollte er es genau wissen, er wollte wissen, wie das genau funktionierte.
Die Zwillingsforschung hatte ihn nicht viel weitergebracht. Es ging ihm nicht, wie meist in der Zwillingsforschung, um die biologische Seite, die Genetik und die Erbinformation – es ging ihm einzig und allein um diese besondere Fähigkeit, Gedanken

und Bilder übertragen zu können. Dazu war in der seriösen Wissenschaft nichts zu finden.
Es gab Internet-Foren, in denen über solche Themen diskutiert wurde, und Berichte von Geschwistern, die erzählten, dass sie immer genau wussten, was der jeweils andere tat. Dieses Phänomen, das der Parapsychologie zugeteilt wurde, erschien Martin nicht greifbar genug. Er war ein viel zu nüchterner Mensch, und es fehlte ihm, ganz einfach gesprochen, die Phantasie dafür, an sogenannte unerklärliche Phänomene zu glauben. So blieben ihm Telepathie, Telekinese und andere Erscheinungen, von denen in manchen Schriften geschwärmt wurde, verschlossen.
Eines konnte er aber nicht beiseite wischen: Er hatte ja selbst immer wieder Erfahrungen mit Gedankenübertragung und mit entsprechenden Erscheinungen gemacht – er selbst, mit seinem Bruder!

Nachdem er so plötzlich aus dem Schlaf gerissen worden war und seinen Bruder gesehen hatte, in Venedig auf einer Brücke, verbrachte er eine unruhige Nacht. Immer wieder versuchte er an seinen Bruder zu denken, versuchte seinerseits, an ihn heranzukommen, aber es gelang ihm nicht.
Am nächsten Morgen kam er für seine Verhältnisse spät ins Büro. Diesmal waren es seine Kollegen, die ihn mit einem süffisanten »Ach, guten Morgen, auch schon da?« begrüßten. Wortlos ging er in sein Büro und setzte sich an seinen Schreibtisch.
Ein Begriff aus der Zeit seiner unnützen Studien der Parapsychologie war ihm in der vergangenen Nacht wieder eingefallen: *Remote Viewing.*
Er klickte zu Wikipedia. Remote Viewing oder Fernwahrnehmung »ist die Bezeichnung für eine bestimmte Form des Hellsehens, eine hypothetische Art von Wahrnehmung«, stand da.

»Außersinnliche Wahrnehmungen« (ASW) wurden auch als der »Sechste Sinn« oder das zweite Gesicht bezeichnet. Alles Pseudo-Wissenschaft! Es gab keinerlei Beweise, zumindest keine wissenschaftlich belegbaren. Und doch … Meine eigene Erfahrung belehrt mich eines Besseren, dachte Martin.
Er konnte den Satz nicht mehr hören, den seine Kommilitonen damals im Studium immer wieder gesagt hatten, die alle an unerklärliche Phänomene geglaubt hatten: *»Es gibt vieles zwischen Himmel und Erde, was wir nicht erklären können!«* Das war nicht seine Welt. Er wollte schlüssige Erklärungen, Beweise. Und die blieb ihm die Parapsychologie schuldig.

Als er viele Jahre später beim Bundeskriminalamt landete und sich dort mit den Praktiken der befreundeten ausländischen Geheimdienste auseinandersetzte, vor allem des CIA, erfuhr Martin, dass man dort in den neunziger Jahren ein Projekt gestartet hatte, dass sich genau mit diesen Phänomenen befasste. Man investierte viele Millionen in das Vorhaben, Remote Viewing für die Spionage zu nutzen. Die Programme wurden allerdings bald wieder eingestellt, nachdem man viel Geld ausgegeben hatte, ohne zu wirklichen vernünftigen Ergebnissen zu kommen. Natürlich, wie hätte es auch anders sein können, dachte Martin. Anfang der 2010er-Jahre fand dann in Wiesbaden ein Workshop über »Psychologie im Alltag der Polizeiarbeit« statt, veranstaltet gemeinsam mit Scotland Yard. Dort waren einige englische Kollegen anwesend, die allen Ernstes an die Möglichkeiten der Telepathie, der Hellseherei und anderer parapsychologischer Methoden im Einsatz für die Polizei und die Geheimdienste glaubten. Sie waren überzeugt davon, dass die Amerikaner diese Programme zwar offiziell eingestellt hätten, aber insgeheim sehr

wohl damit arbeiten würden. Und es wurde tatsächlich angeregt, doch wieder mit solchen parapsychischen Experimenten anzufangen.
Es war Martin Blume, der diese Diskussion zur Strecke brachte. Er weigere sich schlichtweg, sich an einem solchen *Nonsens* zu beteiligen, der nur Geld kosten und zu nichts führen würde. Dass er dabei seine englischen Kollegen vor den Kopf stieß, war ihm völlig egal. Die waren es bei kontroversen Diskussionen gewohnt, höflicher miteinander umzugehen »*This sounds interesting, but let's think about it*«, hätten sie gesagt, wenn sie etwas zu Fall bringen wollten. Egal, Unsinn bleibt Unsinn!
Dabei war er wahrscheinlich in der ganzen Runde der Einzige, der am eigenen Leib erfahren hatte, was es mit Telepathie und ASW auf sich hatte – in Verbindung mit seinem Zwillingsbruder. Da er aber alles, was mit seinem unsäglichen Bruder zu tun hatte, verdrängen wollte, war er strikt dagegen, all dies in sein Berufsleben einsickern zu lassen.
Aber jetzt, wo ihn sein Chef »angezählt« hatte und sein Job und seine Zukunft am seidenen Faden hingen, kamen ihm diese Dinge wieder in den Sinn. Martin versuchte sich zu konzentrieren, wie das damals mit seinem Bruder war, wobei er sich eingestehen musste, dass das Zustandekommen dieser telepathischen Ereignisse fast immer von seinem Bruder ausgegangen war. Er selbst war dabei stets das »Opfer« gewesen oder zumindest hatte er nie die Initiative ergriffen. Nur einmal, so seine Erinnerung, hatte er versucht, die geschwisterliche Gedankenübertragung zu nutzen, um in das Denken seines Bruders einzudringen. Das war nach dieser ekelhaften Geschichte mit der kleinen Agathe, die er so verehrte und die ihm sein Bruder auf so schändliche Art und Weise weggenommen hatte. Martin wollte sich rächen – und er tat es.

Sie waren in einer Klasse, und Martin hatte immer die besseren Noten. Vor allem in Mathematik, darin war er richtig gut, und es machte ihm sogar Spaß, während Jonas komplett daran scheiterte. Einmal schrieben sie eine Prüfung, Martin war bereits mit allen Aufgaben fertig und wartete nur noch auf den Zeitpunkt der Abgabe, da bemerkte er, wie ihn sein Bruder in der übernächsten Sitzreihe fragend ansah. Offensichtlich quälte sich Jonas mit den Aufgaben. Martin zuckte nur mit den Schultern, jetzt würde er es ihm zeigen. Er konzentrierte sich auf eine Formel, die völlig in die Irre führte. Immer wieder sagte er sich die falsche Formel vor, so lange, dass sie ihm selbst als richtig erschien, dachte dabei an seinen Bruder und beobachtete ihn aus den Augenwinkeln. Da sah er, dass Jonas kurz zu ihm hinüberschaute, nickte und mit einem befriedigten Lächeln die Aufgabe schnell zu Ende schrieb. Als die Blätter eingesammelt wurden, kam sich Jonas wie der große Sieger vor, hielt es aber nicht für nötig, Martin für seine vermeintliche Hilfe zu danken. Er dachte wohl, er hätte die Formel seinem Bruder gestohlen.
Einige Tage später, als die korrigierten Arbeiten ausgegeben wurden, war es Martin, der triumphierte. Er hatte die Aufgaben mit Bravour gelöst, während Jonas durchgefallen war. Jonas rächte sich auf die gemeinste Weise, indem er seinem Bruder auch noch ein zweites Mädchen ausspannte, aber Martin war dennoch stolz auf sich: Einmal hatte auch er es geschafft, seinen Bruder hereinzulegen. Das war das einzige Mal gewesen.

Jetzt aber musste er alles versuchen, diese Fälle zu lösen, er war in einer verzweifelten Situation. Er wollte sich noch einmal den jungen Mann im Richmond Park vornehmen. Martin versuchte sich zu konzentrieren. Stundenlang besah er sich die Bilder des Tatorts. Es passierte nichts.

Irgendwann versuchte es nochmals mit dem Internet. »Junger Mann mit Pfeilen« gab er in die Suchmaschine ein. Weiter unten in der Trefferliste kam ein Ergebnis, das ihn überraschte: »Hl. Sebastian« stand da.
Das klang interessant. Sein unsäglicher Bruder mit seinem Tick für die Heiligenlegenden wäre darauf wohl sofort gekommen, ging es ihm durch den Kopf. Die deutschsprachige Seite gab nicht so viel her, er wollte es lieber mit einer englischen Seite versuchen. Also gab er als Nächstes ein: *»St Sebastian«*.
Jetzt erschienen Tausende Treffer, und als einer der ersten eine Seite mit der Überschrift*: »St Sebastian in Art«*. Die klickte er an und dann auf *»Images«*. Es erschien eine schier endlose Reihe von Abbildungen mit jungen Männern, die von Pfeilen durchbohrt waren. Martin klickte zurück auf die Seite mit der Trefferliste. Da war eine Überschrift, die seine Aufmerksamkeit erregte: *»Arrows of desire: how did Saint Sebastian become an enduring, homo-erotic icon?«*
Das machte ihn neugierig. Hatte er nicht von Anfang an das Gefühl gehabt, dass es sich bei der ganzen Sache um eine homoerotische Geschichte handelte? Als Erstes erschien das Cover einer Ausgabe des Gay-Magazins *reFRESH* vom Juli 2007: Ein junger Mann mit hochgebundenen Armen, in dessen Körper zwei Pfeile steckten. Der sah unserem jungen Mann im Park ziemlich ähnlich! Aufgeregt klickte er auf die nächste Überschrift. *»Saints alive: Six of the seven paintings from the Guido Reni's St Sebastian series.«* Er klickte darauf, scrollte nach unten – und dann blieb ihm fast das Herz stehen.
Da war er! Da war der junge Mann, wie aus dem Gesicht geschnitten! Es war ein Gemälde von Guido Reni.
Aber das gibt's doch gar nicht! Martin konnte es kaum fassen. Diese Ähnlichkeit! Wie konnte das sein? Martin verglich die

Abbildung mit den Fotos des Tatorts: die Stellung der Pfeile, die Haltung der Arme und Hände, das um die Lenden gebundene Leintuch. Es stimmte alles. Nur der Gesichtsausdruck … Aber natürlich, der Gesichtsausdruck auf dem Gemälde war der eines lebendigen jungen Mannes, der in den Himmel aufschaute, während der junge Mann im Richmond Park tot war. Aber diese Ähnlichkeit konnte kein Zufall sein. Da war einer am Werk, der das Gemälde sehr genau kannte. Er hatte es rekonstruiert!

Eine andere Erklärung konnte sich Martin nicht denken. Es war doch unglaublich, da wollte einer ein altes Gemälde – aus dem 16. oder 17. Jahrhundert – einfach nachbauen, rekonstruieren??

»Also doch eine Inszenierung!«, rief er laut und schlug mit der Faust auf den Tisch.

Martin konnte es nicht fassen. So etwas war ihm in den all den Jahren Polizeiarbeit noch nicht untergekommen.

Die nächsten Schritte waren einfach. Jetzt wusste Martin, wonach er suchen musste.

Den Mann mit dem abgesäbelten Kopf hatte er bald in einem Gemälde von Artemisia Gentileschi wiedergefunden, in dem Bild von Judith und Holofernes. Und auch hier war die Ähnlichkeit zwischen dem gemalten Holofernes und dem russischen Agenten in dem Hotelzimmer unverkennbar.

Fast wie ein Zwilling, dachte er. Auf was für eine Geschichte war er da gestoßen!

Martin beeilte sich, einen Bericht zu schreiben, und wollte damit schon zu seinem Chef, als er mit den ausgedruckten Blättern in der Hand vor seinem Zimmer stehenblieb.

Nein, sein Chef würde ihn gleich wieder vor die Tür setzen. Er würde ihm sagen – völlig zu Recht: »Mein Lieber, was Sie mir da vortragen, ist eine nette Theorie, aber wo ist der

Täter? Bringen Sie mir den Täter! Erst dann bin ich zufrieden!«
Martin war dennoch stolz auf sich, er war einen entscheidenden Schritt weitergekommen. Jetzt musste er sich darauf konzentrieren herauszufinden, wer sich so etwas Grausliches einfallen lassen konnte. Und vor allem, warum?
Die Opfer auf den Fotos von den Tatorten glichen den Opfern auf den Gemälden von Guido Reni und von Artemisia Gentileschi wie ein Zwilling dem anderen!
Wie ein Zwilling? Wie ein Zwilling!!!
Da fiel es ihm wie Schuppen von den Augen. Martin hatte einen Verdacht, einen schrecklichen Verdacht. Ein grauenvolles, brennendes Gefühl stieg ihm den Magen hoch …

XIV. KAPITEL

Julie lag wach. Sie schaute auf die Uhr, es war erst kurz vor vier Uhr morgens. Sie war von Hundebellen auf der Straße geweckt worden und konnte nicht mehr einschlafen. Sie hatte ohnehin eine sehr unruhige Nacht, unentwegt musste sie an Monsieur John denken. Er hatte sich tagelang nicht gemeldet und dann hatte er gestern endlich angerufen, um ihr zu sagen, dass er am darauffolgenden Tag nach Paris kommen würde und sie bitten wollte …

Sie hatte ihn nicht aussprechen lassen. »Aber selbstverständlich, Monsieur John, ich bereite alles für Sie vor, wie immer.«

Er hatte ihr gedankt, wie immer, und aufgelegt.

Sie war enttäuscht. Monsieur hätte ja vielleicht noch etwas Nettes sagen können …

Julie war ganz bewusst wieder zum gewohnten »Monsieur« zurückgekehrt. Das vertraute Du der Nacht neulich, dieser unglaublichen Nacht, traute sie sich nicht mehr. Das hätte von ihm ausgehen müssen … Aber er hätte doch irgendetwas sagen können? Auch nach jener unglaublichen verrückten Nacht hatte er kein Wort zu ihr gesagt außer dem Üblichen: »Julie, vielen Dank, ich muss ein paar Tage verreisen, und ich melde mich, wenn ich weiß, wann ich wiederkomme.« Sonst nichts.

Hatte er nicht gemerkt, dass es für sie die große Leidenschaft gewesen war – vielleicht die größte ihres bisherigen Lebens?

Natürlich, er musste es gemerkt haben, sie hatte es ihm ja gesagt, und schließlich hatte es ihm ja auch Spaß gemacht, es war ja nicht so, dass es ihm lästig gewesen wäre? Oder? Er war doch wirklich bei der Sache gewesen.

Jetzt wusste sie auch, warum sie die Geschichte mit Lucien, ihrem Verlobten – immerhin, sie waren fast drei Jahre verlobt –, hatte beenden müssen. Er wollte sie unbedingt heiraten, aber sie wusste, da war noch mehr, da musste noch mehr sein, das konnte es noch nicht gewesen sein: diese langweiligen Abende, die er »unsere wunderbare Vertrautheit« nannte.

Sie wusste noch nicht mal, ob sie ihn jemals wirklich geliebt hatte. Als er bei ihren Eltern mit einem Blumenstrauß »für Maman« um ihre Hand angehalten hatte, da war es ihr eigentlich schon zu viel geworden. Dem zukünftigen *beau-père* hatte er damals zu erklären versucht, wie er als mittlerer Angestellter der Finanzverwaltung seine Tochter ernähren könnte. Damals schon hätte sie einen Rückzieher machen sollen. Zumindest war es ihr gelungen, das Hochzeitsdatum immer wieder hinauszuschieben. Sie langweilte sich schrecklich mit ihm. Es war schon ein großer Fehler gewesen, zu ihm in die Wohnung zu ziehen. Andererseits, die Wohnung war sehr nett. Er hatte sie von seiner Großmutter geerbt, sie lag zwischen dem Luxembourg und dem Friedhof des Montparnasse, in einer kleinen Einbahnstraße, der Rue Boissonade, gleich gegenüber dem Gemeindezentrum der koreanischen Katholiken, im Dreieck zwischen dem Boulevard du Montparnasse und dem Boulevard Raspail. Das war insbesondere deswegen praktisch, weil sie gleich mehrere Metrostationen zur Auswahl hatte.

Sie hätten eine schöne Zukunft haben können …

Aber es ging nicht! Er und die Ehe mit ihm langweilten sie zu Tode, und wenn er mit ihr schlief, dann schlief er dabei wirklich ein, und er merkte es nicht einmal. Julie hatte am Anfang noch versucht, ihn wieder wachzurütteln, um ihm klarzumachen, dass er vielleicht schon fertig sei, sie aber noch lange nicht! Aber das hatte sie auch bald wieder aufgegeben. Und dennoch war sie ihm treu geblieben, auch als sie wieder anfing, anderen Männern hinterherzuschauen.

Monsieur John hatte ihr von Anfang an gefallen. Als er das erste Mal in die Wohnung im Palais Royal kam, die sie seit einiger Zeit betreute, hatte er ihr Komplimente gemacht. Seit Jahren hatte ihr niemand mehr Komplimente gemacht! Ja, sie wusste, dass sie ein paar Kilo zu viel hatte, vor allem um die Hüften, aber es schmeckte ihr einfach zu gut, um eine Diät zu beginnen. Es hatte ihr gefallen, jedes Mal, wenn er kam, mit ihm zu flirten, und sie hatte durchaus bemerkt, dass sie ihm gefiel. Aber schließlich war sie verlobt. Und dennoch, jedes Mal, wenn Monsieur John wieder abreiste, tat es ihr leid, sich ihm doch nicht genähert zu haben, und das nur wegen ihres langweiligen Verlobten!

Eines Abends hatte Lucien den Versuch gemacht, sich seiner Julie zu nähern, aber ein Wort ergab das nächste, und das Ganze endete in einem heftigen Streit. Sie sprang ihm an die Gurgel und fing an, ihn zu würgen. Und dieser Trottel wehrte sich nicht mal! Sie drückte immer fester, als sie bemerkte, wie sehr sie das sexuell erregte. Lucien schaute sie dabei mit einem kuhäugigen Ausdruck an, als sei es ihm völlig egal, von ihr stranguliert zu werden.

Selbst angesichts des Todes war er teilnahmslos! Er hätte sich doch wenigstens wehren können oder zumindest Angst haben! Unglaublich, wie langweilig er sogar in dieser für ihn lebensbedrohlichen Situation reagierte. Resigniert ließ sie von ihm ab und noch am selben Abend zog sie zu ihrer Freundin Amelie.

Mit Amelie, die sie bereits aus Schultagen kannte, war es immer lustig. Man rauchte viel, trank noch mehr, und es war niemand da, der einem Vorhaltungen machte. Und sie konnte Amelie alles erzählen. Auch dass sie fast einen Orgasmus gehabt hatte, als sie Lucien beinahe erwürgt hatte! Amelie nahm es gelassen und schlug vor, gemeinsam einschlägige Pornos zu studieren …

Und dann war Monsieur John wieder da und hatte sie plötzlich umarmt. Als er sie nach einem heftigen Austausch von erregenden Küssen einlud, am selben Abend wiederzukommen, war sie ohne Zögern seiner Einladung nachgekommen.

Die Nacht war unglaublich gewesen. Er hatte ihr Gefühle entlockt, die sie nicht gekannt hatte. Und von einer Intensität, wie sie das sonst nur aus den Pornos kannte, die ihr Amelie im Internet gezeigt hatte. Aber wie sollte es jetzt weitergehen? Monsieur John hatte sie vollkommen verdorben …

Es war andererseits klar, dass er sein eigenes Leben hatte, sie wusste ja gar nichts von ihm. Sie wusste nicht, ob er verheiratet war – nein, das war er wohl nicht – oder ob es noch eine andere Frau in seinem Leben gab oder gar mehrere Frauen? Sie hatten sich ja nie miteinander über Persönliches unterhalten. Sie wusste nur, dass er Kunsthändler war, offenbar meistens in London lebte und große Geschäfte machte. Das jedenfalls hatten ihr die Eigentümer der Wohnung erzählt, mit denen er offensichtlich befreundet war. Sonst würde er ja wohl nicht immer umsonst in der Wohnung unterkommen.

Im Grunde genommen bin ich nur noch für Monsieur da, dachte Julie, die beiden kommen ja nicht mehr nach Paris. Sie hatte ihre Arbeitgeber lange nicht mehr gesehen.

Eine solche Nacht hatte Julie wirklich noch nie erlebt. Sie und Monsieur John waren ganz offensichtlich aus demselben Holz geschnitzt. Und zwar aus einem sehr seltenen. Sie konnte es sich nicht vorstellen, dass es viele Leute gab, die derart erregbar waren, wenn man ihnen die Gurgel zudrückte. Und zwar sowohl passiv als auch aktiv. Er hatte offenbar auch gemerkt, dass es ein gefährliches Spielchen war, und deswegen so abrupt aufgehört, was wirklich schade war. Denn es war wirklich heftig gewesen. Sie wusste, danach konnte man süchtig werden. Sie war sich sicher, wenn sie sich wiederbegegnen würden, könnten sie es beide ausleben. Vielleicht hatte es ihn überrascht, wie heftig sie reagiert hatte. Das war ja kein Wunder, sie selbst hatte es ja auch überrascht, jedenfalls in dieser Intensität.
Es musste doch möglich sein, dass er ihr diese eine kleine Nische im Leben gönnte? Auch wenn er sein eigenes Leben führte und irgendwo eine Frau hatte.
Von Lucien jedenfalls wollte Julie nie mehr etwas wissen. Er hatte immer wieder versucht, sie anzurufen, Gott sei Dank wusste er die Adresse ihrer Freundin Amelie nicht, er konnte sie also nicht finden. Aber bei ihren Eltern hing er ständig herum und weinte sich aus. Deswegen hatte sie auch den Kontakt zu ihren Eltern abgebrochen.
Schließlich besorgte sie sich ein neues Handy, dessen Nummer sie nur wenigen Menschen gab, mit denen sie befreundet war oder beruflich zu tun hatte – die Eigentümer der Wohnung im Palais Royal, die Concierge unten im Haus und ein paar wenige persönliche Freunde, von denen sie sicher sein konnte, sie würden sie und ihren Unterschlupf bei Amelie nicht verraten. Geldsorgen hatte sie keine, sie hatte von ihrer Großmutter mütterlicherseits ein schönes Bankkonto geerbt, von dem noch nicht mal ihre Eltern etwas wussten. Ihre Hauptsorge war jetzt eine

ganz andere: Wie sollte sie Monsieur John begegnen? So tun, als sei nichts gewesen? Ihm um den Hals fallen und ihm zuflüstern, er sei der Mann ihres Lebens? Sie beschloss, sich erneut ihrer Freundin anzuvertrauen. Man musste ja schließlich mit jemandem reden …

XV. KAPITEL

John hatte sich während des Fluges genau überlegt, wie er Julie begegnen sollte. Er spielte mehrere Szenarien durch. Das Erste war, sie als Spielgefährtin zu behalten. Das schien doch sehr verlockend, aus mehreren Gesichtspunkten.

Zunächst aus praktischen Gründen, denn er wollte auch in Zukunft, jedenfalls solange ihm seine Freunde die Wohnung zur Verfügung stellten, im Palais Royal wohnen, und dazu brauchte er Julie. Aber auch aus emotionalen Gründen: Es war schon ziemlich verrückt, was da zwischen ihnen passiert war, und darauf ganz und gar zu verzichten, wäre doch zu schade. Die Frage war nur: Wie konnte er sie behalten, ohne dass sie Besitzansprüche stellte? Frauen tun das, jedenfalls normalerweise. Man müsste mit ihr sehr klar darüber sprechen. Aber ging das überhaupt? Sie würde sicher emotional sehr aufgeladen sein, wenn man dieses Thema berührte …

Ein anderes Szenario war, auf sie in Zukunft zu verzichten – und ihr Zusammensein mit einer großen und natürlich auch sehr lustvollen Inszenierung abzuschließen. Aber würde das funktionieren, ohne irgendwelche Spuren zu hinterlassen? Keine DNA? – In diesem Fall mehr als schwierig.

Aber, das war das Ergebnis seines langen Nachdenkens, sie einer Inszenierung zu opfern, das war immer noch eine Option, falls sie sich zu sehr an ihn klammerte. Dann entstünde eine Situation, aus der es keinen anderen Ausweg gäbe, dann ließe sie ihm keine andere Wahl und sie müsste für immer gehen! Das wäre dann allein ihre Schuld! Dann könnte er nichts dafür …

Aber noch war es nicht soweit. Jetzt ging es zunächst um die erste Begegnung seit seiner Abreise, und das war einfach zu lösen.

Er kam, wegen der schlaflosen Nächte in Venedig, recht ermattet in Paris an. Als ihm Julie – ganz offensichtlich in großer Erwartung! – in äußerst verführerischem Outfit die Wohnungstür öffnete, versuchte John sein müdestes Gesicht aufzusetzen und begrüßte sie mit krächzender Stimme.

»Ach, wie schön dich zu sehen, meine liebe Julie, aber ich komme mit einem Infekt zurück. Halt dich lieber fern, damit du dich nicht ansteckst!«

Sie wollte ihm noch sagen, dass ihr das überhaupt nichts ausmachen würde, aber da war er schon in Richtung Schlafzimmer entschwunden. An der Tür drehte er sich noch mal um und rief ihr zu: »Du hättest an mir jetzt auch keine Freude! Ich werde erst mal versuchen zu schlafen, morgen geht es bestimmt besser. Ich ruf dich an, wenn ich ausgeschlafen bin.«

Julie war nichts anderes übriggeblieben, als wieder zu gehen. Ernüchtert, aber nicht entmutigt.

Nachdem John den Anruf aus Venedig erhalten hatte, war er doch etwas enttäuscht, wie er zugeben musste, dass Guidos junger Lover Roberta und ihm die Arbeit abgenommen hatte, Guido aus dem Weg zu räumen. Andererseits sollte man sich nicht beklagen, eigentlich war das die ideale Situation. Roberta war jetzt eine steinreiche Frau und sie wollte unbedingt, dass er zu ihr nach Venedig zog. Ein paar Jahre in Venedig leben, das waren doch eigentlich schöne Aussichten, sich intensiv mit venezianischer Kunst beschäftigen … Ab und zu nach London

fliegen, ab und zu nach Paris … Und in Venedig zu Hause sein. Die Idee hatte was.
Er hatte Roberta, die sehr verstört schien und ihn gerne bei sich gehabt hätte, versprochen, so bald wie möglich zurückzukommen. Aber zuerst musste er sich um Suzanne kümmern wegen des Bildes von Giovanni Bellini.

Am nächsten Tag rief John sie an. Sie trafen sich zum Abendessen im Benoit, einem schönen alten Bistro in der Rue Saint-Martin im 1. Arrondissement. Er liebte dieses alte Bistro, das inzwischen einem der großen Sterne-Köche gehörte. Es bot gute alte traditionelle französische Küche, nur eben auf sehr hohem Niveau. Seit das Benoit einen Stern im Michelin erhalten hatte, war es ein Glücksfall, dort einen Tisch zu ergattern. Aber John kannte Louis, den Maître, recht gut, und der konnte immer zaubern. Sie hatten sogar den schönen Ecktisch im hinteren Bereich des Erdgeschosses, wo man sich diskret unterhalten, aber auch schamlos flirten konnte, ohne dass es irgendjemand mitbekam. Und Louis wusste, dass Monsieur John lieber unten saß, bei den Parisiens, und nicht oben, wo sich die Amerikaner und die Japaner und seit Kurzem auch die Chinesen drängten.
Suzanne nippte an ihrem Champagner, John hatte einen Wodka-Martini bevorzugt. Als Erstes musste man bei Benoit die *Pâté en Croûte* probieren. Er kannte in Paris kein zweites Restaurant, wo ihm die *Pâté* so gut schmeckte. Die Kruste war dünn, aber auch gut gewürzt, und zwischen der Kruste und der Fleischfüllung war diese köstliche Schicht Portwein-Gelée, die er so liebte. Suzanne wählte den marinierten Lachs, der aus einer großen Glasschüssel angeboten wurde, mit einem köstlichen lauwarmen Kartoffelsalat. Sie gab sich damit zufrieden, aber John

musste noch den Kalbskopf probieren. *Tête de Veau, Traditionelle en Ravigote*. Das war köstlich und ganz so, wie es sein sollte, mit diversen Stücken vom gallertartigen Teil des Kalbskopfes, einem Stück Zunge und einem leicht angebratenen Stück vom Kalbshirn, das Ganze in einem herrlichen würzigen Sud. Und dazu die *Sauce Ravigotte*, die er so liebte: eine leicht säuerliche Sauce mit etwas Vinaigrette, gekörntem Senf, klein gehackten Schalotten, Kapern und verschiedenen Kräutern. Bei Benoit fügte man auch ein wenig kleingehacktes Ei hinzu.
Dazu noch eine unglaublich schöne Flasche des weißen Hermitage Blanc von Jean-Louis Chave! Die Flasche kostete zwar ein mittleres Vermögen, aber es galt ja nicht nur etwas zu feiern, sondern vor allem auch, Suzanne zu beeindrucken, die durch ihren reichen Ehemann inzwischen wahrscheinlich sehr verwöhnt war, was Weine anbetraf. Und dieser Wein von Chave war ein Gigant! Da waren alle Reichtümer, die ein großer Wein aus dem Rhone-Tal offerieren kann, in einer Flasche versammelt. Es roch nach eingemachten weißen Pfirsichen, reifen goldenen Äpfeln bis hin zu Honigmelonen, gerösteten Mandeln und Orangenblüten, hier war alles versammelt – dick, komplex und betörend!
Suzanne wusste sofort, in welche Kategorie ein weißer Hermitage von Chave einzuordnen war – auch preislich, sodass sich das Ganze schon mal gelohnt hatte. Außerdem war der Wein einfach richtig gut und mit seinen 14,5 Prozent auch genügend schwer, um Suzanne in die gewünschte Stimmung zu bringen. Schon nach dem ersten Schluck schmiegte sie sich an ihn und flüsterte ihm zu, wie sehr er sie doch verwöhne!
»Meine Liebe, das tue ich mit dem größten Vergnügen. Wir müssen unser Geschäft doch feiern!«, entgegnete John lächelnd.
Nach einem sehr vergnüglichen Abend begleitete John sie nach

Hause. Es war Freitag und ihr Mann hatte bereits Paris verlassen, um zu seiner ersten Familie aufs Land zu fahren.
»Es besteht keine Gefahr, dass er unerwartet nach Hause kommt«, versicherte Suzanne. »Wir sind ungestört!«

Sie nahmen ein Taxi zu Suzannes Wohnung in der Avenue Foch. John musste einen klaren Kopf behalten. Er durfte, wenn er seinen Plan verfolgen wollte, auf keinen Fall Spuren hinterlassen, die später zu ihm führen konnten. Andererseits wollte er auch seinen Spaß haben, und das brachte ihn auf die Idee, die schöne Wohnung möglichst schnell wieder zu verlassen. Suzanne hatte ihm während des Essens erzählt, dass sie sich mit ihrem Mann gestritten, ihm im Eifer des Gefechts sogar zugerufen hätte, dass sie sich von ihm trennen wolle. Als er fragte, ob ein anderer Mann dahinterstecke, habe sie ihm gesagt, das würde ihn nichts angehen.
Das ist ja wunderbar, dachte John, das würde seinem Plan sehr entgegenkommen. Es war ein Leichtes, Suzanne davon zu überzeugen, mit ihm in seine Wohnung zu gehen. Er wolle es nicht riskieren, dass ihr Mann doch plötzlich in der Tür stünde, und sei es nur, um zu überprüfen, dass sich auch wirklich kein anderer Mann in seiner Wohnung aufhielt. Suzanne wollte nur noch schnell ihre Tasche packen. In der Zwischenzeit inspizierte John die zahlreich versammelten Kunstwerke. Die Wohnung war in der Tat großartig. Erlesene Louis-XVI-Möbel, für die Monsieur offenbar ein Faible hatte, aufwendige eingebaute Boiserien und eine Bildersammlung, die sich sehen lassen konnte! Vor den Holzvertäfelungen sahen die Bilder wirklich beeindruckend aus. So ziemlich alle großen Impressionisten waren vertreten, von Renoir zu Monet, Pissarro, Sisley und sogar ein recht bedeutender Frédéric Bazille, eine echte Seltenheit. Es war eine

schöne Sommerszene mit badenden jungen Leuten in einem Weiher. Er erinnerte sich daran, es war vor einiger Zeit bei Christie's in London für viel Geld versteigert worden. Auch die Straßenszene von Pissarro kam ihm bekannt vor, ebenso der Renoir. Das war allerdings ein eher langweiliges Bild eines jungen Mädchens, das ihn nicht sehr beeindruckte. Das hatte Monsieur wohl mehr des Namens wegen gekauft. Offensichtlich handelte es nicht um eine geerbte Sammlung, die Bilder waren wohl nach und nach in den letzten Jahren erworben worden. Er erschrak, als Suzanne ihn plötzlich von hinten mit ihren Armen umfing und ihm zuflüsterte, sie sei jetzt soweit.

Sie fuhren in seine Wohnung im Palais Royal. Sie müssten nur etwas aufpassen, erklärte John unterwegs, er habe ein sehr eifersüchtiges Hausmädchen, das über seinen Lebenswandel wache wie ein Zerberus. Aber sie komme nicht vor Montagmorgen, da würden sie sicher sein. Zumindest hoffte John das.

Der Abend geriet dennoch nicht ganz so vergnüglich, wie sich John das gedacht hatte. Jedenfalls nicht für ihn. Suzanne hatte in ihre Übernachtungstasche ein ganzes Arsenal an Spielzeugen gepackt, wohl in Sorge, John würde sie nicht so befriedigen können, wie sie sich das wünschte. Sie war offenbar von ihren Erfahrungen mit ihrem Ehemann ausgegangen und wollte für alles vorsorgen. In der Wohnung angekommen, hatte Suzanne es sehr eilig. Sie nahm von Anfang an das Heft in die Hand, was John gar nicht recht war, eigentlich wollte er die Kontrolle behalten.

Nachdem sie ihn immer wieder dazu anhielt, die verschiedenen Instrumente an ihr auszuprobieren, verlor er die Lust und tat nur noch, was sie von ihm verlangte. Er wollte sie schließlich bei Laune halten, und außerdem, so sagte er sich, war es ja auch sein Abschiedsgeschenk! Aber bei der Sache war er nicht.

Suzanne bemerkte seine Lustlosigkeit überhaupt nicht. Sie genoss es sichtlich und war auch kaum zu bremsen, während er sich sehr mühte, mit den Gerätschaften zurechtzukommen.
Eine erschöpfte Pause nutzte John sogleich, um das Thema zu wechseln. Wortlos stand er auf, holte eine Tasche und legte sie ans Ende des Bettes. Er öffnete sie und holte einen Packen Geld nach dem anderen hervor.
»Oh Gott, was ist das?«, fragte Suzanne halb erschrocken und halb erstaunt.
»Ich habe mir erlaubt, meine Liebe, den Betrag, den du dem Verkäufer für die *Sacra Conversazione* geboten hast, zu verdoppeln. Aber ich möchte nicht, dass du dem Verkäufer mehr bezahlst, ich dachte eher daran, dass der Rest für dich sein sollte.«
Suzanne strahlte ihn an. Was für ein Gentleman! Nicht, dass sie finanziell darauf angewiesen wäre, aber es war eine wunderschöne Geste, die sie gerne annahm.
John hatte ihr vorgeschlagen, alles mit Bargeld abzuwickeln, was für ihn von Vorteil war, weil er so zumindest einen Teil der Scheine loswerden konnte, die er bei seinen letzten Aktenkoffer-Tauschaktionen eingenommen hatte. Dem Verkäufer des Bildes war es auch recht, ebenso wie Suzanne. Auf diese Weise ließ sich die gesamte Transaktion aus den Büchern des Auktionshauses heraushalten. Offiziell hatte sie das Bild an den Einlieferer wieder zurückgegeben.
Nachdem das geklärt war, konnte sich John an seine nächste große Aufgabe wagen. Er sah Suzanne in der Rolle der Hl. Lucia, die ihre schönen dunkelbraunen Augen nebeneinander auf einem Teller präsentierte.
John plante alles minutiös. Eigentlich hätte er Suzanne den Auftritt in der Rolle der Hl. Lucia gerne in Venedig vergönnt, ande-

rerseits war da jetzt Roberta, und er wollte diese beiden Welten voneinander getrennt halten. Zum anderen hatte er einen genialen Gedanken, jedenfalls hielt er ihn für ziemlich genial: John wollte dem Alten, ihrem Mann, den Mord in die Schuhe schieben. Und ohne es zu ahnen, half ihm Suzanne dabei, den Verdacht auf ihren Mann zu lenken.

Ein Wochenende später war John mit seinem Plan soweit, und das Spiel konnte beginnen.

Und wieder einmal war ihm etwas ganz Außergewöhnliches gelungen. John war sehr zufrieden mit sich und seiner neuen Schöpfung. Es war eine ganz besondere Inszenierung geworden. Ein großes Kunstwerk!

Wie geplant, war Suzannes Mann an jenem Sonntagabend von seinem Wochenendausflug zurückgekommen. Monsieur Lionel de Manisière fand bei seiner Ankunft in der Avenue Foch ein einziges Grauen vor.

Monsieur de Manisière hatte, wie er der Polizei zu Protokoll gab, seine Frau auf ihrem Bett in ihrem separaten Schlafzimmer vorgefunden. Er hatte es betreten, nachdem er sie mehrfach gerufen hatte. Sie lag auf dem Rücken, während ihr Kopf nach unten über dem Bettrand hing. Unter ihr hatte sich eine große Blutlache gebildet. In ihren Händen, die auf ihrer nackten Brust gefaltet waren, hielt sie einen kleinen Dessertteller, auf dem ihre Augen lagen. Der Täter hatte sie ihr aus den Augenhöhlen gerissen. Sie war verblutet. Um sicherzugehen, dass sie auch wirklich verblutete, hatte ihr der Täter die Kehle durchgeschnitten. Man konnte dies als einen Akt der Barmherzigkeit ansehen, um den Tod schneller herbeizuführen.

Neben ihr auf dem Bett fand man eine große Reisetasche, darin Wäsche, Kleider zum Wechseln und ihre Kosmetiktasche –

genug für eine mehrtägige Reise. Ganz unten in der Tasche fand man, in mehrere große Kuverts gepackt, eine beträchtliche Summe Bargeld, teils in Euro, teils in Dollar. Zusammen mit dem Abschiedsbrief an ihren Mann, den man auf seinem Schreibtisch fand, schien die Sache klar. Das Geld, mehrere Hunderttausend Euro und fast ebenso viele Dollar, stammte aus dem Tresor von Monsieur de Manisière. In ihrem Brief hatte sie ihm geschrieben, dass sie ihn verlassen wolle. Im Vorgriff auf die sicherlich großzügige Abfindung, die ihr zustehe, habe sie den entsprechenden Betrag aus dem Tresor genommen.

Die Herkunft der Geldscheine ließ sich leicht verifizieren: Monsieur de Manisière hatte nicht nur die Angewohnheit, stets eine höhere Summe Bargeld zu Hause zu deponieren, er ließ die Nummern der Scheine bei seiner Bank stets auch registrieren. So war es ein Leichtes, die Scheine in der Tasche seiner Frau tatsächlich als die aus seinem Tresor zu identifizieren. Der untersuchende Kommissar, dem Monsieur de Manisière von Anfang an suspekt war, hatte für diese »Marotte«, wie sie Monsieur genannt hatte, eine plausible Erklärung: Monsieur hatte sicherlich des Öfteren bezahlten Damenbesuch, und damit man die Scheine notfalls zurückverfolgen konnte, waren die Nummern der Geldscheine registriert. Aber wozu? Die Frage des jüngeren Beamten nach einigen Ungereimtheiten, warum etwa der Ehemann die Reisetasche und den Abschiedsbrief am Tatort liegen gelassen hatte, wischte der Kommissar vom Tisch mit den Worten: »Diese alten reichen Knacker, die sich ihren Sex kaufen, sind alle pervers!«

Der verwitwete Ehemann wies die Schuld weit von sich und äußerte die Vermutung, es sei ein Raubmord gewesen. Dies ließ sich schnell widerlegen: Wieso war dann das Geld noch da? Und sonst fehlte doch auch nichts? Und es war keine Tür gewaltsam geöffnet worden und ebenso wenig irgendein Fenster. Das Opfer musste also den Mörder persönlich gekannt und ihn eingelassen haben. Oder der Täter hatte einen Schlüssel! Man fand keinerlei Spuren eines Unbekannten, lediglich die Fingerabdrücke und die DNA der beiden Bewohner: die des Opfers, Madame Suzanne, und die von Monsieur de Manisière. Monsieur wurde ins Kommissariat des 16. Arrondissements gebracht. Noch am selben Abend wurde er verhört. Dort wiederholte er seine Aussage: Er sei auf dem Land gewesen, wo er wie jedes Wochenende seine erste Familie besucht habe, und bei seiner Rückkehr in die Wohnung an der Avenue Foch habe er seine zweite Frau tot aufgefunden. Nur glaubte ihm das keiner: Ihm wurde vorgeworfen, auf heimtückische und grausame Weise seine junge Frau ermordet zu haben, ja, ihr bei lebendigem Leib die Augen herausgerissen zu haben. Im Messerblock in der Küche fehlte ein Messer – offenbar das Tatwerkzeug, das er nach dem Mord hatte verschwinden lassen. Man hielt ihm zugute, dass es wahrscheinlich sein erster Mord war, sonst wäre er vermutlich geschickter vorgegangen. Das Motiv war ebenfalls klar: Eifersucht und die Angst, verlassen zu werden.

Ein Anruf bei seiner ersten Frau in der Nähe von Orléans genügte, um sein Alibi zu erschüttern. Seine geschiedene Frau erklärte, er habe das Haus bereits am späten Vormittag verlassen. Was ihm genug Zeit gelassen hätte, seine zweite Frau zum festgestellten Todeszeitpunkt am Sonntagnachmittag umzubringen, die Wohnung anschließend noch einmal zu verlassen, um dann später zurückzukehren.
Es sei korrekt, dass er das Landhaus bereits vor dem Mittagessen verlassen habe, erklärte Monsieur de Manisière, denn er wollte auf Anraten seiner Frau …

»Welcher Frau?«, unterbrach ihn der Kommissar.

… seiner zweiten Frau, sich eine Ausstellung im Musée Marmottan über den Maler Corot und seine Modelle ansehen, er habe auch noch das Ticket.

»Monsieur, das Musée Marmottan liegt in der Rue Louis Boilly, am Rand des Bois de Boulogne, genau fünf Minuten von der Avenue Foch entfernt! Das hätten Sie leicht miteinander verbinden können, das genügt als Alibi leider überhaupt nicht!«

Was der Polizei auch zu denken gab, war, dass seine erste Frau und die gesamte Familie, Töchter, Schwiegersöhne, Enkel, offenbar von seiner zweiten Frau gar nichts wussten.

»Ihre junge Frau, Ihre angetraute zweite Frau, haben Sie, Monsieur, Ihrer ersten Familie verschwiegen? Warum? Welchen Grund gab es dafür?«

Darauf konnte er nichts antworten. Er stammelte nur irgendetwas von »nicht zumutbar«, wobei es dem Kommissar nicht klar war, ob er damit meinte, er hätte dieses Geständnis seiner ersten Familie nicht zumuten können, oder ob die Worte sich auf seine jetzige äußerst missliche Lage bezogen.

»Standen Sie unter Druck von Ihrer ersten Familie? Hatten sie Ihr Geheimnis herausgefunden?«

Aber Monsieur war nicht mehr in der Lage zu antworten, er stammelte nur noch unzusammenhängendes Zeug. Er verlangte, seinen Anwalt zu sprechen, doch der war am Sonntagabend nicht zu erreichen.

Der dringende Tatverdacht, seine junge Frau ermordet zu haben, niedrige Beweggründe, besondere Grausamkeit, Fluchtgefahr – all dies genügte den Kommissaren, Monsieur de Manisière über Nacht dazubehalten. Dem Ermittlungsrichter würde er am nächsten Morgen vorgeführt werden, und da sei ja dann

hoffentlich auch sein Anwalt dabei. Mit diesen Worten führte man Monsieur de Manisière in eine Einzelzelle.
Am nächsten Tag waren die Zeitungen voll davon: »*Ein selten grausamer Mord! Bei lebendigem Leibe die Augen herausgerissen! Das arme Mädchen verbluten lassen! Welche Bestie konnte so etwas tun?*«
In den Tagen darauf verfestigte sich die öffentliche Meinung. Man war sich einig, dass der Mörder dieses jungen entzückenden Mädchens – in der Berichterstattung wurde sie immer jünger, eigentlich war sie ja bereits Mitte dreißig –, dieser netten, klugen Expertin eines Auktionshauses, niemand anders als der alte perverse Ehemann gewesen sein konnte, der sein armes Opfer auch noch zu allen möglichen Sexspielen gezwungen hatte. Denn dies kam noch dazu: Es wurde publik, dass man in der Wohnung ein ganzes Arsenal an Sexspielzeugen gefunden hatte – ein gefundenes Fressen für die Boulevardzeitungen. »Es ist typisch, dass der alte Perversling behauptet, er hätte diese Instrumente noch nie gesehen«, schrieb eine von ihnen. »Dabei hatte man sie größtenteils in seinem Nachttisch gefunden!«
Am Tag nach dem ersten Verhör durch den Ermittlungsrichter sah sich Monsieur de Manisière bereits vorverurteilt. Und am nächsten Morgen wurde er tot in seiner Zelle aufgefunden. Er hatte sich erhängt.
Die Ermittlungen wurden eingestellt und der Fall als gelöst abgeschlossen. Sowohl die Polizei als auch das Gericht interpretierten seinen Selbstmord als Schuldeingeständnis.
John war zufrieden mit sich, sein Plan war aufgegangen. Nach vollbrachter Tat war er von der Avenue Foch ins Palais Royal zurückgekehrt. Einen Plan B, für den Fall, dass Monsieur doch früher nach Hause gekommen wäre, hatte er nicht. In diesem Fall hätte John improvisieren müssen.

Aber alles war abgelaufen wie am Schnürchen. Ein paar Tage vor seiner Inszenierung hatte ihm Suzanne die *Sacra Conversazione* von Giovanni Bellini ausgehändigt. Das Extrahonorar hatte sie, John vollkommen vertrauend, vor seinen Augen in den Tresor ihres Mannes gelegt, in dem für sie ein Fach vorgesehen war. John hatte es nach seiner »Inszenierung« an jenem Nachmittag wieder an sich genommen. Stattdessen räumte er den Tresor von Monsieur leer und legte die Geldbündel in Suzannes Reisetasche, bevor er darauf Wäsche und Kleidung packte. In Suzannes Namen hatte er einen schönen Abschiedsbrief verfasst. Ihre Handschrift nachzuahmen war für ihn überhaupt kein Problem. Das hatte er lange genug geübt. Und als Letztes, bevor er die Wohnung verließ, hatte er noch all die schönen Sex-Spielzeuge in Monsieurs Zimmer verteilt.
In seiner Wohnung angekommen, stellte sich John erst einmal unter die Dusche. Dann rief er Julie an, die nur auf seinen Anruf gewartet hatte. Nun war er bereit für sie.
Es war noch viel aufregender als beim ersten Mal, da beide, sowohl Julie als auch John, bis an die Grenzen gingen. Überglücklich, aber völlig erschöpft, mit Striemen am ganzen Körper und Würgemalen am Hals schliefen sie ein.

XVI. KAPITEL

Martin Blume war verzweifelt. Der Tag, an dem er seinem Chef den Bericht abliefern sollte – mit Ergebnissen! – kam immer näher. Und er hatte keine Ergebnisse. Aber er hatte Vermutungen, dunkle Vermutungen, und die brachten ihn nicht wirklich weiter.

Er spielte seine Möglichkeiten durch, immer wieder. Wenn er tatsächlich behauptete, die Morde, zumindest der junge Mann im Park und der Russe im Hotel, wären von seinem Bruder begangen worden, würde man Beweise sehen wollen. Die hatte er nicht. Er hatte nur Vermutungen.

Nein, eigentlich hatte er mehr, er hatte Gewissheit! Niemand kannte seinen Bruder so gut wie er. Für ihn war es erwiesen, dass sein unsäglicher Bruder der Mörder war. Nur Jonas Blume, oder John Blumenstein, wie er sich lächerlicherweise jetzt nannte, mit seiner verrückten Veranlagung, mit seiner perversen Begeisterung für die Märtyrergeschichten, für die grausamen Martertode der Märtyrer, und seiner perversen Vorliebe, Mensch und Tier leiden zu sehen, und das seit ihrer gemeinsamen Kindheit – nur er kam dafür infrage. Ja, es konnte nur sein Bruder sein!

Wenn er es wirklich war, hatte sein Bruder offenbar keinerlei Spuren hinterlassen! Aber es fehlten jegliche Beweise! Alles, was Martin hatte, war sein Gespür, nein, mehr als sein Gespür: die

Gewissheit! Sollte er sagen, er war sich absolut sicher, weil er allein wusste, dass nur sein Bruder dazu fähig war, einen Mord als Inszenierung einer Heiligenlegende darzustellen? Weil er sich in seinen Bruder hineindenken konnte, weil die beiden Brüder sich oft genug gegenseitig »gesehen« hatten? Ausgerechnet er, der sich vor versammelter Mannschaft so vehement gegen jeglichen Einsatz von zweifelhaften parapsychologischen Methoden verwehrt hat? Ausgerechnet er sollte jetzt diese komplizierten Fälle mit Parapsychologie gelöst haben wollen? Weil er den Mörder »gesehen« hatte?
Und dann auch noch sein Bruder! Sein eigener Bruder! Müsste man ihn da nicht sofort von den Fällen abziehen, wegen Befangenheit? Würden sie nicht sagen, das sei ja ekelhaft, habe er irgendwelche Rachegelüste an seinen Bruder? Gab es da womöglich, tief in der Vergangenheit, in der Kindheit der beiden Zwillinge ein Familiendrama, das dringend aufgearbeitet werden musste?
Er war sich sicher: Er würde die Fälle gar nicht weiterverfolgen dürfen, er würde abgezogen werden, und seine versammelten Kollegen würden ihn auslachen. Den eigenen Bruder anschwärzen, ohne jeglichen Beweis!

Dann kamen die Berichte von dem jüngsten Fall in Paris: Eine junge Frau wurde in ihrer Wohnung tot aufgefunden, mit herausgerissenen Augen, wahrscheinlich noch bei lebendigem Leib herausgerissen. Und dann war sie elendiglich verblutet, weil der Mörder die Güte hatte, ihr außerdem noch die Kehle durchzuschneiden, und die Augen des armen Opfers lagen auf ihrer nackten Brust auf einem Dessertteller!
Man hatte den alten Ehemann beschuldigt, seine Frau umgebracht zu haben, ein Eifersuchtsdrama, und der arme alte Mann

brachte sich daraufhin in der Zelle um! Ein eindeutiges Schuldeingeständnis, so die französischen Kollegen. Fall geklärt und abgeschlossen!

Martin war fassungslos: Das gibt es doch nicht! Sieht denn hier keiner, dass es sich um eine Inszenierung handelt? Dass es eine weitere »nacherzählte« Heiligenlegende ist? Die Geschichte einer Märtyrerin, der Heiligen …?!

Martin wusste inzwischen, wo er nachsehen musste: Er gab in die Suchmaschine »Märtyrerin mit Augen« ein, und schon kam als Ergebnis die Hl. Lucia! Und klickte er auf *»Images«*, erschien eine Hl. Lucia nach der anderen, entweder als schwedische Lucia mit einem Kerzenkranz auf dem Kopf oder als Märtyrerin, die dem Betrachter ihre Augen auf einem Tellerchen präsentierte.

Es gab keinen Zweifel! »Warum sieht das niemand?«, rief er laut in den Raum.

Martin ging in seinem Büro auf und ab. Er ging hinaus, eine Runde spazieren, ging ziellos durch das angrenzende Villenviertel in Richtung Kurpark. Er achtete gar nicht darauf, wohin er ging, er lief einfach geradeaus.

»Mein Bruder! Dieser widerwärtige Mensch!«

So sehr verbiss sich Martin in den Gedanken an seinen Bruder, dass er ihn plötzlich vor sich sah: Tatsächlich, er sah ihn! Und nicht nur das. Er sah ihn in flagranti! Er sah, wie sein Bruder Jonas gerade dabei war, ein Mädchen zu strangulieren!

Es war eindeutig sein Bruder, und auch das arme Mädchen konnte er genau sehen: Sie war dunkelblond, hatte kurze Haare, sie war etwas rundlich, und sie war nackt! Er strangulierte sie, und er war kurz davor, sie umzubringen!

»Jonas! Jonas!«

Martin brüllte mitten auf der Straße aus Leibeskräften. Die

Leute sahen sich um und gingen, verständnislos den Kopf schüttelnd, weiter.
»JONAS!!«

John wachte schweißgebadet auf. Sein Bruder hatte ihn geweckt, dieser grauenvolle Martin, sein Bruder hatte ihn gerufen!
Er war gerade eingeschlafen, nachdem er mit Julie ziemlich wilde und sehr erregende Stunden verbracht hatte, die sie beide bis an den Rand des Möglichen geführt hatten.
Was wollte sein grauenvoller Bruder von ihm?
John war trotz seiner Erschöpfung hellwach. Er stand auf und ging in die Küche. Er goss sich ein großes Glas kaltes Wasser ein und trank es in einem Zug aus.
Was will er bloß von mir?
John versuchte, einen klaren Kopf zu bewahren. Er versuchte, sich auf Martin zu konzentrieren.
Was wollte er? Warum hatte er ihn aus dem Schlaf gerissen?
Wusste er etwas? Hatte er ihn womöglich »gesehen«?
Dazu war er doch gar nicht fähig. Nein, das konnte nicht sein.
Und wenn doch?
John versuchte jetzt, sich in seinen Bruder hineinzuversetzen. Er konzentrierte sich.
Martin … Martin …
Dann, nach einer Weile, sah er ihn. Er sah, wie sein Bruder ziemlich verzweifelt vor einem Berg ungelöster Fälle saß. Es ging ihm nicht gut. Was John wiederum freute.
Aber, das konnte John immerhin erkennen, auf dem Schreibtisch lagen Ordner mit der Aufschrift »Ungelöste Fälle«. Deshalb also war er so verzweifelt.
John erfasste eine schlimme Ahnung: Konnte es sein, dass seine schönen Kunstwerke als ungelöste Fälle auf dem Schreibtisch

seines Bruders lagen? Aber wie konnte sein grauenhafter Bruder darauf kommen, ihn damit in Verbindung zu bringen? Es gab keinerlei Verbindung. Oder doch? Hatte er sich an seine kindliche Begeisterung für die Heiligenlegenden erinnert?
Das konnte nicht sein oder doch?
John beruhigte sich wieder. Wenn es denn so sein sollte, sagte er sich, wenn sein Bruder ihn wirklich mit diesen Fällen in Verbindung brachte, was konnte er damit anstellen?
Martin hatte keinerlei Beweise. Er konnte ihm nichts nachweisen. Eigentlich kann er sich nur ärgern, mein sauberer Bruder!, sagte er sich. Er ahnt es, aber er kann damit nichts anfangen, rein gar nichts!
Aber es konnte ja nicht schaden, ihm einen kleinen Schreck einzujagen. Entweder über den erprobten brüderlichen Sendekanal oder vielleicht doch lieber am Telefon?
Sie hatten jahrelang nicht mehr telefoniert. Martin konnte gar nicht wissen, wie er ihn erreichen sollte, so oft hatte er in den letzten Jahren seine Nummer gewechselt. Er konnte seine Nummer gar nicht haben, nicht einmal als Kriminalhauptkommissar! Wenn er das inzwischen überhaupt war, vielleicht war er wegen Unfähigkeit nie befördert worden. Aber er, der alter Spießer, hatte sicher immer noch dieselbe Nummer!
»Ja, ich rufe ihn morgen an!«, sagte sich John. »Und dann schauen wir mal, was wir mit ihm anstellen werden …«

John trank noch ein zweites Glas Wasser und ging einigermaßen zufrieden wieder ins Bett. Er hatte für den nächsten Tag einen guten Plan.
Am nächsten Morgen ließen John und Julie es langsam angehen. Sie hatten ziemliche Blessuren von der letzten Nacht und hatten ihren Spaß dabei, sich gegenseitig zu bemitleiden. Als

Julie die Wohnung verlassen hatte, um einzukaufen und zur Wäscherei zu gehen, griff John zum Telefon.

Sein Bruder war sofort in der Leitung.

»Ja, bitte? Martin Blume hier!«

»Oh, mein ehrenwerter Bruder höchstpersönlich!«, rief John gut gelaunt. »Wo erwische ich dich denn? In deinem schönen, mit Akten voller ungelöster Fälle vollgestopften Büro?«

Die wenigen Worte genügten, um bei Martin das Fass zum Überlaufen zu bringen.

»Du wagst es, mich anzurufen, du Mistkerl, du unsäglicher Teufel, du MÖRDER!!«

Daraufhin war erst einmal Totenstille.

Doch John hatte sich schnell gefasst. Er überlegte sich sehr genau, wie er seinem Bruder antworten sollte.

»Mein lieber Bruder«, säuselte John mit zuckersüßem Ton, »dir scheint es nicht gut zu gehen? Du hast ja schon in unserer gemeinsamen Kindheit versucht, mir Dinge in die Schuhe zu schieben, die ich nie getan hatte!«

Martin musste schlucken, und John fuhr erbarmungslos fort: »Aber mich jetzt eines Mordes zu bezichtigen, geht das nicht ein wenig zu weit, mein Lieber?«

»Ich habe dich gesehen, du Wüstling!«, rief Martin wutentbrannt. »Ich habe genau gesehen, wie du ein nacktes Mädchen stranguliert hast! Du hast sie umgebracht!«

»Ach, *das* meinst du.« John musste lachen, auch ein wenig erleichtert. »Das hast du also gesehen? Du bist ja wirklich ein widerlicher Spanner! Schaust Leuten beim Sex zu?«

»Beim Sex? Das war Mord!«

»Mord? Weil du elendiglicher Spießer dir nicht ausmalen kannst, was man im Bett so alles anstellen kann! Ha, da muss ich jetzt wirklich lachen!«

»Das ist noch nicht alles, Jonas!«

Martin holte tief Luft, um das Unaussprechliche auszusprechen: »Was ist mit dem Jungen im Park, den du als Hl. Sebastian ermordet hast? Oder der Russe im Hotel, dem du den Kopf abgesäbelt hast? Als Holofernes?«

Jetzt war John wirklich sprachlos. Das konnte er nicht gesehen haben! Aber er hatte offenbar seine Schlüsse gezogen, sein Bruder kannte ihn doch offensichtlich sehr gut …

Jetzt gab es nur eines: Gegenangriff!

»Aber, aber, Herr Hauptkommissar!«, sagte John mit höchstmöglicher Ironie in der Stimme. Er konnte sich gut vorstellen, dass sein sauberer Bruder ewig auf seine Beförderung wartete. Martin versetzte das einen weiteren Stich, mitten in die Brust.

»So weit bist du also schon mit deinen Psychosen? Ich glaube, du musst wirklich mal zum Arzt, zu einem deiner Seelenklempner, so wie du auch einer hättest werden können! Nur dass du wohl selbst bald in der Klappsmühle landest, wenn es so weitergeht. Gib doch zu, das sind genau die Art von Morden, die du selbst gerne mal versucht hättest, du perverser Trottel, aber nie konntest, und die du jetzt aus Enttäuschung über dich selbst mir, deinem eigenen Bruder, in die Schuhe schieben willst!«

Angewidert fügte John noch hinzu: »Wie ekelhaft!«

Am anderen Ende der Leitung wurde es stumm. Aber John wollte nicht aufhören.

»Vielleicht hilft da ja ein anonymer Anruf in deiner Abteilung? Ihr liebt doch anonyme Anrufe bei eurer Aufklärungsarbeit, oder? Da könnte doch einer mal anrufen und sagen, man sollte sich doch mal den Martin Blume genauer anschauen! Vielleicht klärt er diese schrecklichen Mordfälle nicht auf, weil er selbst darin verwickelt ist. Weil er selbst der ekelhafte, verklemmte, perverse Mörder ist! Was meinst du, wie schnell man dich vom

Dienst suspendiert? Erst recht, wenn du behauptest, du hättest deinem armen unschuldigen Bruder dabei zugesehen? Mit deinen großartigen telepathischen Begabungen! So schnell kannst du gar nicht schauen, dass dich dein Chef hinauswirft und, besser noch, gleich in die nächste Klappsmühle einweisen lässt!«
Das saß. Martin sagte kein Wort mehr und legte auf.
John lachte. Er lachte und konnte sich kaum mehr beruhigen.
Martin verließ das Büro und ging ziellos durch die Straßen. Er weinte. Und er schwor sich, diesen unsäglichen Menschen, diesen Bruder, den er besser nie gehabt hätte, diesen Teufel zu vernichten.

XVII. KAPITEL

John ordnete sein Leben neu. Er fuhr nach London, speiste noch einmal in seinem Club und kaufte sich einen neuen Koffer für die Anzüge, Wäsche und Schuhe, die er in London zurücklassen wollte. In den Koffer für Venedig packte er als Erstes sein geliebtes Buch mit den Heiligengeschichten, die *Legenda Aurea*.

Es war ja nicht so, dass er sich ganz von London und seinem geliebten Club verabschieden würde, aber seine Aufenthalte dort würden nach seinem Umzug nach Venedig seltener werden.

Im Restaurant des Clubs genoss er noch einmal den köstlichen Smoked Salmon und danach bestellte er sich ein *rack of lamb,* das der Chef mit einer wunderbaren Kräuterkruste versehen hatte. Es kam am Stück und ließ sich zwischen den Rippenknöchelchen in einzelne kleine Koteletts zerschneiden wie Butter, innen schön saftig und rosa. Dazu die traditionelle *mint jelly*, das war für ihn *London at its best!* Die Flasche Bordeaux musste an diesem Abend schon etwas Besonderes sein, denn es war ja sozusagen sein Abschied. Nicht für immer, aber vielleicht zumindest für ein paar Monate! Er schwankte zwischen einem Château Pichon Comtesse de Lalande 1989 oder einem Château Lynch Bages 2005. Nach einigem Zögern entschied er sich für den Lynch Bages, auch wenn er die Absage an die Comtesse bedauerte. Aber vielleicht war doch der kräftigere Lynch Bages aus dem Jahr 2005 besser geeignet zum Lamm. Die Entscheidung war richtig, auch wenn er zu gerne gewusst hätte, wie sich der vielleicht elegantere und ein wenig mehr zurückhaltende Wein der Comtesse benommen hätte.

Er kam ins Sinnieren.

Warum musste er immer an Frauen geraten, die von ihren Männern derart ausgehungert waren?

Julie … die war ein besonderer Fall. Ab und zu – mehr war ja gar nicht zu verkraften, du meine Güte! Er musste nur aufpassen, dass sie ihn nicht irgendwann in Stücke riss. Die Arme war ja gar nicht zu stoppen.

Suzanne, ja, auch sie war ein besonderer Fall. Und ein Geniestreich, das mit ihrem alten Ehemann. Je länger er über den alten Herrn nachdachte, den er ja nur von einem Foto auf Suzanne Nachttisch kannte, desto mehr war er überzeugt, dass dieser alte Monsieur de Manisière ein ganz perverser, gemeiner alter Kerl gewesen sein musste. Wie kann man nur einer so netten jungen Frau so etwas antun?

Und dann Roberta. Sie war mit Sicherheit wieder ein ganz besonderer Fall. Er war neugierig, wie das sein würde, mit ihr in Venedig zu leben. Sie hatte ihm vor ein paar Tagen erzählt, er könne sich noch ein paar Tage Zeit lassen. Sie habe die anschließende Nachbarwohnung dazukaufen können und sei gerade dabei, vom Salon aus einen Durchbruch zu schaffen. Damit wäre ihre Wohnung fast doppelt so groß, und John hätte, wenn er wollte, ein eigenes Schlafzimmer und ein eigenes sehr schönes Bad, das die Vorbesitzer erst vor Kurzem eingebaut hatten. Vor allem aber hätte er ein eigenes Arbeitszimmer, sein eigenes *studiolo*, mit Blick auf den kleinen Kanal, was ihm bestimmt gefallen würde. Im Übrigen sei sie dabei, die Wohnung von

allem, was an Guido erinnerte, gründlich zu befreien! Das gefiel John sehr.
Der Abschied von Julie war ein wenig tränenreich, obgleich er ihr versicherte, er würde für sie immer da sein.
»Und Madame in Venedig?«
»Mach dir keine Sorgen, Julie. Du musst dir dein eigenes Leben aufbauen. Finde einen Mann, und wenn du mich bei meinen Besuchen in Paris immer noch sehen willst, stehe ich dir natürlich zur Verfügung.«
Er musste lächeln, denn so richtig konnte er sich Julie als verheiratete Frau nicht vorstellen, die ihren Mann mit dem Gast in der Wohnung ihrer Arbeitgeber betrog …
Aber wer weiß?
Und noch etwas musste er regeln, wenn er in Venedig ein ruhiges Leben mit Roberta führen wollte. Er musste das mit seinem Bruder in Ordnung bringen. Der Mann war eine tickende Zeitbombe. John musste ihn loswerden. Ein für alle Mal.
Vielleicht war das ja eine schöne Aufgabe für Roberta? Der perfekte Mord, weil es keine Verbindung zwischen den beiden gab, und vor allem kein Motiv. Oder vielleicht einfach nur ein tragischer Unfall? Das wollte er bei Gelegenheit ansprechen, wenn er in Venedig angekommen war.
Vor allem aber freute er sich darauf, seine Tätigkeit für den Geheimdienst zu beenden. Sicher, es war keine schwere Arbeit, und so richtig riskant eigentlich auch nicht. Ja, man hätte ihn vielleicht erwischen können, mit einem Koffer voll Bargeld. Aber das Schlimmste, das ihm dann passieren konnte, war, dass er ein Verfahren wegen Geldwäsche an den Hals bekam. Er musste dann nur für sich behalten, dass er das Geld für Botendienste von einem Geheimdienst erhielt, von dem er noch nicht einmal genau sagen konnte, welcher es war, für den er da tätig war.

Im Grunde genommen hatte er keine Ahnung, für wen er wirklich arbeitete. Das Einzige, was ihm manchmal durch den Kopf ging, war der Gedanke an Holofernes. Der war ja wohl Russe, aber für wen der gearbeitet hatte, wusste er auch nicht. Wenn die sich – wer auch immer dahinterstand – bei ihm hätte rächen wollen, hätten sie es wohl längst getan. Von seinen eigenen Arbeitgebern hatte er nichts zu befürchten, da war er sich sicher: Der Austausch der Koffer damals mit dem Russen war reibungslos über die Bühne gegangen, und für Agenten der anderen Seite interessierte sich normalerweise niemand, es sei denn, es war etwas schiefgelaufen.
Aber diese ganze obskure Tätigkeit gefiel ihm nicht mehr. Er musste das beenden. Auf das Geld war John jetzt auch nicht mehr angewiesen, er hatte als Kunsthändler ganz ordentlich verdient, und seine letzte Trophäe, seine *Sacra Conversazione* von Bellini, war ein Vermögen wert.
Er hatte das Bild in Paris seinem italienischen Kunsttransporteur übergeben. Diese Kerle waren genial. Rief man dort an und fragte nach Signore Paolo, dann wussten sie, es würde ein ganz normaler Transport werden. Fragte man aber nach Signore Jacopo, wurde einem gesagt, der Signore rufe zurück. Der meldete sich dann nach einer Weile, wohl mit einem sicheren Handy, und ließ sich den Auftrag erklären. Keine Papiere, keine Unterlagen, ein Lastwagen mit doppelten Seitenwänden, aus Italien heraus, nach Italien hinein. Signore Jacopo würde also seinen Bellini nach Venedig bringen, und dort würden Roberta und er dann entscheiden, ob sie das schöne Bild behalten oder für viel Geld verkaufen sollten.

Als John in die Wohnung in Venedig einzog, hatte Roberta es ihm so schön wie möglich gemacht. Überall standen frische Blumen, sie hatte eigens mehrere neue Vasen bei Venini erstanden, den alten Glasbläsern aus Murano. Die Wohnung war nach dem Umbau jetzt fast doppelt so groß. Da die Küchen nebeneinander lagen, nur von der Mauer zwischen den beiden Wohnungen getrennt, hatte Roberta eine große Essküche daraus gemacht, mit einer sehr gemütlichen Frühstücksecke mit Blick auf den Campo de le Becarie, wo sie die volle Morgensonne hatten. Aus einem Wohnzimmer wurde ein größeres, daran angrenzend eine Bibliothek, ein kleines *studiolo* für Roberta und ein größeres Arbeitszimmer für John. Es waren auch zwei Schlafzimmer und zwei Badezimmer da, falls sich einer von beiden zurückziehen wollte. Mit der neu dazu gekommenen Fläche war es wirklich eine sehr angenehme Wohnung geworden. Und vor allem hatte Roberta wahr gemacht, was sie John angekündigt hatte: Es war nichts mehr da, was an Guido unmittelbar erinnert hätte. Die gemeinsam erworbenen Kunstwerke hatte sie selbstverständlich dagelassen – um die wäre es auch zu schade gewesen –, darunter den kleinen Ribera. Jedenfalls war John mittlerweile überzeugt davon, dass die Darstellung des Apostels tatsächlich ein junger Ribera war, aus seinen ersten neapolitanischen Jahren, und nicht, wie zunächst geglaubt, ein Luca Giordano.

Johns Glück in Venedig war jedoch nicht von langer Dauer. Er hatte sich gerade gemütlich auf der kleinen Piazza unterhalb ihrer Wohnung, dem Campo de le Becarie, zu einem Cappuccino gesetzt hatte, um seine tägliche Lektüre des *Corriere del Veneto*, der venezianischen Regionalausgabe des *Corriere della Sera*, zu beginnen, denn er wollte ja sein Italienisch perfektionieren. Da traten zwei Männer in schwarzen Anzügen auf ihn zu, ein Kleinerer und ein Dicker, mit verspiegelten Sonnenbrillen im Gesicht. Der Dicke hatte eine schwarze Ledertasche in der Hand. Er sprach John an, auf Englisch.

Er könne in Ruhe seinen Kaffee austrinken, man erwarte ihn dann dort gegenüber, am Eingang zum Fischmarkt.
John hatte aber keine Ruhe. Wie sollte er hier in Ruhe seinen Cappuccino trinken, wenn er wusste, dass die zwei Männer da drüben auf ihn warteten? Und die wollten sich mit ihm mit Sicherheit nicht über die Qualität des Cappuccino unterhalten.
Sie nahmen ihn die Mitte und führten ihn auf einen Spaziergang über den Fischmarkt, über den Campo Bella Vienna weiter zum Campo San Giacomo di Rialto. Der Platz war voll mit Touristen, die die Stufen zur Rialto-Brücke hinaufstiegen oder herunterkamen. Die drei Männer fielen also nicht weiter auf.
Die Unterhaltung verlief alles andere als erfreulich.
»*Mr. John, you were not going to leave us, as we were told?*«, fragte der Dicke.
Die beiden Männer meinten es ernst. Es war ziemlich klar, was ihm die Herren in freundlichem, höflichem Ton eröffneten: Sollte er sich weigern, weiter für die Organisation zu arbeiten und bei Bedarf zur Verfügung zu stehen, könnte ihn oder seine neue Signora bald ein bedauernswerter Unfall ereilen.
»In Venedig stirbt es sich sehr leicht und sehr schnell«, fügte der andere Mann hinzu. John wollte noch etwas sagen, aber er kam nicht dazu. Der Dicke drückte ihm die schwarze Ledertasche in die Hand.
»In dieser Tasche, Sir, befindet sich ein Handy, mit dem wir sie erreichen können, jederzeit. Denn sie sollten wissen, dass sie keine Sekunde unbeobachtet sind. Und das schon seit Längerem. Seit sie unseren Freund Mischa so schön enthauptet haben!«
John wurde leichenblass. Sie wussten es also. Sie wussten es die ganze Zeit!

»Und die arme kleine Suzanne … Aber richtig, das waren Sie ja gar nicht, das war ihr böser, alter, perverser Ehemann!«
John wurde es schlecht und dann musste er sich übergeben. Aber auch das fiel im Trubel der vielen Touristen nicht weiter auf.
»Ist Ihnen nicht gut? Vielleicht haben Sie zu viel getrunken oder einen schlechten Fisch gegessen«, erwiderte der Kleine, John bemitleidend.
John war verzweifelt. Sie wussten alles. Sie hatten ihn in der Hand …
»Was wollen Sie von mir?«, fragte er mit leiser Stimme.
»Nicht viel, Sir«, antwortete der Dicke. »Sie werden in der Tasche außer dem Telefon auch eine Waffe finden. Eine kleine Glock 43 mit Schalldämpfer und einem gefüllten Magazin, das brauchen Sie nur einzuklicken. Für den Fall, dass Sie noch vor Ihrem Einsatz üben wollen, stehen wir selbstverständlich zur Verfügung. Wir haben da einen kleinen Übungsplatz, nicht weit von hier, nur zehn Minuten mit dem Boot.«
John war sprachlos. Nur langsam fand er seine Stimme wieder.
»Das heißt, Sie wollen, dass ich jemanden für Sie umbringe?«
»Nur ruhig, Mr. John! Wie hässlich, so etwas auszusprechen!«
»Sagen wir mal so«, ergänzte der Kleine. »Wir würden Sie höflich bitten, uns einen Gefallen zu erweisen.«
»Und ich habe keine Wahl?«, war seine zögerliche Frage.
»Nicht wirklich«, so die schnelle und resolute Antwort.
»Jetzt überlassen wir Sie erst mal Ihrem neuen häuslichen Glück«, rief der Dicke zum Abschied, »und dann melden wir uns wieder, wenn es soweit ist.«
»Aber vergessen Sie nicht: Wir haben Sie und die Signora immer im Auge!«, ergänzte der Kleine.
Und sie verschwanden so schnell, wie sie gekommen waren.

John war verzweifelt. Was sollte er tun? Er ging so schnell er konnte in die Wohnung zurück. Roberta sah von ihrer Lektüre auf und erkannte sofort seine Gemütslage.
John setzte sich hin, und nach einem Glas Wasser begann er zu erzählen. Seine ganze Geschichte, von Anfang an, und er ließ nichts aus, außer bei seinen Erlebnissen mit den Damen, da fand er, dass die Details überflüssig waren.
Roberta saß neben ihm und hielt ihm die Hand. Sie empfand sich als der glücklichste Mensch der Welt. Sie hatte einen Mann gefunden, der klug war, interessant und außergewöhnlich. Und den sie zu lieben glaubte. Vielleicht war es sogar ihre erste wirkliche Liebe überhaupt. Nun gut, er hatte da wohl ein paar Dinge gemacht, die im normalen Leben so nicht unbedingt vorkamen, aber sie fand, das machte ihn nur umso liebenswerter. Und nach allem, was er ihr erzählt hatte, schien er ehrlich zu sein.
Als er am Ende seiner Geschichte angelangt war und Roberta den Inhalt der schwarzen Tasche zeigte, fiel sie ihm um den Hals und küsste ihn.
»John, mein Liebster! Wir waren bereit, Guido zu töten, und die Arbeit hat man uns abgenommen, also nehmen wir halt einen anderen, was macht das für einen Unterschied?«
John war erstaunt über diese Reaktion. Gleichzeitig war er zutiefst erfreut und erleichtert.
»Roberta, du bist unglaublich!«
»Komm, John, lass uns in die Accademia gehen, und anschließend zum Mittagessen, da werden wir auf andere Gedanken kommen!«
John wusste, er hatte seine perfekte Komplizin gefunden.

Ein paar Tage später kam der Anruf. Er traf sich am Eingang zum Fischmarkt mit einem der beiden Männer von neulich, dem Dickeren.

Der Plan war einfach und unmissverständlich. Ein Boot würde ihn neben der Vaporetto-Station an der Rialto-Brücke abholen. Dort würde man ihm ein Hörgerät ins Ohr stecken, über das er die Befehle erhielt. Sein Einsatz fände vor einem Palazzo statt. Anschließend würde man ihn an der Piazza San Zanipolo aussteigen lassen. Falls er als Ausländer nicht wüsste, wer oder was San Zanipolo ist: Santi Giovanni e Paolo, das würde er ja wohl kennen, dort habe er ja mit seiner neuen Liebsten neulich zu Mittag gegessen!

John war sprachlos, aber es gab kein Entkommen.

Das Ganze ging sehr schnell.

Sein Ohrhörer sagte ihm, auf welchen Mann er zu schießen hatte: ein Mann im blauen Anzug, der gerade aus einem Palazzo kam. John schoss aus nächster Nähe, wie befohlen. Er hatte perfekt getroffen, mitten in die Brust, dank dem Schalldämpfer hatte es nur leise »Plopp« gemacht. Der Mann sank zu Boden und war offensichtlich sofort tot. Sein Boot brauste mit dem Fahrer, der sich sehr gut auskannte, schnell davon. Er wurde aufgefordert, das Hörgerät, das Handy und die Waffe auszuhändigen. Der Fahrer des Bootes ließ alles schnell und unauffällig im Kanal verschwinden.

»Man wird Sie sicherlich finden, wenn man Sie das nächste Mal braucht, Signore, aber ich denke, Sie haben sich jetzt erst mal einen Urlaub verdient!« Mit diesen Worten ließ er John bei Giovanni e Paolo aussteigen.

»Vergessen Sie Ihre Tasche nicht, Signore!«

Der Mann reichte ihm die schwarze Tasche. Als John sie, zu Hause angekommen, öffnete, fand er einen ordentlichen Packen Bargeld darin.

Am nächsten Morgen saß John mit Roberta auf der kleinen Piazza und las die Zeitung. Er hatte sich neben dem *Corriere del Veneto* auch die *Repubblica* und *La Stampa* besorgt. Die Schlagzeilen waren fast identisch: *»Deutscher Konsul in Venedig von Unbekanntem erschossen!«*
Zum Hintergrund des Mordes wurde nichts berichtet, der Polizeichef von Venedig bedauerte, dass es keinerlei Hinweise gab, die zum Täter oder zu den Tätern führten. Es gäbe lediglich Hinweise, dass sich ein Taxiboot sehr schnell vom Ort der Tat, hinter dem Palazzo der Ca' Rezzonico, am Canal de San Barnabá in Richtung Canal Grande wegbewegt hätte, weiter wisse man nichts. Man munkelte, dass der deutsche Diplomat auch geheimdienstlich tätig gewesen sei.
Sogar die *International New York Times* widmete dem geheimnisvollen Mord an dem deutschen Diplomaten einen Bericht auf der ersten Seite. Die deutschen Zeitungen waren bestimmt auch voll davon, aber die wollte John nicht auch noch lesen.
»Mein lieber John, das hast du wunderbar gemacht«, rief Roberta. »Ich bin stolz auf dich!« Sie umarmte ihn. »Komm, lass uns zum Lido fahren.«
John war etwas verdutzt, aber glücklich über ihre Idee. Sie packten eine kleine Tasche mit Badesachen, gingen zu Fuß über die Rialto-Brücke und immer den Touristenströmen nach in Richtung San Marco. Dort gingen sie zum *Imbarcadero* für die Boote, die zum Hotel Excelsior auf den Lido fuhren.
Das Wetter war wunderbar. Die große Hitze war vorbei, aber die Sonne schien und es war ein herrlicher Tag! Sie standen, Hand in Hand, hinter dem *capitano* – bei dieser Gelegenheit lernte John, dass man nur den privaten Fahrer *autista* nannte – und genossen den Fahrtwind. An San Giorgio Majore vorbei ging es auf die Lagune hinaus, an den kleinen Inseln vorbei, und

dann bog der *capitano* auch schon unter einer niedrigen Brücke – »*attenti, signori!*« – in den schmalen Canal auf den Lido ein, der zum Hotel Excelsior führte.
Sie gingen durch die kühle Hotelhalle direkt hinaus zum Strand, wo der freundliche *ragazzo*, der für die Handtücher und die Zelte verantwortlich war, sie freundlich in Empfang nahm.
»Benvenuta, Signora Roberta! Wir haben Sie lange nicht gesehen. Und willkommen Signore …«
»John«, stellte Roberta ihn vor.
»Selbstverständlich, Signore John!«
Nach einer höflichen Begrüßung führte er sie zum Zelt.
»Alles ist schon bereitgestellt, Signora Roberta!«
Als sie das Zelt betraten, war zwischen den Liegestühlen ein Weinkühler vorbereitet mit einer Flasche Champagner.
Auf seinen fragenden Blick hin sagte Roberta: »Na, wir müssen doch feiern!«
Was genau sie eigentlich feiern sollten, war John zwar noch nicht ganz klar, aber Roberta hatte sicher recht …

XVIII. KAPITEL

John hatte sich an sein neues venezianisches Dasein schnell gewöhnt, er genoss seine Zeit. Nach ein paar Wochen des Zusammenlebens hatten sich Roberta und John verlobt. Die »Organisation« hatte ihn seit der Geschichte mit dem Botschafter in Ruhe gelassen. Roberta schien es fast zu bedauern, sie sehnte sich nach ein wenig Abwechslung. Das Leben floss langsam dahin, wie das Wasser in den Kanälen der Lagunenstadt.

Unter seinem *studiolo,* das Roberta mit viel Geschmack für ihn eingerichtet hatte, hörte John das leise Plätschern des kleinen Kanals, des Rio de le Becarie, der für größere Motorboote zu eng war. Ab und zu suchten einige Ruderboote oder Gondeln ihren Weg zur Anlegestelle des Fischmarktes oder sie zogen auf den Grand Canal weiter.

An der Wand zwischen den beiden Fenstern hing nun die *Sacra Conversazione* von Bellini. Es war ein aufregender Moment, als die Kunsttransporteure das Bild in die Wohnung getragen und ausgepackt hatten und Roberta und er endlich gemeinsam vor dem Bild standen. Roberta besah sich gleich das kleine Musikinstrument des musizierenden Engels, die *Rebec* mit dem Löwenkopf.

»Genial!«, rief sie aus.

Die Begeisterung war groß. Sie beschlossen sogleich, das Bild nicht mehr verkaufen zu wollen und sich stattdessen selbst an dem Schatz zu erfreuen. Roberta wollte – als vorsorgliche Maßnahme – das Bild in das Verzeichnis der Kunstgegenstände ihrer Familie aufnehmen, um eine Provenienz zu kreieren. Man wusste ja nie, ob man nicht doch eines Tages in die Situation kommen würde, das Bild zu verkaufen, und dann käme eine lückenlose Provenienz sehr gelegen. Also schob man das Bild in den ehemaligen Besitz der mütterlichen Großmutter, somit war der Bellini bis ins frühe 20. Jahrhundert in ihrer Familie nachzuverfolgen. Roberta hatte von diesem Kunstfälscher in Deutschland gehört, der Provenienzen für gefälschte Bilder besorgte, indem er alt aussehende Fotos herstellte, auf denen man die betreffenden Gemälde gut erkennen konnte.

So etwas könne man mit dem Bellini doch auch machen, schlug Roberta vor. Dabei war es sicher hilfreich, dass Roberta ihrer Großmutter recht ähnlich sah. Irgendwo musste auch noch ein alter Koffer sein, in dem man die schönen Kleider der Großmutter aufbewahrte.

»Weißt du, John, meine Großmutter hat immer gesagt, es gibt nur zwei Arten von Menschen: die Aufheb-Menschen und die Wegwerf-Menschen. Wir gehören ohne Zweifel zur ersten Kategorie!«

Sie stellten das Foto nach, und John ließ es bei nächster Gelegenheit in London auf Antik trimmen und auf altem Papier abziehen. Darin waren die Engländer immer noch am besten.

Das war ja auch durchaus schlüssig, denn Bellinis *Sacra Conversazione* war ja wohl ursprünglich ein privater Hausaltar mit Stifterfiguren, und in einer alten venezianischen Familie war der Besitz eines solches Bildes etwas ganz Normales. So legte sich das Paar die Geschichte ihres Bellini zurecht.

Roberta lernte durch ihren neuen Partner ihre eigene Stadt neu kennen. Sie besuchten nach und nach die Kirchen mit ihren

Schätzen, die prächtigen Paläste der Scuole, der gemeinnützigen Bruderschaften, die mit Bildern von Tizian, Tintoretto und Tiepolo ausgestattet waren. Und sie waren bei befreundeten Familien in deren Palazzi eingeladen, wo sie die Fresken bewundern konnten, die der Öffentlichkeit verschlossen waren. John konnte den Ballsaal des Palazzo Labia bewundern, mit den schönsten Fresken von Tiepolo, einen Palazzo im Eigentum der Fernsehstation RAI, der nur schwer zugänglich war.

Mit der Zeit entwickelte sich John zu einem Kenner der venezianischen Malerei.

»Venedig kann man nur lieben oder hassen«, erklärte ihm Roberta. »Wir Venezianer neigen manchmal eher dazu, Venedig zu hassen, und versuchen von dort wegzukommen, um unser persönliches Trauma hinter uns zu lassen, das uns diese verrückte Stadt auf die Seele drückt. Wir haben in dieser Stadt keine Gegenwart, wir leben nur von der Vergangenheit! Aber vielleicht muss das auch so sein, wenn man eine derart prachtvolle und einzigartige Vergangenheit hat. Aber mit der ganzen Pracht war es ja eigentlich schon zu Ende, als wir unsere Selbstständigkeit verloren, unter Napoleon, und dann unter den Österreichern!« Roberta redete sich in Fahrt. »Dieses anachronistische Leben, das kein echtes Leben mehr ist, sondern nur noch dazu dient, eine verfallende Kulisse für Touristen vorzugaukeln! Noch dazu versinkt die Stadt von Jahr zu Jahr mehr im Sumpf der Lagune, die Gerüche werden immer schlimmer. Da ist es ja fast schon erholsam, wenn der Fischmarkt seine Düfte auf unsere kleine Piazza herüberwehen lässt.«

Roberta konnte sich in Rage reden, wenn sie schlechter Laune war. Doch dann sah sie John liebevoll an und sagte: »Nachdem du nun aber offensichtlich beschlossen hast, diese Stadt mit ihren Verrücktheiten zu lieben, muss ich wohl beschließen,

Venedig auch zu lieben. Aber du musst mir eins versprechen, *amore*!«

John war guter Laune und wollte sich von Robertas venezianischer Depression nicht anstecken lassen.

»Ich verspreche dir, was du willst!«

»Sei nicht unvorsichtig!« Sie setzte eine ernste Miene auf. »Du musst mir versprechen, dass wir verreisen, wenn es hier scheußlich wird. Im Winter, wenn sich die Nebelsuppe über die Stadt hängt, dass man nichts mehr sieht und wirklich depressiv wird, und im Sommer, wenn die Touristen überhandnehmen!«

»Das kann ich dir gerne versprechen, aber seitdem ich hier bin, habe ich festgestellt, dass wir uns die Stadt mit den Touristen ohnehin teilen müssen. Es wird nur dann ein wenig leerer, wenn das Wetter scheußlich ist.«

Doch dann hörte John einen ihm unbekannten Klingelton, und es war mit der Ruhe vorbei. Ein Anruf auf dem Handy, das ihm die beiden Männer der »Organisation« in die Hand gedrückt hatten! John wurde kreidebleich. Die resolute Stimme am Telefon beorderte ihn für einen der folgenden Tage wieder an die Rialto-Brücke, wo ihn ein privates Boot aufnehmen würde. Dieses Mal sagte er nichts zu Roberta. Er wollte den Auftrag ablehnen und er fürchtete, Roberta würde ihn davon abhalten wollen, dies zu tun.

Zur verabredeten Stunde begab sich John an die Anlegestelle unterhalb der Rialto-Brücke. Die beiden Männer, die er schon kannte, und ein *autista* warteten bereits auf ihn. John bestieg das Boot und wurde in die Kabine geführt. Als er auf einer der langen Bänke Platz genommen hatte, setzte sich der Dicke ihm gegenüber, während der andere an der Kabinentüre stehen blieb. Sie stellten eine schwarze Tasche neben ihn auf die

Sitzbank. John warf einen kurzen Blick hinein und erkannte eine Pistole und ein Paar Ohrhörer wie bei seinem letzten Einsatz.
John wollte aufstehen, aber der Mann an der Kabinentür kam ihm einen Schritt entgegen und drückte ihn wieder zurück auf seinen Sitz.
»Ich will das nicht machen«, protestierte John.
»Was reden Sie da, Sie kennen ja Ihren Auftrag noch gar nicht!« Der Dicke beugte sich vor und sprach sehr leise, aber umso eindringlicher, wobei er John fest ihn den Blick nahm. »Ich schlage Ihnen vor, Sie hören sich erst mal an, was wir zu sagen haben, bevor Sie Unsinn reden!« Beim Wort »Unsinn« erhob er die Stimme.
John nahm seinen ganzen Mut zusammen. »Ich will das nicht! Sie können mich nicht dazu zwingen!«
Und er stand auf. Dieses Mal ließ ihn der zweite Mann vorbei. John stieg eilig aus dem Boot und eilte mit schnellen Schritten in Richtung Mercato. Als er sich umdrehte, sah er keinen der Männer hinter sich.
John lächelte. Er hatte sich durchgesetzt! Das wäre ja zu lächerlich, sich derart einschüchtern zu lassen! Erleichtert erreichte er das Haus und schloss die Eingangstür auf. Doch im Treppenhaus traf es ihn mit voller Wucht. Völlig unvorbereitet erhielt einen Faustschlag in die Magengrube, der ihn auf die Knie zwang. Die beiden Männer halfen ihm hoch und schleppten ihn nach oben zur Wohnungstür.
Wie hatten diese Bastarde das geschafft? Diesen Gedanken konnte er gerade noch fassen. Wahrscheinlich waren sie um die Ecke in den kleinen Kanal gefahren, hatten ihn auf dem Wasserweg überholt und sich vor ihm ins Haus geschlichen. Er war fest im Griff des Dicken und konnte sich nicht rühren. Wäh-

renddessen hatte der andere sich Johns Schüsselbund gegriffen und die Wohnungstür aufgeschlossen.

»*Amore*? Bist du wieder zurück?«, rief Roberta vom Wohnzimmer aus.

»Wir bringen Ihnen Ihren Mann zurück, Signora Scolari!«.

Roberta erschrak, die Stimme war ihr unbekannt. »Wer sind Sie, und was wollen Sie von uns?« Entrüstet trat sie den Männern entgegen. Jetzt erst sah sie, wie John sich unter dem festen Griff des dicken Agenten krümmte.

»Lassen Sie sofort meinen Mann los!«, rief sie resolut.

»Ich dachte, Sie sind noch nicht verheiratet, Signora?«, entgegnete der Dicke.

»Aber wir haben es vor! Im Übrigen geht Sie das gar nichts an. Was wollen Sie hier überhaupt?«

Jetzt ließ der Mann John los und stieß ihn auf das Sofa, sodass er neben Roberta zu sitzen kam.

»Was wollen Sie von mir?«, keuchte John.

»Das wissen Sie ganz genau, Signore John!«, sagte der Kleine süffisant, der bis dahin geschwiegen hatte. »Sie verweigern sich uns. Sie wollen nicht mehr mit uns zusammenarbeiten. Das ist für Sie eine unangenehme Situation.«

John fasste wieder etwas Mut. »Und warum unangenehm?«

»Sie haben nur eine kleine Kostprobe davon erfahren, wie unangenehm wir sein können.« Er ging einen Schritt auf John zu.

»Wagen Sie es nicht, meinen Mann noch einmal anzufassen!«, brüllte Roberta.

Verblüfft über diese heftige Reaktion der Signora blieb der Mann stehen.

»Zeig ihnen, was wir haben«, rief der Dicke.

Der Kleine zog ein Tablet aus seiner seitlichen Sakkotasche und stellte das Gerät vor Roberta und John auf den Couchtisch, wobei er achtlos eine kleine Renaissancebronze auf die Seite schob.

»Na los!«, rief der andere.

John und Roberta konnten es nicht fassen: Gefilmt von der gegenüberliegenden Seite eines Kanals, war ein Boot zu sehen, das soeben angedockt hatte. Aus einem Palazzo trat ein Mann, der mit eiligen Schritten an dem Boot vorbeiging, als ein Mann aus der Kabine des Bootes trat und, vollkommen unvermittelt, aus nächster Nähe dem Mann in die Brust schoss, worauf dieser zusammenbrach. Als sich der Schütze umdrehte, um wieder in die Kabine zu steigen, war er klar und deutlich zu erkennen: Es war John!

»Nein!«, rief John entsetzt, während Roberta in sich zusammensank. Mit leeren Augen saß sie da und brachte keinen Ton heraus.

»Na, wie hat Ihnen unser kleiner spannender Film gefallen?«, fragte der Dicke.

Es war Roberta, die nach einigen schweigsamen Sekunden als Erste die Sprache wiederfand. Sie räusperte sich und wandte sich dann an John.

»John, *carissimo*, das ist leider nicht gut.«

Die Männer nickten etwas verwundert, und noch verwunderter reagierten sie, als sich Roberta an sie wandte.

»Wissen Sie, ich kann meinen Mann verstehen, wenn er die Schnauze voll hat von Typen wie Ihnen. Sie setzen ihn derart unter Druck, auf eine Art und Weise, die nicht akzeptabel ist! Das Beste wäre, Sie würden uns einfach in Ruhe lassen!«

Die beiden Männer grinsten.

Aber Roberta kam gerade erst so richtig in Fahrt: »Aber Sie können uns wahrscheinlich nicht in Ruhe lassen, denn Sie sind ja nichts anderes als kleine dumme *salsicce senza pelle que neanche servano per il arrosto*!«

John saß mit offenem Mund neben ihr. Er musste ein Schmunzeln unterdrücken. »Ein Würschtel ohne Haut, noch nicht mal zum Grillen gut genug«, diesen Ausdruck hatte er noch nicht gehört.

Aber Roberta fuhr fort: »Wenn Sie mir wenigstens Ihren Auftraggeber bringen würden, dann könnte ich ihm persönlich meine Meinung sagen, stattdessen schickt er zwei kleine Trottel! Wenn Sie glauben, Sie können so mit mir und meinem John umspringen, dann haben Sie sich aber getäuscht!«

John war voller Stolz auf Roberta und setzte sich etwas aufrechter auf seinem Platz.

Der Dicke fasste sich als Erster, während der andere noch etwas ungläubig vor sich hinstarrte. Sie waren es offenbar nicht gewohnt, sich von einer Frau die Leviten lesen zu lassen.

»Ähem«, räusperte er sich, »sind Sie jetzt fertig?«

»Erst, wenn Sie mir sagen, für wen Sie arbeiten, und ob Ihr Boss bereit wäre, sich mit uns treffen, um die Lage zu besprechen. So wie Sie sich das vorstellen – uns hier auflauern, uns eine Pistole in die Hand zu drücken und dann zu erwarten, dass wir einfach mal so Ihre Befehle ausführen: das können Sie sich abschminken!«

John konnte es nicht fassen. Roberta hatte die Situation vollkommen im Griff. Und die Männer wussten nicht, wie sie auf dieses ihnen unbekannte Spielchen reagieren sollten. Dennoch war es riskant, die Männer hatten die Waffen. Die Tasche mit der Pistole lag auf der anderen Seite des Raumes und das Magazin mit Sicherheit, so wie beim letzten Mal, gleich daneben.

Aber Roberta war noch nicht fertig. »Sagen Sie Ihrem Boss, wenn Sie überhaupt Mumm in Ihren schwachen Knochen haben, dass er mit uns reden kann. Wir sind durchaus bereit, mit ihm zusammenzuarbeiten, aber nicht so, wie Sie sich das vorstellen. Wir lassen uns nicht behandeln wie Lakaien. Wenn Ihr Boss unsere Mitarbeit will, dann bitte mit offenem Visier und nach persönlichem Gespräch. Also sagen Sie ihm das und verschwinden Sie!«

Nach dieser Ansage war es totenstill im Raum. John zuckte zusammen, als der Dicke in die Sakkotasche griff, aber er holte nur sein Handy heraus, wählte eine Nummer und drehte sich um. Er ging ein paar Schritte weiter in den Eingangsbereich der Wohnung, so dass John und Roberta nicht hören konnten, was er sagte.

Dann kehrte er wieder zurück, winkte den Kleineren zu sich und sagte: »Also gut, ich habe mit dem Chef gesprochen. Er ist einverstanden, sich mit Ihnen zu treffen und alles Weitere zu besprechen.«

Er wandte sich noch einmal um: »Das heißt aber nicht, dass Ihr uns jetzt los seid!«

John wollte antworten, aber Roberta fiel ihm ins Wort: »Sagen Sie Ihrem Chef, das ist ganz in Ordnung, wir wollen nur andere Arbeitsbedingungen!« Dann fügte sie noch hinzu: »Und Ihr beiden müsst euch wirklich mal Anstandsregeln überlegen, denn mit Rüpeln geben wir uns nicht ab!«

Als der Kleine erneut einen Schritt auf Roberta zugehen wollte, hielt ihn der Dicke davon ab: »Ist schon gut, wir sollen zum Boss!«

Wortlos verließen sie die Wohnung. Roberta und John blieben noch eine Zeit lang still nebeneinander auf dem Sofa sitzen.

John seufzte auf und wollte etwas sagen, aber wieder kam ihm Roberta zuvor: »Na, das war ja was!«

»Du warst unglaublich!«, stammelte John.

»Weißt du, John, man darf sich nichts gefallen lassen. Außerdem bin ich der Meinung, dass uns ein wenig Abwechslung gut tut, warum also nicht ab und zu einen kleinen Auftrag ausführen?«
John war sprachlos.
Aber Roberta gab sich unbeirrt. »Also mir jedenfalls macht es nichts aus, und wenn wir uns mit dem ominösen Auftraggeber auf einen *modus vivendi* einigen, als Partner auf Augenhöhe, dann finde ich das sogar höchst interessant! Was hat der eine Typ zu dir gesagt: In Venedig stirbt es sich sehr leicht und sehr schnell? Da ist was dran.«
Roberta sah John an und lächelte. »Weißt du was? Bevor du mich hier weiter dämlich anglotzt, gehen wir lieber etwas essen. Ich glaube, in der Madonna müssten sie die ersten weißen Trüffel haben. Da hätte ich jetzt richtig Lust drauf!«
John war beeindruckt. Roberta war mit dieser schwierigen Situation auf unglaubliche Weise fertig geworden. Das hätte er nicht von ihr gedacht! Sie schien die ganze Sache überhaupt nicht bedrohlich, sondern ganz im Gegenteil richtig aufregend zu finden.
Er war so stolz auf sie.

XIX. KAPITEL

Der Tag war gekommen, den ihm sein Chef als letzten Termin zur Auflösung der Fälle in seinem Giftschrank gesetzt hatte. Aber Martin hatte nichts, er war keinen Schritt weitergekommen. Er wusste genau, dass sein missratener Bruder hinter den grausamen »Inszenierungen« stand, dass nur er es sein konnte.

»Ich weiß es!«, rief er laut in seinem Büro. Die Kollegen in den angrenzenden Räumen verdrehten nur noch die Augen. Keiner hier nahm ihn noch ernst.

Der junge Mann in London, der Russen hier, in ihrer Nähe, und schließlich das arme Mädchen, das in Paris auf so grausame Weise ermordet worden war. John war es! Er wusste es.

Aber es nutzte ihm nichts. Er konnte es nicht beweisen. Als er zum Chef gerufen wurde, kam Martin gar nicht dazu, irgendetwas zu sagen, seine Vermutung, nein, seine Gewissheit über diese brutalen Morde zu äußern. Ein letztes Mal musste er sich von seinem Chef den Kopf waschen lassen: Er sei unfähig und hätte schon längst gefeuert werden müssen. Sein Beamtenstatus rettete ihn vor der Entlassung. Er war beurlaubt, bis auf Weiteres, bis seine Vorgesetzten einen anderen Job für ihn gefunden hatten.

»Ich muss weg, in eine andere Stadt«, murmelte Martin vor sich hin, während er seinen Schreibtisch räumte. Dann der letzte

Gang, der noch erniedrigender war als alles andere: Er musste persönlich, wie ihm befohlen worden war, alle seine Unterlagen im Archiv abgeben. Mit einem lauten Knall ließ er den ganzen Stoß Akten auf den Tisch fallen und ließ den Archivar staunend zurück, ohne ihn eines Blickes zu würdigen.

Soll sich doch der nächste Idiot mit diesen Fällen beschäftigen! Nie würden sie herausbringen, was er wusste!

Zurück in seinem Büro gab er seinem Gummibaum einen letzten Schluck und stellte ihn auf den Gang neben die Kaffeemaschine. Wortlos nahm er seine Tasche und verließ das Dienstgebäude.

Von den ihm so verhassten Kollegen wollte er sich nicht verabschieden. Er konnte sich das hämische Gelächter hinter seinem Rücken gut vorstellen. Endlich ist dieser schreckliche Blume weg! Der hatte doch schon immer eine Macke …

Martin schob die Gedanken von sich. Sie sind mir alle vollkommen egal! Ich will nichts mehr wissen. Als er dann schließlich mit seiner leeren Aktentasche auf dem Schoß im Bus saß, wurde er sehr nervös. Er biss sich auf die Backenzähne, dass es krachte, und sein ganzer Kopf zuckte dabei. Sein »Schluckauf« hatte sich wieder gemeldet. Wie damals, als sein Bruder zu ihm sagte, er würde sich ja doch nicht trauen, dem Vogel, den er fest mit einer Hand umklammert hatte, den Kopf umzudrehen.

Dieser Schluckauf, der ihn in besonderen Momenten ereilte und immer dann, wenn er es gar nicht gebrauchen konnte, war eigentlich mehr ein Zucken. Er begann mit einem Flattern des linken Auges, das er versuchte loszuwerden, indem er den Kopf heftig bewegte, was aber das Flattern noch weiter außer Kontrolle geraten ließ. Dann versuchte er es mit den Zähnen. Er biss die Zähne so fest aufeinander, dass ihm der ganze Kiefer schmerzte.

Manchmal setzte dann tatsächlich ein echter Schluckauf ein, den er oft erst nach einiger Zeit mit mehrmaligen Versuchen, die Luft anzuhalten, bezwingen konnte. Dann war sein sonst blasses Gesicht feuerrot.
Du Feigling, du Idiot, du Versager, du Loser!
Das waren die Lieblingsattribute, mit denen ihn sein ekelhafter Bruder so gerne betitelte. Bei jeder Gelegenheit. Aber jetzt würde er es ihm heimzahlen. Jetzt wollen wir doch mal sehen, wer … Martin konnte seinen Gedanken nicht zu Ende denken, das Zucken hatte seinen finsteren Gedanken unterbrochen. Er versuchte, wie früher als Kind, den Atem anzuhalten, so wie man es tat, um einen Schluckauf zu bekämpfen. Nur half es nichts. Das Zucken, das Knirschen mit den Zähnen, das hatte er nicht im Griff, es kam immer wieder, wann immer es wollte. Wie oft hatte er sich deswegen von seinem Bruder auslachen lassen müssen! Ah, du hast wieder deinen schönen Zitterich?
»Ich hasse ihn!«
Martin hatte so laut gerufen, dass sich die Leute im Bus verwundert zu ihm herumdrehten. Er verkroch sich in seine Ecke am Fenster und gab sich seinem Schluckauf hin.
Was sollte er seiner Berti sagen? Er wusste schon, was sie zu ihm sagen würde: »Du Versager! Wie willst du die Familie ernähren, was sollen deine Kinder ihren Freunden erzählen, wenn sie hören, dass ihr Vater bei der Polizei gefeuert wurde?«
Dieser Mistkerl! Der ist an allem schuld, dachte Martin. Der soll endlich dafür büßen, dass er mir mein ganzes Leben ruiniert hat! »Ich werde mich rächen«, rief er halblaut, »ich werde mich so rächen, wie er es nie für möglich gehalten hätte.«
Er ballte die Faust unter seiner Aktentasche.

Zu Hause angekommen, war er froh, dass Berti nicht da war, es war ja erst später Vormittag, die Kinder waren in der Schule und Berti wahrscheinlich einkaufen.
Martin beschloss, gleich wieder wegzufahren. Er zog sich um, schlüpfte in seine Jeans und seine Lodenjacke und packte seine Reisetasche: Wäsche zum Wechseln, Waschzeug, schwarze Sportschuhe. Er hatte seine Dienstwaffe noch bei sich, eine Walther PPK, die steckte er auch in die Tasche und ein paar Packungen Munition.
Er beschloss, zur Jagdhütte eines befreundeten Hauptkommissars in den Taunus zu fahren, dort würde er allein sein, unter der Woche war er da erst mal sicher.
Martin fand den Schlüssel, den sein Kollege hinter einem Fensterladen versteckt hatte, schloss auf, machte sich einen Kaffee und setzte sich auf die Bank neben der Tür.
Er dachte darüber nach, was ihm geschehen war, und schüttelte den Kopf. »Leider kann ich Sie nicht feuern«, hatte der Chef gesagt. »Aber ich kann Sie zur Verkehrspolizei versetzen lassen, Streife fahren!«
Wütend warf er einen Stein nach einem Baum.
Sein Bruder war schuld. An allem! Seit ihrer Kindheit!
Diese grauenvolle Haushälterin, die nur ihn verhätschelte! Stundenlang konnten sie über diesen grässlichen Heiligengeschichten die Köpfe zusammenstecken. Der Vater, ja zu dem konnte er immer gehen, und wenn er ihm von den Grässlichkeiten seines Bruders erzählte, setzte es meist eine Ohrfeige. Jede einzelne Ohrfeige für seinen Bruder, an die sich Martin erinnern konnte, war ihm eine Genugtuung, auch noch nach all den Jahren!
Aber was hatte es ihm gebracht, dass der Vater ihn vorzog als erklärten Lieblingssohn? Dass er, wie sein Vater, die Beamtenlaufbahn eingeschlagen hatte? Nichts, gar nichts!

Der andere hat das Geld gescheffelt, hat sein liederliches Leben geführt und wurde dafür vom Schicksal belohnt. Das hatte ihn schon im Religionsunterricht gestört, als sie die Geschichte vom Verlorenen Sohn durchnahmen: Da kann sich einer aufführen, wie er will, das Geld verprassen, alle Sünden begehen, die man nur begehen kann, und dann wird er in Gnaden wieder aufgenommen? Wie blöd muss man dann sein, brav zu Hause zu sitzen, seine Pflicht zu tun, sparsam zu sein und das Geld zusammenzuhalten – und dafür belohnt einen niemand?

Die Welt war ungerecht! Sein sauberer Bruder mit seinen kriminellen Machenschaften schwamm im Geld und leistete sich das Leben eines Millionärs. Und er? Er wusste nicht, wie es weitergehen sollte.

Martin streckte sich auf der Bank.

»Er wird büßen«, flüsterte er in den Wald hinein. »Ich will ihn leiden sehen. Ich will, dass er einen schönen langsamen Tod erfährt, mindestens so schön wie seine Opfer.«

Martin überlegte sich, auf welche Art und Weise er seinem Bruder zu einem schönen Tod verhelfen könnte. Häuten? Pfählen? Grillen? Das wäre doch etwas, dachte er. Eine Inszenierung, wie sie sein sauberer Bruder auch nicht besser könnte!

In den Wochen zuvor hatte er begonnen, über seinen Bruder zu recherchieren. Er hatte herausgefunden, dass John sich jetzt immer öfter in Venedig aufhielt, bei einer Frau, dieser Roberta Scolari, mit der er jetzt anscheinend zusammenlebte und die wohl sehr vermögend war.

Martin beschloss, nach Venedig zu fahren und die beiden zu beobachten. Er fuhr nach Hause zurück, um zu packen. Seiner Frau sagte er, er müsse verreisen, da er einen Auslandseinsatz erhalten habe. Der Zielort sei natürlich geheim. Er würde es ihr wohl erzählen können, wenn er wieder da sei. Es könnte vielleicht eine Woche oder so dauern. Seine Frau nahm das achselzuckend entgegen und erwiderte nur: »Ich sage dann den Kindern Bescheid.« Martin wusste, er würde von seiner Familie nicht sonderlich vermisst werden.

In Venedig angekommen, wusste er bald über die tägliche Routine seines Bruders und dieser Frau Bescheid. Sie standen spät auf, sie ging auf den Markt, während er sich mit einer Zeitung auf die kleine Piazza vor dem Haus zu setzen pflegte, um einen Cappuccino zu trinken und dabei die Zeitung zu lesen. Nachmittags gingen sie in irgendein Museum oder eine Kirche und am Abend waren sie meistens in einer Trattoria in der Nähe. Ab und zu fuhr John zum Flughafen, meistens flog er für zwei Tage nach Paris. Da traf er sich dann sicherlich mit einer Pariser Freundin.

Aber Martin registrierte nach einiger Zeit routinierter Beobachtungen auch, dass sein Bruder und diese Frau ihrerseits beobachtet wurden, meist von schwarz gekleideten Männern mit Sonnenbrillen. Nicht sehr auffällig, sie waren offensichtlich Profis, aber Martin konnte so etwas nicht verborgen bleiben.

Als Martin genug beobachtet hatte, fuhr er hinaus auf die Lagune. Er wollte die abgelegenen Inseln zwischen dem Festland und den größeren Inseln, wie dem Lido und Sant'Erasmo, der großen Gemüse-Insel, erkunden. Auf einer kleinen verlassenen, namenlosen Insel richtete er sich einen Schießstand ein.

Martin hatte seine Walther PPK mit auf die Reise genommen. Er setzte sich mit Stöcken Ziele, die es zu treffen galt. Martin war schon in der Ausbildung kein schlechter Schütze gewesen,

und seine Zielsicherheit hatte er nicht verloren. Im Gegenteil, je zorniger er wurde, umso konzentrierter konnte er zielen und treffen.
Er fuhr ein paar Mal auf seinen Schießplatz. Treffsicherheit würde er für seinen geplanten Einsatz gut gebrauchen können.

XX. KAPITEL

John zog es wieder nach Paris, zu Julie, die ihren langweiligen Verlobten inzwischen tatsächlich geheiratet hatte. Aber das hielt sie nicht davon ab, ihren Mann mit John zu betrügen. Ihr Mann könne zwar sehr nett sein, bemerkte sie lächelnd, aber mit ihm, mit John, sei es doch etwas ganz anderes. Die Wohnung im Palais Royal war so schön wie immer. Die Sonne strahlte durch die Fenster, und John und Julie liebten sich, als sei es das erste Mal.

Danach rief John seinen Freund Albert an, mit dem er eigentlich am Abend essen gehen wollte, um die Verabredung abzusagen.

»Können wir das auf morgen verlegen, ich bin völlig erledigt.«

Albert ahnte sofort, dass John sich in einer *liaison dangereuse* befand und zeigte vollstes Verständnis: »Komm erst mal zu dir, mein Freund, erhol dich etwas, und dann führe ich dich morgen zum Lunch in ein Restaurant, das du noch nicht kennst. Du wirst staunen!«

Albert Nicolay war von Beruf Experte für Alte Meister. In Paris waren es nicht die großen Auktionshäuser mit ihren angestellten Experten, die das Auktionswesen beherrschten, sondern kleine unabhängige Auktionatoren, die mit ebenso unabhängigen Experten zusammenarbeiteten. Die Versteigerungen fanden meist im Hôtel Drouot statt. Das größte Pariser Versteigerungshaus in der Rue Drouot, nicht weit von der Pariser Oper, funktionierte als Aktiengesellschaft, getragen von den einzelnen Versteigerern, die dort die Säle für Vorbesichtigungen und Auktionen buchen konnten. Albert Nicolay hatte eine besondere Trüffelnase, nicht nur, was das Auffinden ganz besonderer Gemälde betraf. Er wusste seinen gesunden Geschäftssinn auf das Vortrefflichste mit dem Aufspüren neuer Restaurants und großer Weine zu verbinden. Keiner seiner vielen Geschäftspartner konnte seiner Passion für gutes Essen und exzellentem Wein entkommen.

John hatte mit Albert vor Jahren ein sehr gutes Geschäft getätigt: Albert hatte mit seiner Trüffelnase ein ziemlich bedeutendes Gemälde von Guercino, dem großen Bologneser Maler des 17. Jahrhunderts, bei einer Haushaltsauflösung in der Nähe von Toulouse entdeckt. Es war dort nicht weiter aufgefallen und nicht als Meisterwerk erkannt worden. Zum einen, weil es unglaublich verschmutzt war und man unter der dicken Schmutz- und Firnisschicht kaum etwas sehen konnte. Zum anderen, weil der örtliche Auktionator, der mit der Haushaltsauflösung betraut war, keine Ahnung von Bildern hatte und daher Albert Nicolay aus Paris hinzugezogen hatte. Der hatte es sehr geschickt angestellt, dem Auktionator gegen eine entsprechende sehr niedrige Gebühr das Gemälde zu entlocken, und so kam es nicht unter den Hammer. Albert hatte die Eingebung, das Bild nicht in Paris anzubieten, sondern an John zu vermitteln. Der hatte sofort eine Idee. Nachdem das Bild außerordentlich gut restauriert worden war und das Meisterwerk in all seiner Pracht erstrahlte, konnte er es an einen anspruchsvollen Sammler innerhalb Frankreichs für einen kleineren Millionenbetrag verkaufen. Es musste also nicht einmal

das Land verlassen, und daher war auch keine Exportlizenz vonnöten.
Albert hatte so viel an diesem Verkauf verdient, dass er John ein verführerisches Angebot machte: Bis ans Ende seines Lebens sei er in alle Sterne-Restaurants der Stadt eingeladen, wann immer er nach Paris käme. In der Zwischenzeit hatten sie schon so manches Restaurant miteinander ausprobiert, dieses Mal sollte es für John eine Neuentdeckung sein: ein kleines, auf den ersten Blick unscheinbares Lokal mit blanken Holztischen in der Nähe des Invalidendoms. David Toutain, der Chef des Restaurants gleichen Namens, war ein Freund von Albert – der praktisch mit allen guten Köchen und Sommeliers der Stadt befreundet war! Los ging es mit selbstgebackener Brioche, in einem Holzteller auf Stroh angerichtet. Die zartesten Jakobsmuscheln wurden in der eigenen Schale mit einigen Tropfen Kalbsjus serviert. Danach ein kleines Stück vom pochierten Turbot auf den besten in Butter gegarten Erbsen mit einem dezenten Klacks Wasabi. Und schließlich ein zartrosa Filet vom Kaninchenrücken, das mit einer kräftigen Sauce von schwarzen Trüffeln auf der Zunge zerging. John hatte lange nicht mehr so gut und raffiniert gegessen. Auf das Dessert wurde verzichtet, dafür gönnte man sich noch eine Flasche Wein aus Alberts eigenen Beständen, die er bei David Toutain aufbewahren durfte. Dabei handelte es sich um die Erzeugnisse seines Freundes und begnadeten Önologen Stéphane Derenoncourt, der eine ganze Reihe der besten Châteaux in Bordeaux beriet und selbst ein Weingut sein eigen nannte: die *Domaine de L'A* in der Appellation Côtes de Castillon, eine knappe Viertelstunde von Saint-Émilion entfernt. Stéphane Derenoncourt, so schwärmte Albert, wolle mit diesem exzellenten Rotwein beweisen, dass ein großer Wein auch

mit einem kleineren Geldbeutel möglich war. Er nahm einen tiefen Schluck, bewegte den Wein lange im Gaumen von links nach rechts, bis er ihn endlich mit einem tiefen Seufzer hinunterschluckte. Welche Länge! Wie ein großer Saint-Émilion oder gar Pomerol: ein hoher Merlot-Anteil, Cabernet Franc und ein klein wenig Cabernet Sauvignon zur Abrundung, wirklich gekonnt!

John glaubte zwar, dass sein Freund wieder einmal etwas übertrieb, da er die Bedeutung der teuren und berühmten Weine zu schätzen wusste und von den Vorzügen eines weniger teuren Weines erst einmal überzeugt werden musste. Doch wie sich mit jeder neuen Flasche der Blick ein wenig mehr trübt, wird auch das Urteil zunehmend milder – vor allem wenn der Wein wirklich gut schmeckt und man ein kulinarisches Feuerwerk erlebt.

»*Mon cher*, was sagst du?«, fragte Albert und hob das Glas, um zum zehnten Mal anzustoßen – sie waren inzwischen bei der dritten Flasche angekommen. »*C'est pas mal, n'est-ce pas?*«

Natürlich war das gut, das war sogar hervorragend!

John nutzte den Augenblick, ermuntert durch den leicht getrübten Blick seines Freundes und großzügigen Gastgebers, auf das Bild anzusprechen, das Albert zu Beginn des Essens beiläufig erwähnt hatte.

»*Ah, tu n'as pas oublié?*«

Natürlich hatte er das nicht vergessen, er hatte die ganze Zeit auf einen günstigen Moment gewartet, um darauf zurückzukommen.

»*Bon*, komm doch morgen Vormittag – aber nicht zu früh! – in mein Büro, dann zeige ich dir etwas, was du nicht glauben wirst!«

Mit diesen Worten stand Albert auf, grüßte in die Küche mit den knappen Worten: »*Salut, les amis, c'était pas mal!*«, und wankte hinaus.

John entschloss sich, zu Fuß nach Hause zu gehen. Das Nachmittagswetter war mild, und er genoss die frische Luft nach dieser kulinarischen Erfahrung. Er schlenderte in Gedanken an den unglaublich zarten Kaninchenrücken mit dieser Trüffelsauce und ließ ihn sich in Erinnerung im Munde zergehen. Er war froh, dass er an diesem Abend frei hatte und sich von Julie etwas erholen konnte. Am Invalidendom vorbei überquerte John die Seine zum Grand Palais und ging weiter über die Place de la Concorde in die Gärten der Tuilerien. Dort setzte er sich auf eine Parkbank und schlief prompt ein.
Das Handy riss John aus seinem Schlummer. Es war inzwischen kurz vor halb sieben Uhr abends, und am Telefon war ein hellwacher Albert, der John einladen wollte, ihn zum Aperitif zu Ledoyen zu begleiten. Dort wäre eine ganze Gruppe von Freunden, die bei Yannick Alléno, dem großen Star am Pariser Sternehimmel, dinieren wollten. Man habe sich geeinigt, dass man das große Menü nehmen wolle, das der Meister als »Menü Surprise« gestalten würde. Man habe also keine Ahnung, was es zu essen gäbe, aber da bräuchte man sich bei Yannick Alléno keine Sorgen zu machen.
John sagte ab. Gleich wieder ein großes Essen, das war des Guten zu viel. Als er in der Wohnung im Palais Royal ankam und den leeren Kühlschrank sah, bereute er kurz seine Entscheidung. Dann sagte er sich: »Man muss ja auch mal vernünftig sein!« – was er im selben Augenblick für völlig blödsinnig hielt.
Am nächsten Morgen erschien John um 11 Uhr in Alberts Büro in der Nähe des Hôtel Drouot. Ein taufrischer und höchst

lebendiger Albert kam ihm entgegen, kein bisschen verkatert, obwohl er, wie er ihm sogleich erzählte, mit den Freunden bis halb drei Uhr morgens zusammengesessen sei. Man hatte mit dem großen – natürlich – unvergleichlichen Menü mehrere Flaschen »degustiert«, was bei Albert nichts anderes bedeutete als: mit großem Vergnügen geleert: acht verschiedene Bordeaux aus dem prachtvollen Jahrgang 1989; und nach dem ersten Armagnac von der genialen Domaine Laberdolive noch einige weitere Jahrgänge, angefangen beim 1979er bis zurück zum legendären 1928er!

Du meine Güte, dachte John, die müssen ein Vermögen ausgegeben haben!

Albert schien seine Gedanken erraten zu haben, denn er entgegnete: »Mach dir um meine Finanzen keine Gedanken, ich war von zwei meiner spendablen Freunde eingeladen. Da hast du was versäumt!«

John konnte seine Neugier nicht länger bezwingen und warf einen Blick in Alberts Allerheiligstes. Dort stand auf einer Staffelei das Bild, das ihm sein Freund zeigen wollte.

Er trat einen Schritt näher, und Albert flüsterte hinter seinem Rücken fast andächtig: »Na, habe ich dir zu viel versprochen?«

John näherte sich der Leinwand und betrachtete das Bild genauer. Es war eine Ballszene mit Tänzern und Musikanten inmitten einer höfischen Gesellschaft, unter einem offenen, hoch gebauten Pavillon mit Ausblick in eine ausgedehnte Parklandschaft.

»Und, was sagt der Experte?«, flüsterte Albert leise und seinem Freund fast ins Ohr.

John staunte. »Ich kann nicht glauben, was ich hier sehe, Albert, das kann doch kein Watteau sein!? Ich habe jahrelang kein Bild mehr von ihm außerhalb eines Museums gesehen.« Er machte

eine Pause und trat noch einmal nahe an die Staffelei heran. »Oder vielleicht ist es doch einer seiner Schüler, Nicolas Lancret oder Jean-Baptiste Pater, die tauchen schon eher ab und zu mal auf? Kann das sein, der große Meister persönlich?«
»Du siehst ganz recht, *mon ami*, ich bin stolz auf dich! Für einen Lancret oder Pater hätte ich dich nicht herbestellt. Außerdem kann ich die Bilder dieser Kopisten von Watteau nicht mehr sehen, die sind langweilig. Es ist der große Meister Antoine Watteau persönlich, der uns hier begegnet. Sieh mal den Faltenwurf der seidenen Kleider der Damen, den blauschimmernden Satin des tanzenden Harlekins! Und der unvermeidliche Herr mit dem roten Samtumhang und seinem Barett, der uns hier am rechten Bildrand so schön den Rücken kehrt. Und schau dir die perfekte Perspektive der Bodenfliesen an, deren Linien sich ganz hinten halblinks zu einem Fluchtpunkt in der Ferne des Parks vereinen. Niemand außer Watteau vereint diese Weichheit und Anmut, und gleichzeitig Eleganz und Präzision, ohne auf Humor zu verzichten. Bei Pater oder Lancret, die diese galanten Szenen immer wieder wiederholt haben, ist das niemals so selbstverständlich! Außerdem haben sie eine gewisse Härte, die von den nachgezeichneten Konturen ausgeht, auf die Watteau komplett verzichtet!«
»Oh Gott, das ist wirklich schön, das ist genial!«, rief John aus. »Aber … falls sich wirklich alle entsprechenden Experten auf Watteau geeinigt haben, sprechen wir von einem satten siebenstelligen Betrag!«
Albert nickte. »Ja, natürlich. Wir haben allerdings noch ein Problem: Einer der maßgebenden, selbsternannten Watteau-Experten sperrt sich. Er sagt, es sei eine Werkstatt-Replik, eine verkleinerte Fassung des Bildes *Les Plaisirs du bal* aus der Sammlung der Dulwich Picture Gallery! Den müssen wir noch überzeugen.«

John musste unwillkürlich an seine New Yorker Kundin denken und murmelte vor sich hin: »*Well, then he must die*!«
Albert hatte nicht verstanden und fragte erstaunt: »Was hast du gesagt?«
»Ach, ich dachte nur, dass man sich mit ihm nochmal unterhalten sollte.«
»Ja sicher, und ich denke auch, dass wir ihn überzeugen können. Die Reflektographie und die Infrarot-Aufnahmen zeigen eindeutig in der Unterzeichnung des Bildes, dass der Meister mehrfach die Komposition verändert hat.« Albert wandte sich wieder dem Bild auf der Staffelei zu.
»Auch gibt es signifikante Unterschiede zu dem Bild in Dulwich. Der kleine Hund im Vordergrund zum Beispiel fehlt ganz, der Springbrunnen ist viel weiter rechts, und schließlich ist die Haltung des tanzenden Mannes in Blau eine ganz andere. Es ist keine Kopie oder Werkstattarbeit seiner Schüler! Alle anderen Kollegen, auch die in den amerikanischen Museen, sind meiner Meinung und halten es für eine der größeren Entdeckungen der letzten Jahre!«
»Und dieser renitente Watteau-Experte sperrt sich?«
»Ja. Und das Dumme ist, er ist Kurator im Louvre!«
John beschloss, dass man sich dieses Herrn annehmen müsste.
»Könntest du mir denn überhaupt dieses Bild privat anbieten, oder müsste es über die Auktion gehen?«
»Mein Freund, das besprechen wir lieber bei einem Kaffee!«
Er rief seiner Assistentin zu, er müsse mit seinem Kunden kurz außer Haus, sei aber in einer Stunde wieder da. Er habe ein *déjeuner* im Café Marly, im Innenhof des Louvre, und er müsse mit ihr danach noch die Korrespondenz durchsehen.

Antoine Watteau (1684–1721),
Das Ballvergnügen
Dulwich Picture Gallery, London

Nach einer Stunde hatten sich die Freunde im Prinzip geeinigt.
»Angenommen«, sagte Albert, »der Kerl vom Louvre würde die Zuschreibung an Watteau bestätigen, so wie die amerikanischen Kollegen, dann könnte man das Bild ohne Probleme als Watteau anbieten, und dann liegen wir satt im siebenstelligen Bereich. Das Problem ist nur: Wenn es auf die Auktion geht, entsteht ein riesiger Wirbel. Die Presse stürzt sich darauf, und man erhält mit Sicherheit keine Exportlizenz. Die Provenienz ist zu eindeutig: Das Bild befand sich die ganze Zeit innerhalb derselben adligen Familie in der Nähe von Toulouse, seit dem 18. Jahrhundert, möglicherweise ist die Familie sogar der Erstbesitzer. Es gibt also keine Chance, dass das Bild das Land verlassen darf ... zumindest nicht offiziell!«
Mit dem Eigentümer sei die Sache geklärt. Ihm wäre ein diskreter Verkauf auch lieber, weil er erstens das Geld gerne in der Schweiz hätte, und außerdem wolle er die Verwandtschaft nicht neidisch machen. Dafür würde der Verkäufer auf fünfzig Prozent des Erlöses, den er bei einer Auktion erzielen würde, verzichten!
»Das ist doch ein Wort!«, rief John erregt aus.
Schnell waren sie sich einig, dass sie sich den Profit brüderlich teilen würden. Dann gingen sie ihrer Wege.
John konnte einige Nächte nicht schlafen, und das lag dieses Mal nicht an Julie, die sich unter ihren neuen familiären Umständen ohnehin nur kurze Nachmittage freimachen konnte. John wälzte sich schlaflos hin und her, bis er schließlich seinen Plan gefasst hatte.
Zunächst hatte er den alten Professor, der an der Sorbonne Vorlesungen zur Kunstgeschichte der französischen Malerei des 18. Jahrhunderts hielt und erst im fortgeschrittenen Alter zum Kurator im Louvre ernannt worden war, einige Tage beobach-

tet. Er schien allein zu leben, hatte eine Wohnung in der Rue de Poitiers, gleich hinter dem Musée D'Orsay, und ging jeden Abend die wenigen Schritte zu Fuß von seinem Büro nach Hause. Das dauerte nicht mehr als zehn Minuten. Vom Louvre, den er meist durch die Porte des Lions am Seine-Ufer verließ, überquerte er den Fluss über den Pont Royal, bog hinter dem Musée D'Orsay in die Rue de Lille, und schon war er an der Ecke zur Rue de Poitiers, wo er im Rückgebäude eines Palais wohnte. Häufig machte er allerdings einen kurzen Stopp an der Bar Voltaire, am Quai Voltaire, direkt gegenüber dem Louvre, wo er dann meist leicht beschwipst wieder herauskam.
Der Rest war einfach.

Eines Abends stolperte der alte Herr auf dem Weg von der Bar Voltaire an der Ecke zur Rue du Bac, stürzte über den Randstein und fiel einem Kleintransporter direkt unter die Räder. Er war sofort tot. Ein Passant glaubte zwar gesehen zu haben, dass er wohl versehentlich mit einem anderen Passanten zusammengestoßen sei und das Gleichgewicht verloren hatte, aber das konnte nicht verifiziert werden. Bei der Obduktion war ein beträchtlicher Alkoholpegel festgestellt worden, und mit seiner Sehkraft war es auch schlecht bestellt, er trug eine Brille mit hoher Dioptrienzahl.
Tout Paris – oder zumindest der Teil der Pariser Bevölkerung, der mit der Museums- und Universitätswelt zu tun hatte – trauerte um den hochverdienten Professor. Albert setzte eine eigene Todesanzeige in die Zeitungen, in der er den großen Verlust für die Kunstwelt beklagte. Er selbst habe mit dem Professor einen hochverehrten Mentor verloren. Albert konnte das Bild nunmehr mit lupenreiner Zuschreibung als echten Watteau anbieten. Und, wie versprochen, ging das Bild an John.

John hatte eine Idee, die sich als fruchtbar erweisen sollte: Einer seiner englischen Kunden hatte sich sofort für das Bild begeistert. Er zahlte gern den hohen Millionenbetrag in bar, da er seine Konten auf den Kanalinseln leerräumen musste, um den aufdringlichen Fragen der Steuerbehörden zu entgehen. Zudem hatte er ein Haus an der Côte d'Azur, sodass das Bild in Frankreich bleiben konnte und somit auch keine Exportlizenz benötigt wurde.
Albert war überglücklich, weil er seinen Kunden ebenfalls in bar auszahlen konnte. Und John verstaute seinen ebenfalls nicht unbeträchtlichen Anteil in einer Gemälde-Klimakiste, die er seinem diskreten Transporteur übergab, der sie direkt in der Wohnung in Venedig ablieferte.
In seiner großen Begeisterung über das geglückte Geschäft erweiterte Albert sein großzügiges Angebot an John: Nunmehr war er auf Lebenszeit in alle Sternelokale der Welt eingeladen.

XXI. KAPITEL

Das venezianische Leben ging seinen Gang. John stand nicht mehr unter dem Druck, viel Geld verdienen zu müssen, um seinen aufwendigen Lebensstil finanzieren zu können, und er genoss sein neues ruhiges Leben aus vollen Zügen. Er liebte seine alltägliche Routine: Morgens einen ausführlichen Macchiato oder Cappuccino auf der kleinen Piazza mit ein oder zwei Zeitungen. Vor dem Lunch der Besuch einer Kirche und sich vor den Gemälden ein paar Notizen machen. Lunch mit Roberta in einer der umliegenden Trattorien, oder wenn es das Wetter zuließ, im eigenen Zelt am Lido. Danach eine kleine Siesta, eine halbe Stunde oder auch etwas länger, am Schreibtisch E-Mails checken. Anschließend mit Albert in Paris telefonieren oder mit einem der Kollegen in London. Und abends gingen Roberta und John noch einmal in eine Trattoria, oder sie aßen zuhause ein wenig Käse zu einer guten Flasche Rotwein. Es war ein ruhiges Leben, ohne große Ereignisse. Nach den hektischen Jahren zuvor war John dieses Leben sehr recht. Er wurde faul.

Roberta hingegen wurde es langweilig. Sie hätte sich an der Seite ihres neuen Mannes ein aufregenderes Leben gewünscht. Sie war froh, dass das Kapitel mit Guido endgültig abgeschlossen war und sie, mit John an ihrer Seite, zur reichen Erbin geworden war und über ein beträchtliches Vermögen verfügte.

Aber mit so viel Geld müsste man doch noch mehr anfangen mit dem Leben, dachte sie, mehr Reisen, mehr schöne Hotels, mehr unterwegs sein. In Venedig hatte sie ihr ganzes Leben verbracht. Ja, natürlich, sie liebte ihre Stadt, so wie man ein morbides Haus liebt. Venedig musste man lieben, gerade wegen der Morbidität, wegen der Vergänglichkeit, die aus jeder Ritze der Wände kroch, solange man hier überhaupt noch leben konnte. Bei der letzten *acqua alta* war das Wasser fast bis zum ersten Treppenabsatz ihres Hauses gestiegen. Bis zum ersten Stock war das Wasser zum Glück noch nie heraufgeschwappt, aber der Gestank hielt sich im Treppenhaus wochenlang. Und auch wenn alle Hausbewohner und ein paar zusätzliche Hilfskräfte schrubbten und wuschen, der Geruch nach fauligem, brackigem Salzwasser war nicht wegzuwaschen. Da konnte man noch so viele Lavendelsäckchen in der Wohnung verteilen, es roch immer modrig.
John erlebte die erste *acqua alta* seines Lebens und fand es eher aufregend als dramatisch. Er zog sich die Gummistiefel über, die Guido hinterlassen hatte, und band sie an den Hüften fest. So konnte er gemütlich vor sich hin waten und sich, bis zum Knie im Wasser, mit ein paar anderen, ebenso unerschütterlichen Nachbarn ein Gläschen an der Bar an der Ecke genehmigen.
»Wenn dich das so nervt, dann lass uns doch einfach wegfahren?«, hatte er Roberta vorgeschlagen. Die schüttelte nur den Kopf. Als Venezianerin fand sie allein den Gedanken, während der *acqua alta* einfach wegzufahren, völlig unmöglich.
»Da müssen wir jetzt schon alle zusammenhalten, und wer weiß, wie hoch das Wasser noch steigen kann? Die scheinen ja nicht in der Lage zu sein, diese geplante Hochwasser-Barriere

vor dem Lido fertigzustellen, wieder so eine Ewigkeitsbaustelle, wir werden es nicht mehr erleben!«

Sie konnte sich schrecklich aufregen, wegen dieser und der vielen anderen Unzulänglichkeiten ihrer geliebten Stadt. Aber sie im Stich lassen, das konnte man auch nicht.

Es war vielleicht mehr aus Frust als aus Neugierde, dass sie in den Armen eines anderen, und dieses Mal wesentlich jüngeren Mannes zu liegen kam. Seit einiger Zeit schon hatte sie ein Auge auf den neuen Commissario geworfen, der jeden Tag in der *questura* auf dem Festland in Mestre seinen Dienst anzutreten hatte. Roberta war ihm am späten Nachmittag auf dem Weg von der Vaporetto-Station an der Rialto-Brücke begegnet, als er auf dem Weg nach Hause war. Sie gingen ein paar Schritte gemeinsam in Richtung Fischmarkt.

»Wohnen Sie auch hier, Commissario?«

Der junge Mann in seiner schönen Uniform schien etwas verlegen.

»Ja, ich bin aber erst vor Kurzem hierhergezogen, nach meiner Heirat. Ich wohnte früher drüben, zwischen der Accademia und Zattere, wo meine Familie zu Hause ist.«

»Und jetzt?« Roberta wollte es ganz genau wissen.

»Gleich hier, hinter dem Rio de le Becarie.«

»Na, so ein Zufall, da wohne ich auch, gleich hier beim Fischmarkt!«, rief sie erfreut.

»Ich muss nur noch über die Brücke über den kleinen Kanal, dann bin ich schon da.« Er zeigte in Richtung der Brücke. »Da ist die Wohnung, die wir von der Familie meiner Frau zur Hochzeit geschenkt bekommen haben.«

Roberta fragte ihn nach seinem Namen: Eugenio Lucente.

Er habe aber noch einen zweiten Vornamen, fügte er hinzu: Giuseppe. Und er sei stolz darauf, dass seine Eltern ihn nach zwei Päpsten benannt hatten, nach Eugenio Pacelli, Pius XII., und Giuseppe Roncalli, Papst Johannes XXIII.

Roberta erfuhr, dass er in die Familie Cappelari eingeheiratet hatte. Deren Palazzo lag genau auf der anderen Seite des kleinen Kanals, nur einen Katzensprung entfernt. Roberta kannte das Haus gut, die Familie Cappelari war mit ihren Eltern und mit ihrer Großmutter befreundet.

Der junge Commissario musste sehr früh aufstehen, da sein Dienst um sieben Uhr früh begann. Er war fast eine Stunde unterwegs: zuerst mit dem Vaporetto zum Bahnhof Venezia Santa Lucia; von dort mit einem der Pendelzüge hinüber nach Mestre; und vom Bahnhof in Mestre eine Viertelstunde zu Fuß zum Neubau der *questura*, in der seine Abteilung lag.

Roberta prägte sich seinen Tagesablauf ein. Wenn der junge Mann gegen halb sechs Uhr nachmittags den kleinen Campo de le Becarie überquerte, lief er direkt unter einem der Fenster vorbei, die zu ihrer Wohnung gehörten, genauer gesagt unter ihrem Küchenfenster und den Fenstern, die zum Treppenhaus führten, denn die Wohnräume und die Schlafzimmer gingen auf den kleinen Kanal hinaus.

An einem Tag im Februar lauerte sie ihm regelrecht auf. John war verreist, er war für einige Tage nach London geflogen, um wieder ein paar Tage in seinen Club »einzutauchen«, wie er es ihr erklärte. »Es ist natürlich nicht nur wegen meines Clubs, den ich natürlich sehr gern habe, nachdem ich dort jahrelang gewohnt habe«, schob er nach. »Ich muss einige meiner Kollegen treffen, um über die kommende Messe in Maastricht zu sprechen und darüber, welche Bilder sie dorthin mitnehmen werden – Bilder, die mir, oder zumindest zum Teil, gehören!«

Dass hätte man alles eigentlich auch am Telefon besprechen können, dachte Roberta. Aber sie wollte ihm nicht das Gefühl geben, sie würde ihn in Venedig anketten. Und es hatte ja auch Vorteile! So konnte sie sich ungestört ein wenig auf die Lauer legen. Am ersten Nachmittag verpasste sie ihn; aber am zweiten Nachmittag sah sie den jungen Mann über die Piazza gehen.

»Signor Commissario, haben Sie einen Moment?«, rief sie zum Fenster hinunter.

»Aber ja, Signora, was kann ich tun?«

»Könnten Sie bitte kurz heraufkommen? Ich muss Ihnen etwas zeigen.«

Roberta hatte sich einen Plan zurechtgelegt. Und sie hatte ihren Commissario ganz richtig eingeschätzt: Er war sehr kunstinteressiert. Und er erwies sich den weiblichen Reizen der Signora gegenüber als vollkommen wehrlos.

Roberta wollte dem Commissario ihren Giovanni Bellini präsentieren, die *Sacra Conversazione* – nicht ohne Hintergedanken. Voller Stolz zeigte sie ihm nicht nur das Bild, sondern auch die stark verblichene Fotografie, die ihre Großmutter vor dem Bellini zeigte. Roberta war sehr stolz auf die Fotografie in »Beltracchi-Manier«. Auf diese Weise wurde das vermeintliche Familienerbstück sozusagen aktenkundig.

»Sie haben doch sicher ein Verzeichnis der wichtigen Kunstobjekte in Ihrem Bezirk, nehme ich an? Ich dachte nämlich schon länger darüber nach, das Bild bei der Commissione di Belle Arti zu melden, um es aktenkundig zu machen.«

Der Commissario kannte sich aus. »Liebe Signora«, entgegnete er, »davon würde ich Ihnen abraten. Wissen Sie, die Einschränkungen, denen man da unterliegen kann, sind sehr weitgehend. Wenn ein Bild einmal *notificato* ist, können Sie kaum noch darüber verfügen und es zum Beispiel niemals ins Ausland verkaufen. Insofern würde ich Ihnen auf jeden Fall davon abraten.«

Er schien sehr besorgt um das Eigentum von Signora Roberta.

»Wissen Sie, mein Schwiegervater, der Conte Cappelari, hat es so gemacht. Wir haben ein geheimes Verzeichnis bei der *questura*, sodass wir im Fall eines Diebstahls bei der Wiederauffindung behilflich sein können. Die Belle Arti hingegen interessieren sich nur aus kunsthistorischer Sicht für die Kunstwerke und passen auf, dass sie als erklärtes nationales Kulturgut das Land nicht verlassen. Aber zur Wiederauffindung im Falle eines Diebstahls würden die Kollegen sicher nicht beitragen. Darum kümmern wir uns.«

Kaum hatte der junge Mann seine Ausführungen beendet, hatte Roberta ihn an sich gezogen und mit Küssen überhäuft.

»Eugenio, nicht wahr, so darf ich Sie doch nennen? Ich kann Ihnen gar nicht sagen, wie dankbar ich Ihnen bin, dass …«

Der junge Commissario versuchte sich zu wehren. »Signora, darf ich sagen, dass Sie Ihrer Großmutter auf dem Foto sehr ähnlich sehen?«

Zu mehr kam er nicht. Roberta sah, dass er unter ihren Küssen ein wenig rot geworden war. Wie süß, dachte sie.

Es dauerte nicht allzu lange, und sie befanden sich in ihrem Schlafzimmer.

Eine knappe Stunde später war er wieder auf der Straße. Nicht ohne den guten Rat Robertas befolgt zu haben: Er solle sich gründlich waschen, bevor er nach Hause gehe und dann ein paar Mal schnell um den Block laufen, damit er nicht ihren Geruch mit nach Hause nehme. Ein wenig nach eigenem Schweiß dürfe er schon riechen, das sei seine Frau ja wohl

gewohnt. Nur den Geruch einer anderen Frau, den merkt eine Frau sofort!
Am nächsten Tag rief der Commissario Roberta schon von Mestre aus an, ob es ihr am Nachmittag passen würde. Er wolle sich den Bellini noch etwas genauer ansehen, dafür würde er sich ein wenig früher auf den Weg machen können.
Roberta musste schmunzeln. Ihr sollte es recht sein. Sie wollte ihm auch gerne die anderen Bilder etwas genauer zeigen. Denn John ließ noch ein paar Tage auf sich warten.
Für die Zeit nach Johns Rückkehr hatte Roberta auch schon eine Lösung parat. Von früheren Gelegenheiten, zu Zeiten ihres ersten Mannes Guido, kannte sie ein kleines verschwiegenes Hotel hinter der Frari-Kirche. Der Besitzer des Hotels, der gleichzeitig sein eigener Concierge war, kannte Roberta aus ihrer gemeinsamen Jugend, sie hatten auch miteinander eine kurze, aber aufregende Zeit verlebt. Daher konnte er sehr gut verstehen, dass eine Frau wie Roberta ab und zu eine Abwechslung brauchte. Bei ihm waren Robertas Geheimnisse gut aufgehoben. Und der junge Mann, der immer überpünktlich erschien, war ja ganz nett, ein gutaussehender, ein wenig unreifer Bursche, aber Roberta würde ihn sich schon erziehen.
Mit der Zeit merkte Roberta, dass der junge Eugenio Lucente in eine eigenartige Abhängigkeit geraten war. Als er ihr einmal erklären wollte, warum bei ihr alles so vollkommen anders sei, legte sie ihm einen Finger auf die Lippen: »Sag nichts, Eugenio, erkläre mir nichts. Dann muss ich dir auch nichts erklären. Genieß einfach nur den Augenblick.«
Nach ein paar Monaten war er ihr vollkommen hörig. Sie war überzeugt, er würde alles für sie tun, alles für sie stehen und

liegen lassen – was sie gar nicht wollte. Aber es könnte der Tag kommen, dachte sie, an dem er ihr behilflich werden könnte. Roberta wusste zwar nicht, wann und wie, aber allein der Gedanke fühlte sich gut an.

XXII. KAPITEL

John ahnte nichts von Robertas Eroberung. Nach einigen ausgiebigen Mittagessen mit seinen Kollegen war er gut gelaunt mit dem Eurostar nach Paris gefahren. In der Wohnung im Palais Royal fand er alles genau so, wie es seiner Gewohnheit entsprach, einschließlich einer blendend aufgelegten Julie, die ihm einen höchst anregenden Empfang bereitete. Aber im Gegensatz zu früher achtete sie sehr darauf, den Nachmittag ohne allzu sichtbare Blessuren zu überstehen. John fand das vernünftig, schließlich hatte Julie ja ihren neuen Mann zu Hause. Das heißt, so richtig neu war er ja nicht, aber sie hatte ihn immerhin endlich geheiratet. Aber es begann ihn auch etwas zu langweilen, denn diese extremen, an die Grenzen gehenden Erfahrungen hatten ja gerade den Reiz seiner Beziehung zu Julie ausgemacht. Andererseits war John jedoch ganz froh: Er musste keine Befürchtung mehr haben, dass sie sich an ihn klammerte und er sie nicht mehr loswerden würde. Und aus Rücksicht auf die schöne Wohnung im Palais Royal, auf die John ohne Not keinesfalls verzichten wollte, verbot sich auch eine finale, künstlerische Lösung ihres Verhältnisses, sosehr es ihn auch gereizt hätte.

Albert hatte ihn dieses Mal nicht in eines der großen Sterne-Restaurants geführt, sondern zu einer »Neuentdeckung« zu Füßen des Montmartre – nicht gerade ein Viertel, in dem man ein erstrangiges Restaurant erwarten konnte. Aber es gab in diesem kleinen Eckrestaurant eine der besten Wildpasteten, die John je gegessen hatte, mit kleinen Cornichons, genau so, wie es der traditionellen Landhausküche in den Provinzen entsprach. Danach gab es eine köstliche Kalbsniere, am Stück scharf und knackig angebraten, mit einer herrlich altmodischen Sahne-Cognac-Sauce. Der Koch kam aus der Auvergne und hatte das Lokal erst vor Kurzem übernommen. Er musste sich keine Sorgen machen: Wenn sein Freund Albert Nicolay das Restaurant entdeckt hatte, war der Erfolg des Pariser Neulings programmiert.

Der gemeinsame Erfolg mit dem Watteau wurde gefeiert mit zwei geradezu sublimen Flaschen, die Albert am Tag zuvor im Restaurant deponiert hatte: zwei Jahrgänge des Château Pichon Comtesse de Lalande, des immer wieder faszinierenden Weines aus der besten Lage in Pauillac, 2005 und 2009, zwei großartige Jahrgänge, die jetzt erst so langsam aus ihrem Schlaf erwachten. Beide von ausgesprochen intensiver Frucht, mit leicht getoasteten Aromen und noch immer recht ausgeprägten Tanninen. Beide hätten, wie Albert meinte, noch eine große Zukunft vor sich, wobei dem 2009er ein kleiner Punktsieg zuzuerkennen war.

Die beiden Freunde stießen auf das nächste gute Geschäft an. Sie hatten sich vorgenommen, als Nächstes ein venezianisches Bild zu finden, nachdem John ja jetzt sozusagen an der Quelle war.

In Venedig hatte John bald der venezianische Alltag wieder eingefangen. Roberta war fröhlich, besonders fröhlich, glaubte John zu spüren, nachdem sie in letzter Zeit etwas melancholisch gewesen war. Aber etwas hatte sich inzwischen verändert – wenn er nur wüsste was. Roberta war liebevoll wie immer, sie war interessiert an allem, was John erzählte, dennoch erschien ihm ihre Art manchmal wie aufgesetzt. John begann misstrauisch zu werden, aber er wusste nicht warum. Und Roberta merkte, dass in ihm etwas vor sich ging.

Eines Tages, als er wie gewöhnlich unten auf der Piazza bei einem Cappuccino seine Zeitungen las, rief sie von oben herunter: »John, ich muss dir etwas erzählen. Willst du kurz heraufkommen?«

Sie setzten sich auf das Sofa, und John spürte, dass es um etwas Wichtiges ging.

Etwas nervös begann er die Unterhaltung. »Roberta, du willst mir jetzt nicht sagen, dass du genug von mir hast und mich hinauswerfen willst…?«

Sie lachte, schüttelte den Kopf und sagte, noch immer lächelnd: »*Amore*, ich denke ja gar nicht daran. Selbstverständlich will ich, dass du bleibst.«

»Aber irgendetwas ist doch, das spüre ich?«

»Ja und nein … Ich habe etwas getan, aber das habe ich für uns getan.«

Roberta erzählte ihm, dass sich die beiden Männer wieder gemeldet hätten. Vor ein paar Tagen, als er in Paris gewesen sei, hätten sie bei ihr angerufen.

»Sie haben *dich* angerufen?«, fragte John verwundert.

»Sie haben mich angerufen, weil sie dachten, ich sei möglicherweise an einer Zusammenarbeit nach wie vor interessiert – im Gegensatz zu dir. Sie meldeten sich auf dem Handy …«

»Woher kannten sie deine Nummer?«, hakte John nach.

»Die ist ja nicht so schwer herauszubekommen … Und wie du weißt, sind sie ja ohnehin sehr gut informiert. Sie sagten, sie wollten mit mir sprechen, denn du seist ja verreist, in London und Paris. Aber wenn du mich nicht ständig unterbrechen würdest, könnte ich dir die ganze Geschichte erzählen.«

John unterbrach sie nicht mehr. Der Anruf galt also ihr, und die erste Frage, die man ihr stellte, war, ob sie Interesse hätte, mit dem Boss zu sprechen. Sie hatte es ja selbst verlangt, damals, als die beiden Männer John in der Wohnung abgeliefert hatten. Es wurde für denselben Nachmittag ein Treffen vereinbart.

»Mir gefiel, wie und wo sie sich mit mir treffen wollten. Das hatte schon etwas.«

John sah sie fragend an, und sie erzählte weiter, ohne sich unterbrechen zu lassen.

»Der Boss schlug vor, dass wir uns in der Accademia treffen, und zwar auf der Bank vor der großen Pietà von Tizian.«

Dort, auf der Bank vor dem großen Meisterwerk Tizians, saß sie zur vereinbarten Zeit und wartete. Nach einer Weile setzte sich ein sehr kultivierter, elegant gekleideter Herr neben sie auf die Bank und fing an, sich mit ihr über das Bild zu unterhalten. Er schwärmte davon, wie sehr ihm die große kühne Komposition gefalle: »Diese Gruppe, die sich unter dem hohen Architekturbogen in einer steil aufsteigenden Diagonale zusammendrängt, der tote Sohn auf dem Schoß der klagenden Mutter und die den Schmerz in die Welt hinausschreiende Maria Magdalena. Und der vor dem Toten kniende alte Mann, der gekleidet ist wie der Hl. Hieronymus, aber die Gesichtszüge von Tizian trägt!«

John nickte anerkennend.

»Und er wusste sogar«, fuhr Roberta fort, »dass die Pietà eines der letzten Werke von Tizian war, das sich noch unvollendet in seiner Werkstatt befand, als er von der Pest dahingerafft wurde. Er wollte es für den Seitenaltar in der Frari-Kirche schaffen, dort, wo er selbst begraben werden wollte – und wo er ja dann auch begraben wurde!«

Tizian (1488/90–1576), Pietà

Accademia, Venedig

Für John war das alles nichts Neues. »Das ist ein Vollprofi, Roberta, der hat sich auf das Treffen mit dir vorbereitet!«
»Ja, *amore*, das mag sein, aber er ist auch ein sehr kultivierter Mann. Dem Akzent nach Engländer, bester Abstammung, es könnte also schon sein, dass wir es mit einem der höheren Tiere des englischen Geheimdienstes zu tun haben …«
»Du meinst den MI6?« John dachte kurz nach. »Dann sollte ich die ganze Zeit für die Engländer gearbeitet haben, ohne es zu wissen?«
»Ja, was hast du denn gedacht … Du wirst doch irgendeine Ahnung gehabt haben …?«
»Offen gestanden«, versuchte John zu erklären, »war es mir im Grunde genommen egal. Es war ja kein schwieriger Dienst, den ich da ab und zu erledigte. Ich habe ja eigentlich nur den Boten gespielt.«
»Aber du wolltest doch diesen Russen abwerben? Da musst du doch gewusst haben, für wen du arbeitest?«
»Das war doch nur erfunden«, erwiderte John, »ich habe mich doch nur für den Russen interessiert, weil er dem Holofernes so unglaublich ähnlich sah.«
Roberta schwärmte geradezu von dem eleganten Herrn, der sich bei Tizian so gut auskannte. Jedenfalls glaubte sie nicht, dass er sich eigens auf ihr Treffen vorbereitet hatte.
»Er klang wirklich sehr überzeugend. Von Tizian versteht er mit Sicherheit viel, überhaupt von Kunst. Ein gebildeter Mann eben!«
John wollte mit ihr darüber nicht diskutieren, er war vor allem daran interessiert zu erfahren, was der Mann überhaupt von Roberta wollte.
Das sei ja das eigentlich Interessante an ihm gewesen, erklärte Roberta. Er fiel überhaupt nicht mit der Tür ins Haus, im

Gegenteil, man unterhielt sich über Kunst, über Venedig, das letzte Hochwasser und über die Frari-Kirche. Und erst als er gehen wollte und sich verabschiedete, sagte er, das Gespräch sei sehr angenehm gewesen, und wenn es ihr angenehm sei, könne man sich ja gerne noch einmal an einem anderen Platz treffen, um über die Möglichkeiten einer »engeren Zusammenarbeit« zu sprechen.

John sah sie verblüfft an. »Und das war alles?«

»Ja, er war sehr höflich, deutete sogar einen Handkuss an.«

»Ha, da haben wir ihn!«

Roberta sah ihn fragend an. »Was heißt das?«

»Er ist kein Engländer! Engländer geben keinen Handkuss!«

Roberta war es vollkommen egal, ob er Engländer war oder nicht, allerdings hätte es sie schon interessiert, welchem Geheimdienst er angehörte.

Woraufhin John einwarf, dass es vielleicht ja gar kein Geheimdienst war, sondern nur eine Mörderbande, die Auftragsmorde verübte. »Im Auftrag von ich weiß nicht wem!«

Auch das schien Roberta nicht weiter zu stören. Das sei doch für sie vielleicht eine schöne Abwechslung, und außerdem würde sie mit dieser »Zusammenarbeit« wieder Ruhe und Sicherheit in ihr gemeinsames Leben bringen, nachdem John sich ja erfolglos geweigert habe, mit den Herrschaften weiter zusammenzuarbeiten.

»Herrschaften?« Jetzt wurde John wütend. »Das waren wie brutale Tiere, eine Mörderbande!«

»Ja, das mag ja sein«, beschwichtigte Roberta, »aber erst mal sind wir sie los, und das erschien das Wichtigste.«

John gab sich geschlagen.

»Und jetzt?«, wollte John wissen.

»Ich weiß nicht …«, antwortete Roberta in bemerkenswerter

Ruhe. »Ich nehme an, irgendwann erhalte ich einen Anruf zu einem weiteren Treffen, da werden wir dann die Details der Auftragsvereinbarungen besprechen, inhaltlich und finanziell. Und dann wird irgendwann mal der erste Einsatz erfolgen.«
Roberta wollte das Gespräch, das ohnehin zu keinen weiteren Erkenntnissen führen würde, beenden, indem sie vorschlug, zu einem frühen Abendessen zu ihrer Lieblings-Trattoria zu gehen, zur Trattoria alla Madonna.

John und Roberta bemerkten nicht, dass ihnen auf dem Weg zur Trattoria ein Mann folgte. Kurz vor dem Betreten des Restaurants spürte John dieses beunruhigende, kribbelnde Gefühl im Nacken, das ihn überkam, wenn er glaubte, verfolgt zu werden.
»Roberta«, flüsterte er, »dreh dich jetzt nicht um, aber ich glaube, wir werden beobachtet.«
»Das würde mich nicht wundern. Meine neuen Freunde wollen sich ein Bild über unsere Bewegungsabläufe machen. Der angenehme Engländer, wenn es denn einer war«, fügte sie mit einem Seitenblick auf John hinzu, »hatte mir schon gesagt, dass er neue Schatten für mich organisieren werde, etwas zivilisiertere.«
John war sich nicht sicher, aber er drehte sich nicht um.
Er hätte auch niemand gesehen. Dieser Jemand, der es von Berufswegen gelernt hatte, beizeiten zu einem Niemand zu werden, war längst verschwunden. Er hatte gesehen, wie die beiden ins Restaurant gegangen waren, damit erschienen ihm die Informationen, die er bis dahin zusammengetragen hatte, fürs Erste ausreichend. Er war der Frau schon seit Tagen gefolgt, bis in die Accademia, hatte gesehen, wie sie sich mit

einem eleganten Engländer – zumindest sah er aus wie ein Engländer – vor einem Riesenbild getroffen hatte und dass die beiden sich offenbar gut verstanden hatten. Das war doch ein Mann mit Statur, ein gebildeter Herr, nicht so ein Möchtegern wie sein Bruder! Er lächelte. Das wäre ja ein Witz, wenn die von seinem Bruder angebetete Venezianerin bereits einen neuen Flirt hätte mit einem anderen Mann, den sie im Museum traf!

Martin bemerkte allerdings, dass das Pärchen seinerseits von zwei Typen beobachtet wurde. Entweder hat dieser Kerl seine Bodyguards dabei, dachte Martin, oder ... Oder er wurde selbst beobachtet, ohne dass er es wusste?

Martin ging in sein Hotel zurück. Er wollte es langsam angehen lassen. Vor ein paar Tagen war er nach Venedig gekommen, mit dem Zug aus München. Er hatte sich in der Nähe des Bahnhofs ein Zimmer genommen in einem schlichten Hotel aus den fünfziger Jahren, nicht sehr komfortabel, eher unpersönlich. So wenig Kontakt wie möglich, so seine Devise, er wollte nicht auffallen. Und nicht auffallen, das hatte Martin gelernt, im Gegensatz zu seinem verhassten Bruder. Zum Frühstück ging er immer in verschiedene Cafés, trank seinen Kaffee und aß sein *cornetto* schnell an der Bar, um ja nicht in ein Gespräch verwickelt zu werden.

In seinem Hotelzimmer streckte sich Martin auf seinem Bett aus. Es knarzte und war zu kurz. Aber das war ihm gleichgültig, denn er hatte hier nur ein Ziel: seinem unsäglichen Bruder auf den Fersen zu sein. Er hatte herausgefunden, wo er mit seiner Signora wohnte, wie sein Tagesablauf aussah und was er denn den lieben langen Tag trieb. Martin stellte fest, dass sein Bruder eigentlich gar nichts tat, er lebte nur so vor sich dahin. Er ging mit seiner Frau zum Essen, zum Einkaufen auf dem Fischmarkt,

in ein Museum oder eine Kirche. Aber er ging offensichtlich keiner geregelten Arbeit nach.
»Na, da haben wir ja endlich etwas gemeinsam!«, brummte Martin vor sich hin. »Wir gehen beide keiner geregelten Arbeit nach. Diesem elenden Mistkerl habe ich meine Misere zu verdanken. Nur, dass ich gerne arbeiten würde – und er arbeitet nicht, weil er zu faul ist!«
Martin gab seinem Bruder die Schuld an dem, was ihm in letzter Zeit widerfahren war. Mit Schimpf und Schande hatte man ihn aus seinem Büro geworfen. Man hatte ihn zwar wegen seines Beamtenstatus nicht entlassen können, ihm aber auch keinen adäquaten Job angeboten. »Bis auf Weiteres beurlaubt«, lautete das Urteil.
Seine Frau und er hatten sich in letzter Zeit oft gestritten. Bei einer ihrer letzten Streitereien hatte sie ihm entgegengebrüllt, es wäre besser gewesen, er wäre bei einem Einsatz erschossen worden.
Er hatte alle seine Kraft zusammengenommen, um zurückzubrüllen: »Das meinst du jetzt im Ernst, dir wäre es lieber, ich sei erschossen worden?«
»Ja, besser als mit einem Loser verheiratet zu sein. Eine solche Schande ertrage ich nicht!«

Als er aus seiner Abteilung entlassen worden war, hatte er seine Koffer gepackt und ihr erklärt, er würde verreisen. Er sagte nicht, wohin und für wie lange. Martin war nach München gefahren, in die leerstehende Wohnung des verstorbenen Vaters, die er aufzugeben bisher nicht über das Herz gebracht hatte. Ein Makler hatte sich immer wieder bei ihm gemeldet, ob er die Wohnung nicht doch verkaufen wolle – eine Altbauwohnung mit vier Zimmern in der Kaiserstraße in Westschwabing, die sei

heutzutage doch eine Menge wert! Doch Martin winkte stets ab. Das hatte der Vater immerhin gut gemacht, ihm diese Wohnung zu hinterlassen, zusammen mit einem ausreichend ausgestatteten Bankkonto, als Polster für eventuell anstehende Sanierungen.
Er konnte ja eigentlich auch ganz nach München ziehen, wenn er dort einen entsprechenden Job angeboten bekäme, dachte er sich. Die Polizeikarriere war wohl zu Ende, aber irgendein Sicherheitsdienst würde ihn wohl schon nehmen. Da müsste er wohl vorher noch etwas an seiner körperlichen Fitness arbeiten … Er kniff sich in die Seite und betrachtete sich. Da müssten einige überflüssige Pfunde weg, die er sich in Wiesbaden angesessen hatte!
Von seiner Frau hatte er seitdem nichts mehr gehört. Den Kindern war er offenbar vollkommen egal. Er musste ja zugeben, dass sein Verhältnis zu ihnen nie sonderlich eng war. Er vermutete, dass Berti mit den Kindern zu ihrer Mutter gezogen war. Da hatten die zwei ja jetzt genug Gelegenheit, schlecht über ihn zu sprechen!
Aber bevor er sich häuslich in Schwabing einrichten wollte, hatte er noch eine wichtige Aufgabe vor sich. Sein unsäglicher Bruder musste bezahlen – für alles, was er ihm angetan hat!
Er wusste zwar noch nicht genau, was er ihm antun würde, aber leiden, das sollte er! Sein Leben lang musste Martin unter diesem Scheusal leiden. Damals, als die Mutter gestorben war, hatte dieser Mistkerl den Verlust einfach weggesteckt. Eigentlich vermisste er sie gar nicht! Er hängte sich an diese schreckliche Gruber, die Haushälterin, wie eine Klette, die mit ihm seine geliebten Heiligenlegenden vorlas. Und der Vater nahm Jonas jedes Mal in Schutz, wenn sich Martin über die üblen Streiche dieses Kerls beklagen wollte. Als er dem Vater erzählte, dass sein

übler Bruder eine Katze lebendig auf den Grill gelegt hatte, wurde er dafür sogar noch bestraft! Jonas konnte eine so gekonnte Unschuldsmiene aufsetzen, dass der Vater ihm seine Version abnahm, er, Martin, hätte sich das alles nur ausgedacht, um ihn anzuschwärzen.

»Ja, wir haben uns gehasst«, murmelte Martin vor sich hin. »Ich habe ihn so gehasst, dass ich ihm schon oft den Tod gewünscht habe. Aber jetzt ist Schluss! Jetzt habe ich wirklich genug.« Er hatte ihm die Karriere versaut, wegen ihm war er entlassen worden, hatte er alles verloren, sogar seine Familie. Und warum? Wegen der Morde, die sein Bruder kaltblütig begangen hatte! Martins einziger Fehler war, dass er sie ihm nicht nachweisen konnte. Aber er wusste, dass er es war.

Und nun führte dieser vielfache Mörder in Venedig das mondäne Leben eines Millionärs, der feine Herr! Brauchte keinen Beruf auszuüben! Las seine Zeitung, ging in die Museen, nur, um in aller Ruhe das nächste Verbrechen auszuhecken. Und dann diese Frau! Die schien auch viel Geld zu haben. Die war sicher auch nicht besser als er.

Martin hatte sich überlegt, den Bruder langsam leiden zu lassen. Zuerst wollte er sich die Frau vornehmen, dann ihn.

Er beobachtete sie ein paar Tage und fand heraus, dass sie offenbar mit diesem jungen Commissario in engerer Verbindung stand. Einmal beobachtete er sie sogar, wie sie sich ziemlich ungestüm küssten, als der junge Mann sie bis in ihren Hausgang begleitete.

Sieh mal einer an, dachte Martin, sie setzte ihrem Mann tatsächlich Hörner auf … Denn dass sie inzwischen geheiratet hatten, wusste er bereits. Erst vor ein paar Wochen hatten sie sich auf dem Standesamt im Palazzo Cavalli das Jawort gegeben,

ohne Gäste, nur sie und der Standesbeamte. Und offenbar zwei Zeugen, von denen aber Martin nicht wusste, wer sie waren.
Das brachte ihn auf einen Gedanken. Wenn seine Frau sterben würde, wäre Jonas ein reicher Mann; und wenn Jonas dann auch sterben würde, wäre Martin als sein engster Verwandter Alleinerbe. Der Gedanke, dass er seinen unsäglichen Bruder womöglich beerben könnte, beflügelte ihn geradezu.
Martin kaufte sich auf dem Festland im Hafen von Marghera einen alten Kahn, damit er sich in Venedig unauffällig bewegen konnte. Er stellte aber schnell fest, dass sein kleiner Außenbordmotor zwar im Vergleich zu stärkeren Motoren relativ leise war, aber dennoch viel zu laut, wenn er sich unbemerkt an seine Zielpersonen annähern wollte. Also kaufte er sich zusätzlich einen Elektromotor, den ihm ein Mechaniker anbrachte. Er übte ein paar Tage mit dem Boot, fuhr kreuz und quer durch die Lagune und merkte bald, dass man sich dabei warm anziehen musste, weil man durch den Fahrtwind sehr schnell auskühlte. Er übte ein paar Tage, dann fühlte er sich wie ein alteingesessener Venezianer. Nur sein Italienisch war noch etwas holprig. Das konnte sein unsäglicher Bruder leider viel besser, musste Martin zugeben. Aber seine Stimmung hatte sich sichtlich gebessert: Er wusste jetzt, dass er ein Ziel vor Augen hatte und der Tag der Rache näher kam.
Martin hatte seinen alten Kahn auf der gegenüberliegenden Seite des kleinen Kanals, des Rio de le Becarie, festgemacht, dort, wo auch das Boot des Commissario anlegte. John war wieder einmal verreist, und Martin hatte sich nicht die Mühe gemacht, herauszufinden, was er trieb. Ihn interessierte jetzt die Frau und ihr junger Liebhaber. Am Tag nach Johns Abreise beobachtete Martin den Commissario – dieses Mal in unauffälligem Zivil gekleidet, mit Jeans und Rollkragenpullover –, wie

er am späten Vormittag Robertas Haus betrat und kurz danach mit ihr und einer Tasche in der Hand wieder herauskam. Sie bestiegen ihr Boot, überquerten in Windeseile den Canal Grande und verschwanden in einem kleinen Kanal in Richtung Norden. Martin verlor sie aus den Augen, da er den großen Booten und Vaporettos auf dem Canal Grande nicht so geschickt ausweichen konnte wie ein geübter Venezianer.
Aber er wusste sich zu helfen. Er hatte, als er erniedrigt und deprimiert, sein Büro in Wiesbaden räumen musste, noch einige nützliche Dinge mitgenommen, neben seiner Dienstpistole und einem Schalldämpfer auch einen Peilsender. Jetzt konnte der ihm einen nützlichen Dienst erweisen. Als er in der Abenddämmerung die Frau mit dem jungen Mann zurückkehren sah, verklebte er den Peilsender an der oberen Innenseite des Buges.

Am nächsten Tag war er wieder zur Stelle. Auch an diesem Tag hatte Martin Glück. Roberta und ihr junger Liebhaber verließen das Haus, bestiegen das Boot und nahmen den gleichen Weg wie am Tag zuvor. Nur dass dieses Mal ihr Verfolger ihnen nicht auf Sicht hinterhereilen musste, sondern in Ruhe beobachten konnte, wohin sie hinfuhren.
Der Sender führte ihn in sicherem Abstand hinter dem Boot des Commissario. Er sah, wie es an den Fondamente Nove die Hauptinsel verließ und rechts an der Friedhofsinsel vorbei in Richtung Murano fuhr. Aber auch Murano ließ das Boot zur Linken liegen und fuhr weiter in Richtung Burano. Der Weg über den inneren Teil der Lagune zog sich hin, Martin war froh, dass er nicht nur frisch getankt, sondern sich auch mit zwei Ersatzkanistern versorgt hatte. Auf Sichtweite zu fahren wäre unmöglich gewesen, da das andere Boot wesentlich

schneller war als sein alter Kahn. Hinter Burano bog das Boot in die Richtung zu einer kleinen verlassenen Insel ab, noch hinter Torcello. Wie sich herausstellte, war dieses kleine Eiland völlig verlassen, man konnte nur an einem kleinen Sandstrand anlegen. Martin schaltete auf seinen Elektromotor um und näherte sich vorsichtig, er blieb unbemerkt. Nicht weit von der Anlegestelle entfernt sah er die Signora und den jungen Mann eng umschlungen vor einem improvisierten Schießstand, den sie sich offenbar am Vortag eingerichtet hatten. Martin konnte beobachten, wie die Frau mit ihrer Waffe ziemlich geschickt umging. Sie hörte zwar auf die Anweisungen des Commissario, aber ganz eindeutig war sie es, die das Heft in der Hand hielt.

Aber warum hatte sie sich auf dieser gottverlassenen Insel einen Schießstand eingerichtet – mit Hilfe ihres Lovers, wie es schien? Martin versuchte sich darauf einen Reim zu machen. Er stieg vorsichtig aus dem Boot, um sich den beiden zu nähern, bis er einige Gesprächsfetzen auffing. Er verstand immerhin so viel, dass ihm klar wurde, dass die Signora sich auf eine Schießerei vorbereitete.

Was, zum Teufel, hatte sie vor?

XXIII. KAPITEL

John hatte sich in London und Paris ein paar schöne Tage gemacht. Er hatte in London seinen Club genossen, herrlich unter den brutalen Händen seines ägyptischen Masseurs gelitten, hatte den Sommelier des Clubs mit einer schönen Flasche Wein erfreut und war dann nach Paris weitergefahren. Sein Freund Albert hatte ihn mit einem neuen Restaurant überrascht – das »derzeit wirklich allerbeste« in Paris, da müssten sich die großen Sterneköche jetzt sehr warm anziehen!

Und schließlich Julie …

Eigentlich war alles wie immer gewesen und dennoch war alles ganz anders: Denn als er nach Venedig zurückflog, flog er nun nach Hause! Roberta hatte ihm gefehlt. Er wusste zwar immer noch nicht, ob er sie liebte, aber er fühlte, dass er bei ihr zu Hause war. Er war zumindest fest davon überzeugt, dass sie zusammengehörten, und er glaubte, dass auch Roberta es so sah. Es war ein eigenartiges, neues Gefühl, hatte er sich doch nie wirklich irgendwo zu Hause gefühlt, außer vielleicht in seiner Kindheit, aber dieses Zuhause hatte er gehasst.

Roberta überraschte ihn bei seiner Rückkehr mit einer Neuigkeit: Sie habe ihm doch von dem netten jungen Commissario aus der Nachbarschaft erzählt … Sie sei zu ihm nach Hause gegangen.

John zog fragend seine Augenbrauen nach oben. »So?«

»Nein, nicht wie du denkst, *amore*, zu seiner Familie. Die kenne ich seit meiner Kindheit, ich meine, seine Schwiegereltern, die Cappelari. Sie wohnen gleich gegenüber, auf der anderen Seite unseres kleinen Kanals. Er bewohnt mit seiner Frau den zweiten Stock und die Schwiegereltern den großen Piano nobile. Eine herrliche Wohnung, in der schon meine Großmutter aus- und einging. Aber das eigentlich Interessante an diesem Besuch war, was ich dort gesehen habe …«
»Was hast du gesehen, mach's nicht so spannend!«
»Ich glaube, ich habe dort einen Tizian gesehen.«
»Was? Bist du sicher?«
Nein, sicher war sie sich nicht, daher wollte sie ja, dass John sich das Bild ansah, sie hatten für den nächsten Tag einen Termin im Palazzo Cappelari.
Am nächsten Morgen überquerten sie die kleine Brücke über den Rio de le Becarie. Auf der anderen Seite erwartete sie bereits Eugenio Lucente, der Commissario, in seiner schmucken Uniform.
Den seltsamen Mann, der im Schatten eines Sonnenschirms auf der kleinen Piazetta stand und sie beobachtete, bemerkten sie nicht. Und der wunderte sich: Diese Frau hatte auch noch die Stirn, ihren jungen Lover ihrem Mann vorzustellen! Er sah noch, wie sie alle drei in einem Hauseingang verschwanden, und konnte sich keinen Reim darauf machen.

Roberta, John und Eugenio stiegen die prachtvolle Treppe des Palazzo Cappelari hinauf zum Piano nobile der Familie. Das Treppenhaus endete mit einer Balustrade, die in ein großes Vestibül führte, das die gesamte Tiefe des Palazzo einnahm. Hier standen im Raum verteilt mehrere Sitzgruppen. An den Wänden wechselten sich große Schlachtenbilder mit verschlissenen

Tapisserien ab, die offensichtlich schon bessere Zeiten gesehen hatten. Von der Decke hingen mehrere prachtvolle Murano-Lüster, die mit echten Kerzen bestückt waren. Die werden sie wohl nicht jeden Abend anzünden, dachte John. Am anderen Ende des Saales erhob sich ein älterer Herr aus seinem Sessel.

»Don Mauro, darf ich Ihnen unsere Nachbarn vorstellen, Signore e Signora Blumenstein?«, begrüßte ihn Eugenio. Und zu Roberta und John gewandt: »Mein Schwiegervater, Don Mauro Cappelari.«

»Es freut mich sehr«, entgegnete Don Mauro mit der ihm eigenen aristokratischen Grandezza, obgleich er, wie um zu unterstreichen, dass dies nichts weiter war als ein freundschaftlicher Nachbarschaftsbesuch, in Cordhosen und Pullover vor seinen Gästen stand. Seine Hakennase und sein wallendes weißes Haar unterstrichen die noble Herkunft seiner Familie, die offenbar seit der Erbauung des Palazzo im 17. Jahrhundert den Piano nobile bewohnte.

»Sie haben einen deutschen Namen?«, fragte der alte Herr etwas misstrauisch.

»Ja, Don Mauro, der Signore kommt aus Deutschland, aber die Signora ist Venezianerin. Sie war mit ihrer Großmutter schon als Kind oft in diesem Haus.«

Don Mauro war sogleich milder gestimmt.

»Meine Frau würde sich sicher an Sie erinnern, Signora, aber sie musste leider zu ihrer Schwester nach Vicenza, der scheint es nicht gut zu gehen. Unsereiner hält sich den Umständen entsprechend, ich denke, das kommt daher, dass ich immer genug zu essen bekomme, ein anständiger Wein serviert wird und ich mich ansonsten kaum aus dem Haus bewege, vor allem dann nicht, wenn so viele Touristen unsere Stadt kaputttrampeln.«

Er sagte das mit einem derart verächtlichen Gesichtsausdruck, dass sich jeglicher Einwand verbot.

»Und wenn sich die Touristen endlich wieder verziehen, dann kommt die *acqua alta*! Dann kommt man gar nicht mehr aus dem Haus.«

Eugenio wollte die Konversation auf das eigentlich Interessante lenken und deutete auf Don Mauro.

»Mein Schwiegervater möchte sich etwas verkleinern und hat mich gebeten, Ihnen ein paar Bilder zu zeigen.«

»Sie verstehen was von Bildern, hat man mir gesagt«, erklärte der alte Herr. »Wir haben ja keine großen Schätze mehr, die haben wir nach und nach verkauft. Man ist ja nicht mehr sicher, heutzutage!« Und er fügte im Flüsterton hinzu: »Man hat ja auch kein Personal mehr ...«

»Sie erlauben, Don Mauro?«, unterbrach Eugenio.

»Ja, ja, geht nur, ich setze mich wieder. Meine Knie ...«

John und Roberta folgten Eugenio durch eine Flucht von Räumen, verdunkelt von dick gefütterten seidenen Vorhängen, die schon länger nicht mehr aufgezogen worden waren. An den Rändern, dort, wo die Sonne den Stoff noch erreichte, hatte das dunkle Rot und das saftige Smaragdgrün der Seide eine undefinierbare Blässe angenommen. An den Wänden sah man vereinzelt dunkle Rechtecke, wo offenbar früher Bilder gehangen hatten.

Vor einem großen dunkelroten Fleck blieb Eugenio stehen und deutete darauf. »Ich glaube, dies hier ist vielleicht der schmerzlichste Verlust der Familie. Hier hing bis vor ein paar Jahren eines der Hauptwerke von Jacopo Bassano, ein Riesenbild, wie Sie an den Umrissen sehen können, fast zwei Meter hoch!«

»Und was stellte es dar?«, wollte John wissen.

»Die Taufe Christi.«

»Ich kenne nur eine so große Taufe Christi von Bassano, die ist unglaublich! Die hängt im Metropolitan Museum in New York!«

»Ja, ich glaube, das muss sie sein, denn das Bild ging an einen Amerikaner.«

»Das könnte heißen, dass sich der Bassano noch immer im Besitz des Amerikaners befindet und das Bild im Museum als Leihgabe hängt? Vielleicht erhielt der Käufer damals nur deswegen die Exportlizenz, weil er das Bild dem Museum versprochen hatte. Ich könnte der Sache mal nachgehen …«

»Das kann schon sein, Signore John«, erwiderte Eugenio. Das Bild wurde ganz offiziell exportiert, auch war es *notificato*, es war also den Behörden bekannt. Das Bild, das ich Ihnen jetzt zeigen werde, ist nicht *notificato*, das kennt niemand. Die Familie hat es jedes Mal abgehängt, wenn jemand Offizielles kam.«

Sie betraten den nächsten Raum, es war die Hauskapelle. Die Wände waren hier mit grüner Seide bespannt, und an der Hauptwand, zwischen zwei großen Fenstern, stand der Altar. Reiche vergoldete Verzierungen umrahmten das Bild über dem Altar, das jedoch mit lilafarbenen Tüchern bedeckt war.

»Erst nach Ostern entfernt die Familie normalerweise das Tuch, aber ich denke, heute haben wir die Erlaubnis meines Schwiegervaters.«

Eugenio holte eine große Klappleiter aus einem Wandschrank in der angrenzenden kleinen Sakristei, stieg sie empor und zog vorsichtig das Tuch herunter. Es landete auf dem Altartisch.

John verschlug es den Atem. »Das ist doch …«

Er kam nicht dazu, den Satz auszusprechen. Eugenio hatte ihn am Ärmel gefasst und flüsterte: »Nein, ist es nicht!«

»Und warum nicht?« John schien verwirrt.

Jacopo Bassano (1510–1592), Taufe Christi
Metropolitan Museum, New York

»Weil ich lange genug brauchte, um meinem Schwiegervater einzureden, dass es sich niemals um ein Original handeln kann!« Dabei zwinkerte er John wissend zu.
»Ah, ich verstehe. Aber ich darf es mir mal ansehen?«
John stieg nun selbst auf die Leiter, zog die helle Taschenlampe hervor, die er eigens mitgebracht hatte, und begann das Bild genau zu betrachten. Roberta stand triumphierend hinter ihm und nahm verstohlen den jungen Mann bei der Hand, der sie jedoch schnell zurückzog.
John erstarrte. Das war eine der Darstellungen, die ihn seit seiner Kindheit fasziniert hatten: Das Martyrium des Hl. Laurentius.
Ein Bild voller Dramatik und Bewegung: Den Hl. Laurentius hatten seine Schergen auf einen großen Rost gelegt und unter ihm ein Feuer entfacht, um ihn bei lebendigem Leib zu grillen. Die sich um ihn herum drängenden Männer schoben und stießen den heiligen Mann erbarmungslos, um ihn, der nicht gefesselt war, auf dem Rost zu halten.
»Dabei wäre das alles ja gar nicht notwendig gewesen, ihn mit Gewalt auf dem Rost zu halten …«, kommentierte John mit der Begeisterung eines Wissenden, der sich ein Leben lang mit dem Martyrium des Hl. Laurentius beschäftigt hatte. »… denn Laurentius nahm das Martyrium mit unglaublicher Gelassenheit hin, er erklärte sogar dem Kommandanten, man möge ihn doch langsam mal wenden, auf einer Seite sei er schon fast gar!«
»Ich weiß«, fügte er hinzu, »dass die erste Version, die Tizian zu dieser Darstellung malte, noch heute in der Jesuitenkirche hier in Venedig an den Fondamente Nove hängt, nicht weit von Tizians Haus. Er hat dann für den spanischen König Philipp II. eine zweite, noch größere Version geschaffen, die für die Klosterkirche des Escorial bestimmt war. Und die befindet sich

Tizian (1488/90–1576),
Das Martyrium des Hl. Laurentius
Escorial, Madrid

heute ebenfalls noch dort an Ort und Stelle, in Spanien. Es könnte also schon sein, dass es noch eine verkleinerte Version vom großen Meister gibt …«

Eugenio Lucente seufzte tief auf, und im Flüsterton fuhr er fort: »Ich würde Ihnen gerne hierzu noch mehr erzählen, aber bitte nicht hier.«

John wollte noch einmal auf die Leiter, um sich so viele Details wie möglich einzuprägen. Eugenio kam ihm zuvor: »Signore, ich habe sehr gute Fotos angefertigt, die ich Ihnen zur Verfügung stellen kann.«

John zwinkerte Roberta zu und sagte zu Eugenio: »Okay, gehen wir!«

Als sie in die große Eingangshalle zurückgekehrt waren, sahen sie, dass der alte Herr in seinem Sessel eingeschlafen war.

Sie gingen leise hinaus.

In Robertas Wohnzimmer setzten sie sich zu dritt zusammen, um das weitere Vorgehen zu besprechen.

John erklärte, dass er etwas Zeit bräuchte, um sich sicher zu sein, aber nach dem, was er bisher gesehen hatte, könnte es sich bei dem Bild tatsächlich um eine weitere eigenhändige Version des Meisters handeln.

Der Commissario holte tief Luft, bevor er weitersprechen konnte: »Ich weiß, dass das Bild von Tizian ist.«

»Und wieso wissen Sie das?«

»Es hat mich den größten Teil meiner Ersparnisse gekostet! Ich musste einem Professor viel Geld geben, der unserem Bild auf der Spur war und Papiere gefunden hatte, die beweisen, dass Vasari, der große Biograf aller italienischen Renaissancekünstler …«

»Ich weiß, wer Vasari war«, unterbrach ihn John ungeduldig.

»Ich weiß es nicht!«, warf Roberta ein.
John erklärte es ihr kurz: »Vasari war ein großer Künstler, Maler und Architekt der Renaissance und wurde auch dadurch berühmt, dass er die Biographien aller wichtigen Renaissancekünstler schrieb, deren Zeitgenosse er war. Er war, wenn du so willst, der erste Kunsthistoriker.«
»Jedenfalls«, fuhr Eugenio fort, »wissen wir, dass Vasari in den sechziger Jahren des 16. Jahrhunderts eine dritte Version des Hl. Laurentius in der Werkstatt von Tizian gesehen hat. Und zwar war diese verkleinerte Version für den spanischen Botschafter gedacht, als ein ausgeführter, aber verkleinerter Entwurf sozusagen, um den Auftrag des Königs zu erhalten. Das war aber offenbar nicht notwendig, weil Philipp II. das Bild mit dem Martyrium des Hl. Laurentius ohnehin haben wollte. Es sollte das namensgebende Bild für El Escorial werden, das große Schloss und Kloster des Königs bei Madrid, das San Lorenzo gewidmet ist. Und so blieb diese verkleinerte Version des Meisters in Venedig und kam dann später in den Besitz meiner Schwiegerfamilie. Als sie den Palazzo erbauten, hängten sie den Tizian in ihrer Privatkapelle auf, und hier befindet er sich bis heute.«
»Und was geschah mit dem Professor?«, fragte John.
Der Commissario wand sich umständlich auf dem Sofa. »Ich habe ihm Geld gegeben, ziemlich viel, damit er mir die Papiere aushändigt und die Sache auf sich beruhen lässt. Es wäre der Beweis, dass das Bild von der Hand des Meisters sei, sagte er, und das sei einiges wert. Aber er wollte mich hereinlegen. Als ich ihm das Paket mit den Banknoten überbrachte, gab er mir einen Ordner, den ich mir erst zu Hause genauer ansehen konnte. Da habe ich festgestellt, dass er mir nur Kopien gegeben hatte. Die Originale hat das Schwein behalten.«

John hörte mit offenem Mund zu. Roberta kannte die Geschichte offenbar bereits und lächelte milde.

»Ja, und dann?« John wollte es genau wissen.

»Ich wollte ihn zur Rede stellen«, fuhr Eugenio fort. »Ich suchte ihn zu Hause auf. Er lachte mich aus und sagte zu mir, ich müsste noch viel lernen in meinem Leben.«

Eugenio senkte den Kopf, sichtlich zerknirscht: »Da habe ich meine Dienstwaffe gezogen.«

»Um Gottes willen, Eugenio, das hast du mir gar nicht erzählt!«, rief Roberta erstaunt.

»Und dann?« John wollte das Ende der Geschichte hören.

»Dann stand er plötzlich auf, wollte mir die Waffe entreißen, und was soll ich sagen, es kam zu einem Handgemenge … und dann ist er unglücklich gestürzt.«

»Was heißt unglücklich gestürzt?«, wollte Roberta wissen.

Eugenios Stimme war nun ganz leise: »Er war tot.«

»Was … tot?« Roberta war erschüttert.

»Er war tot, er war mit seinem Kopf gegen die Kante des Schreibtisches geflogen.«

»Er war sofort tot?«, hakte John nach.

»Na ja, noch nicht ganz …«

»Was?« Roberta war entsetzt. »Du hast ihn umgebracht?«

»Was sollte ich machen? Der hätte mich fertiggemacht, meine Familie, meine Karriere, meine Ehe …« Eugenio wirkte jetzt ziemlich verzweifelt.

»Also, Commissario, was hast du mit dem Professor gemacht?« John wollte alle Details wissen.

»Ich habe ihn erst mal liegen lassen.«

»Aber er war doch noch nicht tot?«

»Doch, als ich ihn verließ, war er tot … Da war ja auch noch ein Kissen …«

»Ich kann es nicht glauben, du bringst den Professor um, und dann lässt du ihn liegen?«
»Nein … also, ich bin dann gleich wiedergekommen und habe ihn in einen Leichensack gesteckt, ich wollte ihn wegschaffen. Aber er war einfach zu schwer.«
»Das heißt, er liegt da immer noch schön brav in seinem Leichensäckchen?« John konnte es kaum fassen. »Seit wann?«
»Seit letzter Woche.«
»Da fängt er doch irgendwann zu stinken an! Der muss doch da weg!«
»Ich kann es aber nicht allein!«, platzte es aus Eugenio heraus.
John musste grinsen. »Ja, dann müssen wir wohl alle zusammenhelfen?«
Roberta stand auf und ging um den Couchtisch. Dann blieb sie stehen und wiederholte resolut: »Ja, dann müssen wir alle zusammenhelfen. Wir packen ihn in das Boot und bringen ihn auf meine Insel.«
»Du hast eine Insel?« John war überrascht, davon hatte er keine Ahnung.
»Ja«, erklärte Roberta, »eine kleine völlig verlassene Insel hinter Torcello, da kommt kein Mensch hin. Außerdem gilt der Ort als verhext oder verflucht, weil dort zur Pestzeit die Toten hingebracht wurden.«
»Heißt das, die Insel ist kontaminiert?«, fragte John besorgt.
»Ach, was! Die Pest wütete in Venedig vor Jahrhunderten, allerdings sehr lange und immer wieder, und am Ende war fast die Hälfte der Venezianer gestorben. Jedenfalls sind wir dort ungestört.«
Gesagt, getan.

Die Gegend an dem kleinen Rio delle Meneghette, wo der Professor wohnte, war abgelegen. Es war zwar nicht weit von der Frari-Kirche, um die herum es von Touristen nur so wimmelte, aber dahinter, in dem kleinen Gewirr von engen Gassen und Kanälen, war es sehr ruhig.
Das Haus hatte einen Eingang zu einer kleinen Gasse und einen Wassereingang, an dem man mit dem Boot anlegen konnte. Der Professor wohnte allein, zum Glück. Der junge Commissario hatte mehr Glück als Verstand, dachte John. Das Haus schien dem Professor zu gehören – kein anderer Hausbewohner, dem etwas hätte auffallen können. Anscheinend hatte niemand das Verschwinden des Professors bemerkt. In einen Teppich gerollt, wurde er spätabends von John und Eugenio ins Boot gehoben, wo Roberta auf die beiden wartete.
Ohne ein weiteres Wort zu sagen, fuhren die drei mit der Leiche über die Lagune. Hinter Burano wurde es sehr dunkel, fast unheimlich. Sie umrundeten Torcello, dann legten sie an dem kleinen Sandstrand der Insel an.
»Wie heißt denn dieser gottverlassene Platz?«, wollte John wissen.
Roberta versuchte unbefangen zu klingen: »In der Familie hieß es immer *la Isola de la Morte*.«
»Das ist ja reizend.«
In dem sandigen Boden hatten sie schnell eine Grube ausgehoben, in die sie den Leichensack mitsamt dem Teppich hineinlegten. Ein Benzinkanister und ein Feuerzeug taten den Rest.

Aber sie waren nicht allein. Am anderen Ende der Lagunenstadt war ein Mann in seinem Hotelbett durch ein Signal seines Handys aufgewacht. Beim Blick auf den Bildschirm sah er, dass sich das Boot mit dem Peilsender in Bewegung gesetzt hatte. Wer

immer darin saß, sie waren vom Fischmarkt über den Canal Grande fast bis zum Bahnhof gefahren, ganz in seiner Nähe.
»Was machen die hier?«, dachte Martin nervös. Er verfolgte den Punkt auf dem Bildschirm. Das Boot bog in einen kleinen Kanal, fuhr ein wenig im Zickzack, bis es zum Stehen kam und sich eine ganze Weile nicht bewegte. Hastig warf sich Martin seine Jacke über, verließ das Hotel und sprang in seinen Kahn mit Elektromotor. Lautlos näherte er sich, bis er glaubte, in Sichtweite des Bootes zu sein. Von der Ferne erkannte er eine Person im Boot und zwei andere Gestalten, die eine lange, offenbar schwere Last in das Boot hievten. Dann fuhren sie davon.
Martin ließ ihnen genügend Vorsprung, bis er sah, dass sie in Richtung der kleinen Insel hinter Burano steuerten.
Als er sich der Insel vorsichtig näherte, bemerkte er das Feuer. Nach einer knappen halben Stunde, die er frierend und ungeduldig in seinem Kahn ausharrte, konnte er beobachten, dass die drei Personen das langsam verlöschende Feuer zu ersticken versuchten, indem sie Sand darüber schaufelten. Was machen die bloß?, fragte er sich.
Da bemerkte er, dass einer der Personen, ganz offensichtlich ein Mann, sich umdrehte und in seine Richtung sah.
Mein Bruder!, durchfuhr es Martin. Er würde ihn doch nicht entdeckt haben? Martin kauerte sich in seinem Kahn zusammen. Einige Minuten verharrte er so, dann beschloss er, sich mit Hilfe seines lautlosen Motors langsam von der Insel zu entfernen.
Dort war inzwischen die Arbeit getan. Die Grube war wieder zugeschüttet, der junge Commissario setzte noch ein paar struppige halbhohe Sträucher darauf.
Auf dem Weg zum Boot wollte John noch etwas wissen: »Eugenio, Sie müssen mir noch erklären, wieso Sie eigentlich

unbedingt verhindern wollten, dass der Professor den Tizian für echt erklärt?«

»Signore John, das ist ganz einfach. Dann hätte mein Schwiegervater das Bild teuer verkauft, hätte in seiner Finanzmisere damit ein paar Löcher gestopft, und ich hätte nichts davon gehabt. Aber jetzt können wir meiner Familie das Bild für wenig Geld abkaufen und dann entsprechend teuer verkaufen!«

John musste lächeln. Sieh ihn an, diesen verschlagenen Kerl! Und dafür war er sogar bereit zu morden …

»Eigentlich war es die Signora, die mich auf die Idee gebracht hat«, ergänzte Eugenio nach einer kurzen Pause.

Roberta blickte etwas verlegen zur Seite.

Das interessierte John. »Und wie?«

»Weil sie mir erklärte, dass wir für einen bedeutenden Tizian bestimmt einen Käufer fänden, der das Ganze diskret abwickelt. Und wir könnten uns dann den Profit teilen …«

Jetzt schaltete sich Roberta in die Diskussion ein: »Das ist doch gar keine so schlechte Idee, *amore*? Die Originale aus dem Besitz des Professors hat er sich schon geholt.«

»Das ist doch schon mal ganz gut«, entgegnete John. Aber über kurz oder lang wird der Professor, auch wenn er allein lebt und offenbar noch nicht mal eine Haushaltshilfe hat, doch vermisst werden? Hat er einfach so das Haus verlassen und kam dann nie wieder? Können wir da die Papiere des Professors überhaupt nutzen?«

»Nein, John, das sollten wir wohl eher nicht. Aber wir wissen doch jetzt, wo und in welcher Bibliothek wir die Kommentare dieses Vasari finden, oder?« Roberta blühte geradezu auf mit dieser Geschichte.

John lächelte. »Dir scheint das zu gefallen, Roberta, nicht wahr? Ich werde mir die Papiere des Professors mal ansehen. Wir wer-

den schon einen Weg finden, die Echtheit des Bildes zu beweisen, auch ohne den Professor.«
Eine gehobene fröhliche Stimmung lag auf dem Boot, als die drei die *Isola de la Morte* verließen, deren Namen sie an diesem Tag alle Ehre gemacht hatten.

Am Morgen nach diesem Ausflug holte Eugenio John und Roberta ab, um sie zu seinem Schwiegervater zu bringen. Die Schwiegermama war immer noch nicht da, da sich die Krankheit ihrer Schwester offenbar länger hinzog. Das sei ihm auch lieber so, sagte der alte Herr, die würde sonst nur jammern, dass er schon wieder etwas verkaufen müsse. Aber sie kümmerte sich ja schließlich auch nicht darum, die Finanzen zusammenzuhalten. Er schien nicht besonders enttäuscht, als ihm John – »ganz ehrlich und ohne Ihnen etwas vormachen zu wollen« – eröffnete, dass es sich bei dem Bild um eine Kopie, bestenfalls eine Werkstattkopie aus der Zeit handele. Ja, das habe er auch schon gedacht, entgegnete Don Mauro, die Originale hingen ja im Escorial und der Jesuitenkirche hier in Venedig. Falls die nicht auch mit Beteiligung der Werkstatt entstanden seien … Don Mauro war sehr realistisch mit seiner Preisvorstellung, im unteren sechsstelligen Bereich.
Man war sich schnell einig. John brachte noch am selben Nachmittag den vereinbarten Betrag in bar vorbei und bat, das Bild bis auf Weiteres in der Kapelle hängen lassen zu dürfen, was dem alten Herrn ganz recht war. Und in keinem Fall dürfe man die Belle Arti informieren, schärfte John ihm ein, sonst würde das Bild als *notificato* in die Liste der schützenswerten Kunstobjekte aufgenommen werden. Don Mauro war durchaus informiert über die verheerenden Folgen einer *notificazione*, und er versicherte, absolutes Stillschweigen zu wahren. Aber

eine Bitte hatte er noch: Er wünschte sich eine Kopie in denselben Dimensionen, die man anstatt des Bildes in den Rahmen über dem Altar einfügen könnte. Sein Schwiegersohn, der bei seiner Erwähnung leicht errötete, habe ja sehr gute Fotos angefertigt. Danach könnte man das Bild doch kopieren …?
John sah überhaupt keine Schwierigkeiten, dies zu bewerkstelligen, und sagte sofort zu.

In den nächsten Tagen stellten John und sein junger Komplize alle Papiere über den Tizian zusammen. So entstand ein hieb- und stichfestes Dokument, das die Authentizität des Altarbildes mit der Darstellung des Martyriums des Hl. Laurentius aus der Hand des großen venezianischen Meisters voll bestätigte und auf die einmalige Provenienz hinwies: Die belegte, dass sich das Bild seit dem 17. Jahrhundert im Besitz der venezianischen Familie Cappelari befand.
Eugenio war gerne bereit, sich seinen Teil auszahlen zu lassen und nicht auf den Verkauf zu warten, da er vermutete, dies könnte länger dauern. Er glaubte auch nicht wirklich an einen Betrag, der seinen Anteil wesentlich vergrößern würde. Ein schnelles Geschäft und ein sehr schöner Gewinn, was wollte er mehr, und obendrein waren damit auch alle seine Auslagen beglichen, die er für den Professor hatte aufwenden müssen.
Das brachte John auf eine Idee. Da Eugenio noch die Hausschlüssel des Professors hatte, beschlossen sie, die Wohnung gemeinsam noch einmal aufzusuchen, um nachzusehen, was sich dort vielleicht noch finden ließe. Der Professor war immer noch nicht als vermisst gemeldet, wie der junge Commissario, der, was diese Informationen betraf, ja an der Quelle saß, in Erfahrung gebracht hatte. Ein neuerlicher Besuch am Rio delle Meneghette durfte also keine allzu große Gefahr bergen. Sie

fanden dort einige recht interessante Dinge, deren sie sich gerne annehmen wollten. Darunter waren einige seltene Bücher und ein paar sehr hübsche Kleinbronzen aus der Renaissance. Und zur besonderen Freude des Commissario fand sich in einer Schublade des Schlafzimmers, unter den Socken versteckt, das Paket mit dem Geld, das Eugenio dem Professor ausgehändigt hatte. In einem Anfall von Großzügigkeit schlug John vor, dass dieses Geld eindeutig dem jungen Mann zustünde. Der war überglücklich, seinen finanziellen Einsatz derart vermehrt zu sehen. Und Roberta war stolz auf Johns großzügige Geste.

Nachdem nun alles unter Dach und Fach war, rief John seinen Freund Albert in Paris an, um ihm seinen Besuch anzukündigen. Zwei Tage später saßen sie gemeinsam bei Yannick Aléno im Ledoyen an den Champs Elisées, und John ließ sich wieder einmal von Albert verwöhnen.

Sie genossen ein überirdisches Menü, das alle drei Michelin-Sterne hoch verdiente, begleitet von großen Weinen aus dem Depot Alberts. Daran anschließend sprachen sie über den Tizian. Wer käme als Kunde dafür infrage? Wieviel könnte man dafür verlangen? Immerhin ein echter Tizian mit einer unantastbaren Provenienz, der den italienischen Behörden völlig unbekannt war … Das war einiges wert.

Die beiden Freunde legten eine Liste der möglichen Käufer an, in einer Reihenfolge, die es abzuarbeiten galt. Wer würde zuerst zuschlagen: der Amerikaner aus San Francisco mit seiner schlossartigen Villa in den Hügeln zwischen Lucca und Pisa, oder doch der Scheich, der das Bild praktischerweise gleich von Venedig aus auf seiner großen Yacht mitnehmen könnte? Sie schlossen eine Wette ab, wer von denen das Rennen machen würde.

John sollte recht behalten: Alfred, so der Name des Amerikaners, war sofort Feuer und Flamme, was die Sache erleichterte, denn er hatte nicht vor, das Bild zu exportieren, es wurde lediglich von Venedig in die toskanischen Hügel gebracht.

Eugenio arrangierte den Besuch im Palazzo Cappelari. Er nutzte dafür einen Tag, an dem niemand zu Hause war. Alfred war ganz entzückt von dem Palazzo und seinem unvergleichlichen Flair. »*I can't believe it, I can't believe it!*«, murmelte er vor sich hin und ließ sich sogar zu einem schrillen Schrei hinreißen, als er in die Kapelle geführt wurde und den Tizian über dem Altar hängen sah.

»*What a privilege, what a privilege, I thank you so much!*« Sein Gemurmel hatte sich zu einem Gestammel gesteigert. Er war ganz und gar hingerissen. Am liebsten hätte er auf der Stelle den ganzen Palazzo gekauft.

»*Maybe one day…*«, stellte John in Aussicht.

Damit hatte er seinen Sammler vollends um den Finger gewickelt.

»*You promise? Don't let it go to anyone else!*«

John nutzte den Augenblick, um seinem Opfer auch noch die Kosten für die Herstellung einer sehr guten Kopie aufs Auge zu drücken.

Alfred war geradezu dankbar, dass man ihm diesen ehrenvollen Auftrag erteilte.

»*I will organize it, and you pay for it!*«, stellte John klar.

Auch damit war der glückliche Käufer einverstanden.

Besiegelt wurde das Geschäft in der Trattoria della Madonna, aber zuvor hatte John seinem neuen Freund Alfred jedes Wort über das Bild verboten.

»Die Wände haben überall Ohren!«

Im Restaurant suchte Alfred auf der Weinkarte die teuerste Flasche aus, die er finden konnte, einen sagenhaften Barbaresco von Angelo Gaja.
Und auch Roberta war zum Feiern zumute. Zur Feier des großen Erfolgs hatte sie einen großen weißen Trüffel gekauft, den ihr der Chefkoch des Gritti zum »Freundschaftspreis« überlassen hatte. Die Summe für die begehrte Knolle war zwar immer noch stratosphärisch hoch, aber zumindest wusste Roberta, dass das Gritti nur die allerbesten Alba-Trüffel anbot.
John hatte nichts dagegen, dass Roberta zu dem Essen in ihrer Wohnung auch den jungen Commissario einlud. Er wusste immer noch nicht, dass ihn und seine Frau ein besonderes Band verknüpfte. Dessen junge Frau konnte an der Feier nicht teilnehmen, sie durfte nicht wissen, dass ihr Mann in den Verkauf des Bildes verwickelt war. Dieses Detail sollte der strahlenden herbstlichen Sonne Venedigs verborgen bleiben.
Vor Jahren war Roberta einmal mit ihrem damaligen Mann Guido gemeinsam mit Freunden im Piemont gewesen. Die Anleitung zur Zubereitung der *Pasta al tartuffo bianco* hatte Roberta sich von Signora Brezza geben lassen, der Frau eines Winzers in Barolo, in deren Agriturismo sie übernachtet und gegessen hatten.
Der erste Akt des Festes begann mit dem Öffnen der kleinen Plastikbox, die ihr der Koch des Gritti mitgegeben hatte. Der Duft des Trüffels verbreitete sich schlagartig in der ganzen Wohnung. Dann machte sich Roberta an die Zubereitung der Pasta. Zunächst wurden die feinen Tagliolini exakt drei Minuten im sprudelnden Wasser gekocht, das sie etwas gesalzen hatte, nicht zu viel, damit das Salz nicht überhandnahm. In das

Wasser hatte Roberta auch ein paar Krumen des Trüffels gestreut, nachdem sie die wertvolle Knolle von allen Seiten etwas abgehobelt hatte, um die Reste von Erde zu beseitigen. Sie goss das Wasser ab und fing es in einem Topf auf. »Ja nicht weggießen, das wird noch gebraucht!«, hatte Signora Brezza ihr damals gesagt.

In einer großen Schüssel verrührte sie ein Stück leicht gesalzene Butter mit einigen Schöpfkellen des Nudelwassers, schmeckte das Ganze ab und salzte noch einmal vorsichtig nach. Jetzt gab sie die Nudeln hinein, nur so viel, wie man für die ersten Portionen benötigte, mischte alles gut durch und gab noch etwas Wasser und Butter zu und noch einige Trüffelkrumen. Die Nudeln durften nicht trocken sein oder gar kleben. Durch das Wasser und die kleinen Trüffelkrumen hatten sie bereits etwas Geschmack – nun waren sie bereit, den Duft des frisch gehobelten Trüffels aufzunehmen. Roberta hobelte den Trüffel hauchdünn und reichlich auf die Teller der Gäste.

»In keinem Fall darf man Sahne oder gar Parmesan hinzugeben, das ist eine Todsünde!«, hatte sie Signora Brezza ermahnt. »Und ein Koch, der es wagt, Trüffelöl hinzuzufügen, sollte sofort vor die Tür gesetzt werden. Das ist ein ab-so-lu-tes No-go!«

Es blieb nicht bei dem einen Teller. Für den Nachschlag verrührte Roberta die restlichen Tagliolini mit dem heiß gehaltenen Wasser und einer Portion Butter, und dann wiederholte sich die feierliche Prozedur mit dem Trüffelhobel.

Um das Fest rund zu machen, hatte John einen gereiften Jahrgang eines guten Barolo gekauft, einen Bricco Sarmassa von Brezza in der Magnum.

Doch irgendwie konnte John nicht ganz froh werden an diesem Abend. Seit ein paar Tagen schon dachte er an seinen Bruder, und ihn beschlich ein mulmiges Gefühl. Konnte es sein, dass sich der grässliche Kerl hier in Venedig aufhielt, in unmittelbarer Nähe? Er wischte den Gedanken beiseite, goss sich noch ein Glas des herrlichen Barolo ein und beschloss, den Abend mit seinen beiden Komplizen zu genießen.

XXIV. KAPITEL

Es dauerte ein paar Wochen, bis die in China bestellte, sehnsüchtig erwartete Kopie des Tizian in Venedig eintraf. Für den alten Herrn war die Verabschiedung seiner vermeintlichen Tizian-Kopie ein bewegender Akt. Man hatte den Tag abgewartet, den die Signora auf dem Landgut der Familie zwischen Vicenza und Padua verbrachte. Mit vereinten Kräften erfolgte der Austausch der Bilder. Der alte Herr hatte in den Tagen zuvor ein kleines Gerüst über dem Altar errichten lassen. Man müsse den schönen Rahmen des Altarbildes restaurieren, bevor er womöglich dem Monsignore bei der nächsten familiären Messfeier um die Ohren flog, hatte er der Signora erklärt. Die war froh, nicht mit den Handwerkern zusammentreffen zu müssen.

Der alte Herr wollte nicht zusehen, wie man seinen San Lorenzo aus dem Rahmen hob und wie ein rohes Ei in die bereitgestellte Kiste legte. Als John die Rückseite des Bildes sah, war er sehr erstaunt darüber, dass die Leinwand offenbar nicht wie normalerweise üblich im Lauf der Jahrhunderte aufgedoppelt worden war. Das »Doublieren« alter Leinwände war eine beliebte Maßnahme der Restauratoren, um der fragil gewordenen originalen Leinwand mehr Festigkeit zu verleihen. Mit anderen Worten: Das Bild war wahrscheinlich nie aus dem Rahmen genommen worden, seitdem es über dem

Altar aufgehängt worden war. Das war außerordentlich selten und erklärte auch den erstaunlichen Erhaltungszustand. Es hatten zwar Generationen von fleißigen Händen immer wieder, natürlich in bester Absicht, mit groben Putzlappen über die Malschicht gewischt, um Staub und Fliegenschiss zu entfernen und damit mehr weggewischt als nötig. Auch konnte man im unteren Bereich sehen, dass im Lauf der Jahre die ein oder andere Kerze dem Altarbild etwas zu nahe gekommen war, da an diesen Stellen die Malschicht leicht angekokelt war. Aber dennoch: Jetzt, wo das Bild auf Augenhöhe lag, konnte man feststellen, wie gut der Zustand insgesamt war, vor allem, dass es keinerlei späteren Übermalungen gab. Man konnte die Maltechnik Tizians bestens studieren: seine Eigenart, die Farben sehr dick, geradezu pastos aufzutragen und sie dann mit den Fingern zu verrühren. Kein Gehilfe der Werkstatt hätte sich so etwas zugetraut.

Die chinesische Kopie, erstellt nach den Fotos, war zwar technisch sehr geschickt gemalt, aber insgesamt wirkte die Oberfläche zu frisch und seelenlos. Dem konnte man etwas abhelfen. John ließ sich einen Eimer voll mit Hausstaub zusammenkehren, schüttete ihn auf das Bild und verteilte den Staub gleichmäßig. Dann sprühte er mit Haarspray, den man aus dem Ankleidezimmer der Hausherrin geholt hatte, den Festiger auf. Im Nu war der frische Eindruck einer ziemlich angegrauten Oberfläche gewichen, sodass man aus der Ferne – und aus der Nähe würde man das Bild über dem Altar ja ohnehin nicht betrachten können – ohne Weiteres glauben konnte, dass es einige Jahrhunderte gebraucht hatte, um den vielen Staub anzusammeln. John war zufrieden, und so durfte die neue Tizian-Kopie den Platz des alten Originals einnehmen.

Der Amerikaner hatte ein geeignetes Boot nach Venedig gesandt, um die Kiste aufzunehmen. Und so verließ der Hl. Laurentius seinen Aufenthaltsort vermutlich auf dieselbe Weise, wie er damals, vor Jahrhunderten, den Palazzo betreten hatte – über den Wassereingang.

Angeregt durch Tizians Hl. Laurentius verspürte John große Lust auf eine neue Inszenierung: Er wollte seinen eigenen Laurentius nachbilden. Als idealer Ort dafür erschien ihm die verlassene Toteninsel, wo sie die Asche des Professors zur letzten Ruhe gebettet hatten. Dort war sie in guter Gesellschaft mit der Asche der vielen Toten, die vor ihm während der Pestzeit in der Lagunenstadt das Zeitliche gesegnet und deren Überreste der Insel ihren Namen gegeben hatten.

Beim Herumstöbern in den Gewölben des alten Hauses hatte John einen großen Rost gefunden, der ihm passend erschien. Er war wohl ein Überbleibsel der Landvilla von Guido, wo er für große Barbecues benutzt worden war.

John legte sich einen Plan zurecht. Das Braten eines Menschen bei lebendigem Leibe würde möglicherweise grausam sein, aber mit Sicherheit äußerst inspirierend! Immer wieder sah er sich die Abbildung des Laurentius von Tizian an. Wegen der vielen beteiligten Akteure, den Pferden und Rüstungen der Soldaten konnte sie nicht eins zu eins übertragen werden. Also suchte er nach anderen Vorlagen.

Da gab es den wunderbaren Laurentius von Rubens in der Alten Pinakothek in München, ein Bild, das viele Künstler nach ihm inspiriert hatte. Rubens selbst hatte sich ganz offensichtlich die Anregung für seinen Laurentius aus dem Escorial geholt, denn als er im Jahr 1629 am Hof von Philipp IV. in Madrid weilte, musste er das große Altarbild des San Lorenzo von Tizian gesehen haben.

Entweder musste John seinen Lorenzo erheblich vereinfacht darstellen, oder er brauchte Hilfe. Den Darsteller für sein Werk hatte er schon gefunden: Es war Eugenio, der junge Commissario, den er ausersehen hatte, diese große Rolle spielen zu dürfen. Und zwar aus mehreren Gründen. Der Erste war ganz einfach und ergab sich sozusagen von selbst: Der junge Mann war ihm bekannt und er kannte die Insel. Außerdem konnte er das Boot dorthin fahren. Das waren schon mehrere Pluspunkte. Zudem wäre es praktisch, mit dem Commissario einen womöglich gefährlichen Zeugen des schönen Tizian-Deals loszuwerden. Man sollte sich nie auf jemand verlassen müssen. Falls der Commissario irgendwann geschwätzig werden sollte – die Folgen wären nicht auszudenken.

Und dann war da noch etwas: John hatte nun doch Verdacht geschöpft, dass zwischen dem jungen Mann und seiner Roberta etwas gewesen sein könnte. Sie erschienen ihm manchmal, in vermeintlich unbeobachteten Augenblicken, doch etwas zu vertraut. Kurz: Der Commissario musste weg.

Zu seinem großen Leidwesen war sein Bruder ihm eines Nachts im Traum erschienen und hatte ihm ins Ohr geflüstert: »Deine Frau, die hat was mit dem Commissario …!«

John war sofort wach geworden. Was erlaubte sich dieser Mistkerl! Mir bis nach Venedig nachzuspionieren! Er konnte sich gar nicht beruhigen. Also stand er auf und ging in die Küche, um ein Glas Milch zu trinken, das half eigentlich immer. Selbst dann, wenn man den Hauch eines Verdachts ins Ohr geflüstert bekommen hatte, dass einen die eigene Frau betrog.

»Dieser Mistkerl ist in Venedig!«, durchfuhr es John. Er spionierte ihm nach und anscheinend auch Roberta und dem jungen Commissario. Wusste er auch von dem Tizian? John musste ihn finden und ihm den Garaus machen – ein für alle Mal.

John lief noch eine Zeit lang aufgeregt im Wohnzimmer hin und her, bis ihn die Müdigkeit überfiel. Er legte sich wieder ins Bett und dachte an herrliche Flasche Wein, die er am Abend zuvor fast alleine ausgetrunken hatte, einen San Leonardo vom gleichnamigen Weingut im Trentino, das Weine produzierte, die den Weinen von Bordeaux schon sehr nahe kamen. *San Leonardo*, klang das nicht schon wie *San Lorenzo*? Zumindest fast … Es gab auch einen spanischen San Lorenzo aus dem Rioja, den musste er sich unbedingt mal bestellen.

Der Hl. Laurentius von Rubens hatte ihm schon sehr gut gefallen, als er ihn sich in der Pinakothek genauer angesehen hatte. Bei Rubens schien dem Märtyrer die Hitze des Feuers, die man unter seinem Hintern angefacht hatte, nichts auszumachen. Aber John musste schmunzeln, als er auf dem Bild bemerkte, dass der Knecht, der damit beauftragt war, aus einem Weidenkorb Holzscheite unter dem Rost nachzulegen, sich dabei die Hände verbrannte.

John sinnierte vor sich hin. Der junge Commissario musste sterben, auf jeden Fall. Was für eine große Ehre für ihn, wenn er als San Lorenzo sterben durfte!

Dass es Mord sein könnte, diese Interpretation wies John weit von sich. Im Gegenteil, der junge Mann sollte stolz sein, eine so ehrenvolle Aufgabe übertragen zu bekommen: zum Abschluss seines Lebens einen der großen Märtyrer darstellen zu dürfen!

Am nächsten Tag rief John den Commissario an und bat ihn, am Nachmittag mit dem Boot zu kommen. Er wolle mit ihm auf die Insel fahren, um einige Vorbereitungen für ein Fest zu treffen.

Sie luden den schweren eisernen Rost aufs Boot und fuhren hinaus – in ziemlichem Abstand gefolgt von einem kleinen Kahn.

Peter Paul Rubens (1577–1640),
Das Martyrium des Hl. Laurentius

Alte Pinakothek, München

John hatte sich einen Weidenkorb gekauft, der genauso aussah wie der auf dem Bild von Rubens, Holzscheite lagerten jede Menge unten im Haus, noch aus der Zeit, in der die Häuser mit echten Kaminen angeheizt werden durften. Und dürre Zweige gab es auf der Insel mehr als genug.
Eugenio war Feuer und Flamme von der Idee, auf dieser verlassenen Insel ein großes Barbecue zu veranstalten, und war bei den Vorbereitungen eifrig dabei. »Wir müssen doch unseren gemeinsamen San Lorenzo feiern, den Schutzpatron der Barbecues!«
John musste herzlich lachen: Der Schutzpatron der Barbecues! Wenn er nur wüsste …
Martin beobachtete die beiden aus sicherer Entfernung und versuchte aus dem Geschehen schlau zu werden. Was machten die da? Sie bereiteten ein Fest vor … Um was oder wen zu feiern? Sein Bruder mit seinem Nebenbuhler?
Was immer da vor sich ging, er musste versuchen, es zu begreifen – und dann musste aber auch Schluss sein mit diesem Spuk! Martin nahm sich vor, tätig zu werden. Er hatte genug beobachtet. Er wollte sich einen Plan zurechtlegen, wie er seinen Bruder am heftigsten treffen konnte.
In der darauffolgenden Nacht lag John erneut wach und dachte an seinen Bruder. Und da sah er ihn: Er lag auf der Lauer in einem kleinen Kahn! John stand auf und ging vorsichtig ans Fenster, ohne Licht zu machen. Sein Schlafzimmer lag neben Robertas Zimmer, sein Fenster ging auf den kleinen Kanal. Da, unterhalb der kleinen Brücke, die hinüberführte zum Haus der Schwiegereltern des Commissario, war ein Boot festgemacht, das dem aus seiner Vision haargenau glich. Aber es war leer. Konnte es sein, dass sein feiner Bruder sich mit dem Boot angeschlichen hatte, um ihn und Roberta zu beobachten?

Leise zog sich John an und ging hinunter, verließ das Haus und überquerte die kleine Piazza in Richtung Rio de le Becarie. Vorsichtig näherte er sich dem Boot und sah sich dabei um. Von seinem Bruder keine Spur. Er versuchte, sich wieder auf ihn zu konzentrieren, und rief ihn, ohne einen Laut von sich zu geben. Nach einer Weile sah er ihn: Martin lag in einem Hotelzimmer und schrak aus dem Schlaf hoch.

»Ha, du feinster aller Brüder! Hab ich dich! Du spionierst mir also nach! Na warte, dir werd ich's zeigen!«

John band das Boot los und gab ihm einen Schubs in Richtung Canal Grande, in den der kleine Rio weiter vorn einmündete. John wusste, was passierte, wenn ein herrenloses Boot in den Canal Grande einbog, bei Tag und Nacht die Hauptverkehrsader Venedigs. Über kurz oder lang würde es von einem der großen Vaporettos überrollt werden. John überquerte die Piazza, lief in Richtung des Fischmarktes und hörte, wie der Kahn an der Kaimauer entlangschrammte. Vor dem Kopfbau des Fischmarktes bog er nach links, zu einem Torbogen, der zu einer kleinen Brücke führte, kurz vor der Einmündung des Rio in den Canal Grande. Er kam gerade noch rechtzeitig an, um dem Boot einen weiteren Schubs in die richtige Richtung zu geben, bevor es sich an der Brücke verhaken konnte. Langsam trudelte das Boot unter der Brücke hindurch in den Canal Grande ein. Es dauerte nicht lange, bis er von einem Schiff ein lautes Fluchen hörte, und kurz darauf ein lautes Krachen und Splittern. John lachte laut auf. »Jetzt, mein lieber Bruder, besorg dir erst mal ein neues Boot, bevor du dich wieder auf die Lauer begibst.«

Mit großer Befriedigung genehmigte er sich unten in der Bar der Piazzetta, die gerade dabei war, die letzten Säufer herauszuwerfen, einen doppelten Wodka. Dann kehrte er in bester Laune in die Wohnung zurück. Roberta hatte sein Weggehen offenbar nicht bemerkt.

Martin war unter den Rufen seines Bruders aufgeschreckt. Ratlos ging er in seinem Zimmer umher, er konnte sich nicht entscheiden, was er zu dieser späten Stunde tun konnte. Also ging er wieder ins Bett, aber er war nicht in der Lage weiterzuschlafen. An Schlafen war jetzt nicht mehr zu denken, er wälzte sich die ganze Nacht in seinem engen, viel zu kurzen Hotelbett und kam nicht zur Ruhe.

Im Morgengrauen, als die ersten Sonnenstrahlen langsam über der venezianischen Lagune aufgingen, wusste Martin, was er zu tun hatte. Der kleine Commissario würde sein erstes Ziel sein.

XXV. KAPITEL

Eugenio Lucente fand die Idee, mit einem schönen Barbecue auf der Isola de la Morte zu feiern, zwar ein wenig *spooky*, aber doch ganz spannend. Daher war er sofort dabei, als John ihn bat, ihm zu helfen, den schweren Rost, den Weidenkorb mit Holzscheiten und all die anderen Utensilien, ein paar Hocker, einen Klapptisch und einen kleinen Kanister mit Benzin, auf die Insel zu bringen. Auf dem Rückweg setzte Eugenio John am Rio de le Becarie ab, er wollte sein Boot an der kleinen Brücke hinter dem Fischmarkt festmachen, weil er anschließend noch einen Termin mit seinem Chef an den Zattere, am Canale della Giudecca, hatte.

Aber dazu kam es nicht. Plötzlich stand ein Mann mit gezückter Pistole vor dem jungen Commissario, der keine Chance hatte, seine eigene Waffe aus dem Holster zu ziehen. Der Mann machte einen ziemlich finsteren und entschlossenen Eindruck, offenbar war es ihm mit seiner Drohung, den Commissario auf der Stelle zu erschießen, sehr ernst. Eugenio registrierte, dass am Lauf der Waffe ein Schalldämpfer aufgeschraubt war. Er wollte tun, was ihm aufgetragen wurde.

Der Mann stieg ins Boot, und Eugenio wurde mit vorgehaltener Pistole gezwungen, den Rückweg zur Insel einzuschlagen.

Ein paar Tage zuvor hatte Roberta von sich aus ihre neuen »Freunde« vom Geheimdienst kontaktiert, sie hatte etwas zu

besprechen. Einer der Grobklötze, der Dickere von beiden, traf sich mit ihr in der Accademia, wieder vor der großen Pietà von Tizian. Seitdem die Männer von oben die Anweisung erhalten hatten, die Signora mit Respekt zu behandeln, waren sie ausgesprochen höflich zu ihr. Roberta verstand sich inzwischen gut mit der Organisation, nachdem sie ein paar Mal für unauffällige Botendienste nach Helsinki und nach Brüssel geflogen war – ohne John in die Sache einzuweihen. Sie wolle eine Freundin besuchen, erzählte sie ihm. Einmal hatte sie in einer Loge des Teatro la Fenice während einer *Tosca*-Aufführung auftragsgemäß einen Herrn unauffällig ins Jenseits befördert. Es sah aus, als wäre er plötzlich eingenickt. Als man am Ende der Vorstellung feststellen musste, dass der Herr in der Loge nicht mehr aufwachen würde, war Roberta längst aus dem Theater verschwunden.
Der Dicke arrangierte für sie ein Treffen mit dem »Boss« auf der Piazza gegenüber der Basilika des Hl. Antonius in Padua, eine knappe Stunde von Venedig aus mit dem Zug. Wieder einmal erwies sich dieser als äußerst kultivierter Herr. Er sprach nicht nur perfektes *upper-class*-Englisch, sondern auch ziemlich fließend Italienisch, mit einem leichten Akzent, den sie nicht einordnen konnte. Sie bestellten einen Macchiato, und nach einem kurzen Gespräch über anstehende Aufträge vertraute Roberta sich dem Signore an.
Sie erzählte ihm vom Bruder ihres Mannes, der sie offensichtlich beobachtete. Sie wisse zwar nicht, aus welchen Gründen er eine Fehde mit ihrem Mann austrage, jedenfalls fühle sie sich persönlich bedroht.
Der Boss lächelte milde. »Signora, wir beobachten diesen Mann seit einiger Zeit und haben ihn, seit er in Venedig aufgetaucht ist, kaum aus den Augen verloren. Er wohnt in einem kleinen

Hotel in der Nähe des Bahnhofs Santa Lucia und hat sich ein Boot gekauft, um Sie zu verfolgen. Wir glauben, dass er im Boot des jungen Commissario einen Peilsender angebracht hat. Er folgt Ihnen schon eine geraume Zeit, auch auf weite Strecken, und wenn er keinen Blickkontakt hat. So was geht nur mit einem Sender.«

Roberta blieb der Mund offen stehen. »Dann haben Sie uns etwa auch beobachtet?«

»Natürlich, Signora, aber machen Sie sich keine Sorgen, Ihr kleines unschuldiges Verhältnis zum Commissario fanden wir eher amüsant. Aber davon abgesehen, war es ja letztendlich auch zielführend, oder?«

»Was heißt hier zielführend?«, entgegnete Roberta mit hochrotem Kopf.

»Ach, kommen Sie, liebe Signora, die Geschichte mit dem Bild, das ist doch ganz herzerfrischend! Mir gefiel das, mehr noch, ich habe Sie und Ihren Mann dafür sehr bewundert, das gebe ich gerne zu. Auch dafür, wie Sie mit dem Professor einen riskanten Zeugen beseitigt haben. Alles sehr professionell.«

Er lächelte, während Roberta erneut die Röte ins Gesicht schoss.

»Aber …«

»Was aber?«, fragte Roberta in die Pause hinein.

»Wissen Sie, Signora, das brachte mich auf die Idee, unser Geschäftsmodell, also nicht mein persönliches, sondern das meiner Organisation, ein wenig zu erweitern … in Richtung Kunst. Wir haben das Gefühl, das wäre ein lukratives Feld, da ist viel Geld im Spiel … Und Abnehmer, die keine Umstände machen und nicht auf offizielle Papiere angewiesen sind, gibt es anscheinend mehr als genug. Und dann dachten wir uns: Wenn wir in Sachen Kunst aktiver werden wollen, würde es doch Sinn machen, mit Kollegen zusammenzuarbeiten, die etwas mehr von der Materie verstehen und in der Lage sind, uns bei der Identifizierung entsprechender Objekte zur Hand zu gehen? Wir denken hier übrigens durchaus nicht nur an Privatsammlungen, sondern auch an Museen ... Ich meine, gemeinsam wären wir stärker, oder?«

Roberta war sich nicht sicher, wie sie aus dieser Nummer wieder herauskommen sollte. Die Leute hatten sie und John offensichtlich in der Hand. Sie wussten alles ...

Nach einer kurzen Pause erwiderte sie: »Also, das muss man sich natürlich gut überlegen, und ich müsste das mit meinem Mann besprechen ...«

»Ach, Signora«, entgegnete der Boss lächelnd, »ich glaube nicht, dass Sie das groß besprechen müssen. Unsere Ansprechpartnerin sind doch ohnehin Sie. Wir denken, es könnte besser sein, wenn Sie uns unterstützen, ohne dass ihr Mann davon weiß. Sie müssten dann auch nicht so viel diskutieren. Sie scheinen ja derzeit ohnehin ein wenig unternehmungslustiger zu sein als er. Lassen Sie ihn sich ruhig ein wenig auf seinen Lorbeeren ausruhen.«

Roberta registrierte den ironischen oder gar zynischen Ausdruck im Mundwinkel des Signore, musste zugeben, dass dieser Weg womöglich gar nicht schlecht war. Nach einem zweiten Macchiato sagte sie: »Ich denke, Signore, wir könnten da vielleicht tatsächlich zusammenarbeiten, auch auf dem Gebiet der Kunst, warum nicht? Wir könnten es mit den italienischen Provinzmuseen versuchen, da sind die Sicherheitsmaßnahmen nicht so streng, und es dürfte leichter sein als in den großen Museumssammlungen.«

Der Signore nickte lächelnd.

»Eine Bedingung habe ich, Signore«, fügte Roberta hinzu.

»Und die wäre?«

»Sie müssen uns diesen Kerl vom Leib halten, Johns Bruder, der uns offensichtlich verfolgt und ganz bestimmt keine guten Absichten hat.«
»Signora, Sie haben mein Wort! Sie haben bis auf Weiteres Personenschutz! Aber keine Sorge, wir sind sehr unauffällig. Sie werden es nicht merken, Ihr Mann nicht und Ihr Verfolger auch nicht. Solange, bis wir zuschlagen.«
»Das hört sich besser an als Beruhigungstabletten!«, schmunzelte Roberta erleichtert, die den großgewachsenen Mann zunehmend attraktiv fand. Sie war sich nur noch nicht im Klaren, ob er überhaupt empfänglich war für einen Flirt … Er tat immer sehr reserviert. Vielleicht war er doch Engländer?

Am darauffolgenden Tag lud John Roberta zu einem Mittagessen nach Torcello ein. Hocherfreut rief sie ihren *autista* Luigi an: Wenn schon die schöne Locanda in Torcello, dann auch stilvoll im eigenen Boot! Wenn John Eugenio eingeladen hätte, hätte ja er fahren können, dachte sie, aber es war ja vielleicht ganz gut, dass er dieses Mal nicht dabei war.
Torcello war für sie wie ein kleines Paradies, vor allem in der Nachsaison. Ende Oktober gab es dort kaum noch Touristen, die Venezianer waren wieder unter sich. Die Fahrt über die Lagune war angenehm. Für die Jahreszeit war das Wetter sehr mild, die Sonne schien, und es wehte kaum Wind. Roberta und John saßen ganz hinten, auf dem Freisitz hinter der Kabine, und genossen den milden Fahrtwind.
Sie fuhren an der Friedhofsinsel und an Murano vorbei, umrundeten am nördlichen Ende der Lagune die Insel Burano mit ihren bunten Häusern und gelangten dahinter in den kleinen Kanal, der direkt zur Anlegestelle für die Privatboote vor der Locanda Cipriani führte. In diesem kleinen, sehr exklusiven

Restaurant hatten bereits Generationen von Celebrities das köstliche Essen von Giuseppe Cipriani genossen, der Anfang der dreißiger Jahre die berühmte Harry's Bar gegründet hatte. Mit seiner großen überdachten Terrasse inmitten der eigenen Kräutergärten war die Locanda ein herrlicher, geradezu magischer Ort.

Die Kellner waren von ausgesuchter Höflichkeit, trugen schwarze Fliegen zu ihren frischen weißen Hemden und sie kannten fast jeden Gast, solange er kein hereingeschneiter Tourist war. Roberta und John bekamen einen sehr schönen Tisch unter der mit wildem Wein bewachsenen Veranda, die bereits die ersten Färbungen des Herbstes aufwies, der sich in diesem speziellen, wärmeren und geschützteren Mikroklima etwas mehr Zeit ließ. Unaufgefordert brachte der freundliche Patrone Bonifazio die ersten Bellinis, die hier ebenso wie in Harry's Bar ein Muss waren. Und sie waren hier ebenso gut wie dort, das Püree vom weißen Pfirsich stets frisch durchpassiert und mit einem guten Prosecco aufgegossen.

Danach bestellten sie einen ihrer Lieblingsweine aus dem Friaul, einen Vintage Tunina von Silvio Jermann, eine vollmundige Cuvée aus Chardonnay-Trauben, Sauvignon Blanc und einigen autochtonen Rebsorten, deren Namen sich keiner merken konnte. Aber das Resultat war wunderbar. Nicht gerade billig, aber wie John zu sagen pflegte: »Für einen schlechten Wein ist das Leben zu kurz!«

Roberta konnte ihm da nur beipflichten. Sie lehnte sich entspannt zurück. Wie schade, dass ich diesen Mann nicht schon früher kennengelernt habe, dachte sie. Ich habe zu viel Zeit mit Guido vertan, der das Leben nie so genießen konnte wie dieser geliebte verrückte Sonderling. Zugegeben, er war schon ziemlich verrückt.

Der Risotto mit Artischocken und Zucchini war, wie er sein sollte: der Reis *al dente*, nicht zu hart, aber schön sämig, die Gemüse zart in einer würzigen Gemüsebrühe gekocht und mit den herrlichen wilden Kräutern der Insel abgeschmeckt.

Danach gab es die in der Locanda unvermeidlichen kleinen Filets von der Baby-Seezunge, die gesalzen, ein wenig mit Mehl bestäubt und dann kurz frittiert wurden. Einfach, aber köstlich.

Sowohl Roberta als auch John verzichteten auf das Dessert, nicht ohne dem enttäuschten Kellner ihr Bedauern auszudrücken, denn die Auswahl auf dem vorgefahrenen Nachspeise-Carello war durchaus beeindruckend. Aber beim selbst angesetzten Limoncello aufs Haus konnten sie nicht Nein sagen. Nach dem Kaffee setzten sie sich wieder in Bewegung zum Boot, wo Luigi schon auf sie wartete. Ihm war in der Zwischenzeit als Gruß aus der Küche ein Riesenteller Pasta al Ragù gebracht worden.

»*Va bene, signori? Si mangia proprio bene qui!*«

Die beiden mussten lächeln.

Als sie im Boot saßen, schlug John vor, noch den kleinen Umweg über ihre kleine Insel zu fahren, zur *Isola de la Morte*.

»John, was willst du an diesem grusligen Ort?«, fragte Roberta überrascht.

»Ich wollte dir etwas zeigen.« Er flüsterte, damit Luigi es nicht hörte. »Ich habe gestern hier mit Eugenio etwas vorbereitet.«

Roberta hatte ein ungutes Gefühl. »Was hast du vorbereitet?«

»Roberta, ich habe dir doch früher schon mal von meinen Kunstwerken erzählt …«

»Ich weiß, was du mir sagen willst, aber diese Art von Kunstwerken erscheinen mir doch ein wenig abstrus, um es gelinde auszudrücken.«
»Ja, das mag ja sein, aber dieses hier, mein neuestes Kunstwerk, wird wunderbar, geradezu begeisternd! Und du sollst mir dabei helfen!«
»Wobei soll ich dir helfen?«
»Beim Arrangieren meines Kunstwerkes! Dieses Mal soll es ein Hl. Laurentius werden. Wir haben schon einiges vorbereitet ...«
Roberta fiel ihm ins Wort: »Also, mein lieber John, ich bin ja für vieles zu haben und bestimmt kein Unschuldslamm, aber das geht mir zu weit! Jemanden auf den Grill legen ...? Hast du den Verstand verloren?«
Sie hatten die letzten Sätze auf Englisch gesprochen, wegen des *autista*. Aber der verstand sehr gut Englisch und traute seinen Ohren nicht.
Inzwischen waren sie an der kleinen Bucht angekommen und stiegen aus. Sie sprachen kein Wort miteinander. Der Ort kam Roberta nun noch unheimlicher vor als sonst.
Plötzlich blieb John stehen und bedeutete Roberta mit seiner Linken zurückzubleiben.
»Was ist?«
»Roberta«, flüsterte er, »ganz ruhig ... Ich spüre die Nähe meines Bruders. Er ist hier...«
Sie blieben stehen.
Dann hörten sie ein leises Knirschen, wie Zähne, die sich ineinander verhakten, und dann das »Hick« eines Schluckaufs.
»Oh Gott, er ist hier!«, flüsterte John.
Hinter ihnen raschelte es, und John drehte sich in die

Richtung, aus der das Geräusch kam. Er sah, wie sich einer der Büsche leicht bewegte. Doch bevor er reagieren konnte, hörte er Roberta hinter sich aufschreien: »Nein! Eugenio!«

John drehte sich in die andere Richtung und sah etwas, das er nicht erwartet hatte: Nackt, auf dem großen Grill festgebunden, lag Eugenio, genau an dem Platz, auf dem er und John am Tag zuvor das Eisengestell aufgestellt hatten. Sein Mund war mit einem Klebestreifen verklebt, sodass er nur leise stöhnen konnte. Vergeblich versuchte er, sich mit zuckenden Bewegungen aus seiner misslichen Lage zu befreien. Er war mit dicken Fesseln an Händen und Füßen ans Gitter gebunden. Darunter lagen die Holzscheite, die John mit Eugenio auf die Insel geschafft hatte.

Der erste Gedanke, der John durch den Kopf fuhr, war: Wie stümperhaft! Der Kerl hat mein Kunstwerk überhaupt nicht begriffen!

Zu weiteren Gedanken über sein verdorbenes Kunstwerk kam er nicht, da Roberta an ihm vorbeischoss, um Eugenio zu befreien.

»John, steh nicht so blöd herum, hilf mir!«

Im selben Moment flog von der Seite ein brennendes Holzscheit auf den jungen festgebundenen Mann, und im Nu flammte ein Feuer auf.

»Vorsicht, Roberta, dieser Mistkerl hat Eugenio mit Benzin übergossen!«

John rannte los, um Roberta zurückzuhalten, als plötzlich ein Schuss fiel. Roberta sackte zu Boden, nur einen Meter vom brennenden Eugenio entfernt.

»Martin! Du Schwein!«, schrie John. »Was machst du?«

Er stürzte auf Roberta zu, da hörte er unmittelbar hinter sich einen zweiten Schuss. Dieses Mal hatte Martin besser getroffen.

Der erste Schuss hatte Roberta an der Schulter getroffen. Der zweite war tödlich. Mitten in die Brust.
John warf sich herum, und im selben Augenblick stand sein Bruder über ihm.
»Da schaust du, mein liebster Bruder! Sieh ihn dir an, deinen herrlich brennenden Laurentius! Das hättest du mir nicht zugetraut, was?«
»Du Idiot! Du hast nichts verstanden! Du bist ein irrer Mörder, sonst nichts!«
»Hick!« Martins Schluckauf meldete sich erneut.
»Du Idiot!«
»Aber, aber, Brüderchen …« Martins Gesicht hatte sich zu einer Grimasse verzerrt. »Ich habe sehr genau studiert, was du die ganzen Jahre getrieben hast! Das waren Meisterleistungen, wie ich neidlos gestehen muss. Vor allem, dass dir niemand draufkam. Niemand, außer mir!«
Martin richtete seine Waffe nun genau auf Johns Stirn. Er drehte sich kurz um, als er einen Zweig knacken hörte. »Sieh mal, wie schön dein junger Nebenbuhler brennt, aber er bekommt noch alles mit, schau, wie er weint und sich windet und dreht und seine Geliebte dabei anhimmelt, die gar nicht mehr zurückhimmeln kann!«
»Du elendes Schwein …«
»Mein lieber Bruder, du Rabenaas, sieh dir nur alles genau an«, zischte Martin zwischen den Zähnen, die er fest aufeinanderpresste, »bevor ich dir dein Hirn herausblase! Schau nur hin, es ist das letzte Schauspiel, das dir hier geboten wird, bevor du selbst auf deinem Rost gemeinsam mit dem geliebten Pärchen brennen wirst!«
»Du bist ja verrückt!«, brüllte John.
»Ja, brüll nur, mein Kleiner, es hört dich hier sowieso niemand,

vielleicht tut dir das gut, bevor ...« Er wurde abgelenkt, weil John seinen Blick in die Ferne gerichtet hatte, auf einen Punkt hinter dem Rücken seines Bruders.

Martin drehte sich schnell um, um zu sehen, was hinter ihm war. Aber er kam nicht mehr dazu. Ein leises Plopp ertönte, das sich von einem Kenner sofort als Schuss mit einem Schalldämpfer identifizieren ließ. Ein plötzlich auftauchender Mann hatte Martin aus nächster Nähe mit einem gezielten Schuss in den Hinterkopf niedergestreckt.

Für einen Augenblick war alles ruhig, nur das knisternde Flackern des Feuers war zu hören und das Gesäusel eines aufkommenden Windes, der das Feuer weiter anschürte.

Der Mann, gefolgt von einem zweiten, ebenso in Schwarz gekleidet und ebenfalls mit gezückter Pistole, rannte zu Roberta und zu Eugenio.

Die beiden – es waren die Agenten, die John bereits kannte – sahen sich kurz an und schüttelten den Kopf. Roberta hatte keine Chance gehabt, und auch für den jungen Mann kam jede Hilfe zu spät. Er hatte den Kampf ums Überleben aufgegeben, mit schweren Verbrennungen am ganzen Körper. Sie traten zu John, der regungslos auf dem Boden saß, die verschränkten Arme auf seine Knie gestützt.

»*Sorry*«, sagte der Dicke, der John die Hand auf eine Schulter gelegt hatte, »*we were too late.*«

»Was haben Sie hier zu suchen?«, fragte John tonlos.

»Wir hatten den Auftrag, Ihre Frau zu schützen. Aber wir kamen leider zu spät.«

»Aber immerhin konnten wir Sie noch schützen«, fügte der Kleine hinzu.

Während die beiden Männer John aufhalfen, um ihn von diesem schrecklichen Schauplatz wegzuführen, sah er, dass Roberta ihre Hand ausgestreckt hielt. Sie hatte noch versucht, den brennenden Körper des jungen Commissario zu berühren, bevor sie starb. John blieb wie versteinert stehen, um sich das Bild einzuprägen, das sich ihm bot.

Dieser unsägliche Mistkerl hatte alles verdorben, dachte er. Wie schön hätte der junge Lorenzo aussehen können, mit seinem hingegossenen, sehnsüchtigen Blick nach oben, gen Himmel, wo ihn die göttliche Erlösung erwartete. Aber die Fesseln hätten ganz anders aussehen müssen, nicht so grobe Stricke, sondern dünne, feine, locker an das Gitter gebundene, wie es sich für einen sich hingebenden Märtyrer gehört … Man hätte vielleicht mit etwas Curare nachhelfen müssen, wie bei Holofernes oder bei Sebastian, um das Bild nicht zu zerstören. Aber mit Klebeband – das ging gar nicht! Entsetzlich, das allein schon hatte das Bild verdorben. Und natürlich das Benzin! Vollkommen unnötig, weil das Feuer viel zu schnell brannte und die Haut des Märtyrers …

»Er hat nichts verstanden«, sagte John halblaut.

»Sir?« Der Dicke fasste John an der Schulter, aber der reagierte nicht.

»Wie schön sie daliegen«, murmelte John vor sich hin, »wie in einem perfekt komponierten Dreieck … Meine Roberta, ihr Eugenio und dieser unsägliche Kerl, friedlich und ruhig, vor einem langsam verlöschenden Feuer … Eigentlich ein schönes Bild …«

»Was sagten Sie, Sir?«

John drehte sich um und schien verwirrt.

»Ich habe Sie gefragt, ob Sie etwas gesagt haben?«, wiederholte der Dicke.

»Nein, nichts.«

John ließ sich von diesem schrecklichen Ort wegführen. Einmal musste er sich noch umdrehen, um sich das Bild einzuprägen.

»Er hat es verdorben.«

»Was sagten Sie, Sir?«

»Nichts.«

EPILOG

Die beiden Männer, die Roberta schützen sollten, hatten zwar versagt, weil sie zu spät kamen und das Leben der Signora nicht retten konnten. Dann aber leisteten sie ganze Arbeit. Sie hatten die Situation schnell erfasst und begriffen, dass Signore John des mehrfachen Mordes beschuldigt werden konnte. Sie holten Luigi, den *autista,* der alles mit angesehen hatte, aus seinem Boot, in dem er sich versteckt hielt. Seine Aussage als entscheidender Entlastungszeuge war von immenser Bedeutung.

Sie erklärten dem fassungslosen Mann, dass es jetzt auf ihn ankäme, bei den bevorstehenden Vernehmungen die Wahrheit auszusagen, damit nicht der arme Signore John beschuldigt wurde. Sie schärften ihm die Details ein: Er hatte die Signora Roberta und den Signore John von Torcello aus, wo sie in der Locanda zu Mittag gegessen hatten, auf die kleine Insel gebracht. Dort wollten die Signora und Signore John die Vorbereitungen für ein kleines Fest mit Barbecue besprechen, als sie von einem Irren angefallen wurden, der den jungen Commissario nackt an den großen Grill gebunden hatte, den der Signore zuvor, gemeinsam mit dem jungen Commissario, zur Vorbereitung des geplanten Barbecues auf die Insel gebracht hatte. Dieser Mann, der offenbar geisteskrank war, hatte nicht nur Commissario Eugenio Lucente auf grauenvolle Weise umgebracht, er hatte auch die Signora erschossen und wollte nun auch den Signore John töten – als er gerade noch rechtzeitig von einem Mann daran gehindert wurde, der zusammen mit einer weiteren Person aus dem Nichts aufgetaucht war.

Der Witwer, der Signore John Blumenstein, deutscher Staatsangehöriger und seit ein paar Wochen mit Signora Roberta verheiratet, musste ebenfalls vernommen werden. Er stand verständlicherweise unter Schock, aber er konnte die Aussage des *autista* Luigi in vollem Umfang bestätigen. Von Signore John wollte man allerdings noch wissen, wer die zwei unbekannten Männer gewesen seien, die spurlos verschwunden waren. Signore John sagte der Wahrheit gemäß aus, dass er das nicht wisse. Er hätte lediglich ein paar Tage zuvor von seiner Frau erfahren, dass sie Bodyguards damit beauftragt hatte, sie zu schützen. Sie fühlte sich bedroht und hatte das Gefühl, verfolgt zu werden, und das hatte sie nervös gemacht. Ob seine Frau Feinde gehabt habe? Das könne er sich nicht vorstellen. Ob er selbst Feinde habe? Auch das könne er verneinen. Ob der junge Commissario Feinde gehabt habe? Das könne er nicht wissen, aber in seinem Beruf habe man doch immer Feinde?

Ob er gewusst habe, dass seine Frau, *scusi signore*, vermutlich eine Affäre mit dem Commissario Lucente gehabt hätte?

Bei dieser Frage fiel Signore John aus allen Wolken, und man korrigierte die Frage: Ob er denn von den Gerüchten gehört habe, seine Frau sei ihm untreu gewesen?

Der Signore war fassungslos, wie man auf so ein bösartiges Gerücht hereinfallen könne, sie seien doch erst ein paar Wochen verheiratet gewesen und sie hätten sich sehr geliebt.

Weitere Fragen zu Robertas erstem Mann ersparte man dem armen, sichtlich mitgenommenen Witwer, da die Umstände des Todes von Signore Guido schließlich aktenkundig waren. Aber

vielleicht, fragten sich die ermittelnden Beamten, sollte man sich den Bekanntenkreis des ermordeten Signore Guido und seines Lovers etwas genauer ansehen …?
Wochen nach diesen Vernehmungen war John immer noch wie in Trance. An die Stunden der Vernehmungen in der *questura* konnte er sich hinterher kaum mehr erinnern.
Die Männer, die John Blumenstein in letzter Sekunde vor einem grausamen Tod gerettet hatten, blieben verschwunden.

Luigi, der *autista*, war nach dem Tod Robertas zu Johns treuestem Begleiter geworden. Er kaufte für ihn ein, erledigte Botengänge, ging für ihn zur Bank, fuhr ihn spazieren, und wenn nichts zu tun war, saß er still in der Küche und war einfach nur da. Er hatte verstanden, dass Signore John jemanden an seiner Seite brauchte, um die bösen Geister zu vertreiben, die ihn gefangen hielten. Luigi hatte alle seine anderen Jobs aufgegeben, um nur noch für Signore John da zu sein. John dankte es ihm mit einer sehr gut bezahlten Festanstellung, der ersten in Luigis Leben.
Der Beerdigung Robertas auf der Friedhofsinsel waren wesentlich mehr Menschen gefolgt, als John erwartet hatte. Offenbar hatte sie viele Freunde und Bekannte in Venedig, oder man war neugierig geworden, nachdem die Zeitungen in epischer Breite über das Drama auf der kleinen Insel hinter Torcello berichtet hatten. Der Trauerzug der vielen Gondeln hinüber zur Friedhofsinsel prägte sich John tief ins Gedächtnis ein.
Der Tod Robertas hatte John einerseits tief getroffen, aber zugleich war er erleichtert, dass sein unsäglicher Bruder ihm nun nicht mehr nachstellen konnte. Ein letzter Triumph war es für ihn, dass diesen Verrückten niemand identifizieren konnte. Er selbst gab an, den Mann nie zuvor in seinem Leben gesehen

zu haben. Robertas Freunde hatten auch hier ihr Bestes getan: Sie waren zu Martins Hotel gefahren, hatten sein Zimmer bezahlt und sein Gepäck mitgenommen. Auch diese letzte Spur war somit verwischt. So musste der mysteriöse Irre von der *Isola de la Morte* von der Stadtverwaltung als anonymer Mörder in einem anonymen Urnengrab beerdigt werden, wo ihn niemand hätte besuchen können. Nicht dass John ein großes Bedürfnis gehabt hätte, Martins Grab zu besuchen, wenn er denn überhaupt gewusst hätte, wo genau man ihn verscharrt hatte. Vielmehr fühlte sich John frei, vielleicht sogar erstmals in seinem Leben vollkommen frei, vom Schatten seines verhassten Bruders befreit.
Nach der Beerdigung Robertas und der Eröffnung des Testaments durch den Notar erfuhr John, wie vermögend er durch die Erbschaft von Guido und Roberta geworden war. Aber John war verunsichert. Er wusste nicht, was er mit sich und all dem Geld anstellen sollte.
Er beschloss, seinem alten Leben endgültig abzuschwören.
Und dann wieder, nach mehreren Flaschen guten Weins, fragte er sich, warum er eigentlich irgendetwas an seinem Dasein verändern sollte.

Über ein Jahr brachte er es nicht fertig, in der gemeinsamen Wohnung irgendetwas zu verändern, und sei es nur, Robertas Kleider wegzugeben. Er behielt alles so wie an dem letzten Tag, an dem er und Roberta das Haus verlassen hatten, um nach Torcello zu fahren.
Von der Familie Cappelari hörte er nichts mehr. Den Schwiegereltern des jungen Commissario war es offenbar peinlich, dass sich bei den Nachbarn das Gerücht hielt, Eugenio könnte mit seiner Roberta eine Affäre gehabt haben.

John wiederum hatte kein Interesse, bei einem Besuch im Palazzo Cappelari womöglich in die Hauskapelle geführt zu werden, um den falschen Tizian zu bewundern.
John war in Venedig ordnungsgemäß gemeldet, sein offizieller Wohnsitz war seit der Hochzeit mit Roberta die gemeinsame Wohnung am Campo de le Becarie, die er geerbt hatte. Damit war er auch für die deutschen Behörden auffindbar geworden. Nach Ablauf eines Jahres erhielt er vom deutschen Konsulat in Venedig einen Anruf, er möge doch bitte dem Konsul einen Besuch abstatten. Unwillkürlich musste John daran denken, dass er dem Vorgänger des Konsuls den Weg ins Jenseits geebnet hatte.
Der Konsul war sehr freundlich und erklärte John, dass es seine Aufgabe sei, sich um die deutschen Staatsbürger in Venedig zu kümmern. Er müsse ihn darüber informieren, dass sein Bruder Martin Blume – das sei doch sein Bruder? – der zuletzt bei seiner Familie in Wiesbaden gewohnt habe, seit über einem Jahr als vermisst gelte. Seine Frau habe beantragt, ihn offiziell für tot erklären zu lassen. Ebenso hatte sie – wohl in der Annahme, dass er ohnehin nur Schulden zurückgelassen hatte – sein Erbe ausgeschlagen. Er, Herr Jonas Blume, alias John Blumenstein, sei der nächste erbberechtigte Verwandte, ihm stehe somit das Erbe seines Bruders zu.
John konnte sich eines Lächelns nicht erwehren, das war schon sehr skurril.
Es gehe in erster Linie, wie der Konsul fortfuhr, um eine Wohnung in der Münchner Kaiserstraße, in der sein Vater zuletzt gewohnt habe und die mit einem Bankkonto versehen sei, um eventuell anfallende Kosten aufzufangen. Die Frage, die er ihm stellen müsse, laute: Wolle er das Erbe annehmen?
John nahm das Erbe an und flog nach München.

Es war ein eigenartiges Gefühl, nach so vielen Jahren wieder in München zu sein. Aber jetzt, da der Vater und auch sein Bruder tot waren, hatte die Stadt für ihn alle negativen Belastungen verloren. Zum ersten Mal in seinem Leben war John in der Lage, fröhlich, fast staunend die Stadt, in der er geboren war, mit all ihren Schönheiten zu erkunden und zu genießen. Er aß beim Franziskaner Weißwürste und Brezen, trank dazu eine Halbe und dachte, wie gerne hätte er dies alles seiner Roberta gezeigt. Gleichzeitig fühlte er sich von ihr befreit. Er sollte ihr dankbar sein, sagte er sich, dass sie ihn zu einem wirklich vermögenden Mann gemacht hatte, der den Rest seines hoffentlich noch langen Lebens sorgenfrei verbringen konnte.
Während er den Geschmack der Weißwurst, die er in süßen Senf getunkt hatte, mit einem Schluck hellem Bier umspülte, dachte er an seinen nächsten Aufenthalt in Paris. Vielleicht sollte er noch einmal einen Versuch starten, seinen Freunden die Wohnung im Palais Royal abzukaufen, natürlich nur, wenn er auch das Hausmädchen Julie übernehmen könnte. Er dachte an seinen Freund Albert und wie sehr er sich darauf freute, mit ihm eines der neuen Pariser Restaurants auszuprobieren – mit seinem verrückten Freund, der es fertig brachte, bei jedem großen Wein mitten in den feinsten Restaurants aufzustehen und die Gästeschar mit seinem Ausruf zu erfreuen: »*La vie est belle!*«
Nach einem weiteren Schluck Bier erinnerte er sich an die biblische Erzählung vom Verlorenen Sohn. Immer wieder hatte Martin davon angefangen, dass diese Geschichte doch vollkommen ungerecht sei. Dass der eine Bruder sein Geld verprasst, alle Sünden der Welt begeht, nur um anschließend in Gnaden wieder aufgenommen zu werden. Während der andere Bruder brav zu Hause sitzt, immer seine Pflicht tut und sein Geld zusammenhält: »Und dafür belohnt einen niemand?«

Er war eben immer von Neid zerfressen, dieser schreckliche Kerl. Aber, so wusste John, manche dieser Geschichten aus der Bibel können offenbar doch gut ausgehen. Und außerdem: Neid ist viel schlimmer als das Leben zu genießen!

FINIS

DANKSAGUNG

Meinem Verleger Michael Fleissner danke ich sehr, dass er für seinen Verlag die Entscheidung getroffen hat, einen »Kunstkrimi« herauszugeben. Der Verlagsleiterin Sissi Klauser bin ich zu großem Dank verpflichtet, da sie von Anfang an von meinem Buch überzeugt war, Daniela Wilhelm-Bernstein und Anne Heidenreich ebenso, die sich im Verlag um meinen Roman gekümmert haben. Den Damen des Hörbuchverlags United Soft Media mit Susanne Geß danke ich sehr und ebenso Martin Umbach, dem hervorragenden Sprecher der Hörbuchausgabe.

Rainer Wieland bin ich wieder zu großem Dank verpflichtet, er hat sich nun schon bei meinem dritten Buch als perfekt korrigierender und beratender Lektor erwiesen.

Ein wichtiger erster Leser meines Kriminalromans war Professor Dr. Wolfgang Eisenmenger, der große Pathologe und langjährige Vorstand des Instituts für Rechtsmedizin an der Ludwig-Maximilians-Universität München. Danke für seine wertvollen Hinweise und Hilfestellungen bei der Anwendung von hochdosiertem Insulin und von Curare, dem südamerikanischen Nervengift, bei perfekten Morden, und für die Überprüfung der Methoden, mit denen John Blumenstein seine »Inszenierungen« ins Jenseits befördert hat. Ich danke ihm sehr, dass er sich so viel Zeit für mich genommen hat.

Meinem Kunsthändler-Kollegen und Freund Georg Laue danke ich sehr für seinen ständigen Rat und meinem Chiemgauer Nachbarn Jürgen König, einem erfahrenen Autor und Journalisten, für sehr wertvolle Anmerkungen und Hinweise beim Durchlesen.

Dr. Eve Straussman-Pflanzer, Head of European Art Department & Elizabeth and Allan Shelden Curator of European Paintings vom Detroit Institute of Arts, USA, danke ich für ihre fabelhafte Arbeit über Artemisia Gentileschi, die mich sehr inspiriert hat.

Meiner Tochter Felicia danke ich für die sehr diskrete erste Lektüre, meiner Familie – meiner wunderbaren Frau und meinen Töchtern und Enkeln – danke ich vor allem für ein glückliches Zuhause, das mir das Schreiben, auch in Zeiten von Corona, ermöglicht hat.

BILDNACHWEIS

S. 21 bpk/Hamburger Kunsthalle/Christoph Irrgang, S. 33 ART Collection/Alamy Stock Foto, S. 34 Privat, S. 79 akg-images/MPortfolio/Electa, S. 84 Paolo Romiti/Alamy Stock Photo, S. 87 Privat, S.151 herum 71/Stockimo/Alamy Stock Photo, S. 155/158 ART Collection/Alamy Stock Foto, S. 249 Privat, S. 265 incamerastock/Alamy Stock Photo, S. 281 Fine Art/Alamy Stock Photo, S. 283 The Picture Art Collection/Alamy Stock Photo, S. 303 Prisma by Dukas Presseagentur GmbH/Alamy Stock Photo.

Fortsetzung der ergreifenden Familiensaga

1933 flieht Ludwig nach Tel Aviv. Der hebräischen Sprache kaum mächtig, arbeitet er sich vom Orangenpflücker zum Prokuristen hoch. Gerade noch rechtzeitig holt er seine Eltern und Geschwister nach Palästina und rettet damit ihr Leben. Als er 1940 die schöne Hannah trifft und die beiden heiraten, zeichnet sich eine glückliche Zukunft ab. Doch persönliche Schicksalsschläge und die politische Unsicherheit im neu gegründeten Staat Israel lassen bei Ludwig und Hannah die Sehnsucht nach der deutschen Heimat wachsen. Zusammen mit Sohn Rafael kehren sie in ein Deutschland zurück, wo die Vorurteile gegen Juden keineswegs der Vergangenheit angehören …

Rafael Seligmann
HANNAH UND LUDWIG
400 Seiten · ISBN 978-3-7844-3569-5
Auch als E-Book erhältlich

Das Hörbuch
ISBN 978-3-8032-9238-4

LANGENMÜLLER

langen-mueller-verlag.de